KB104561

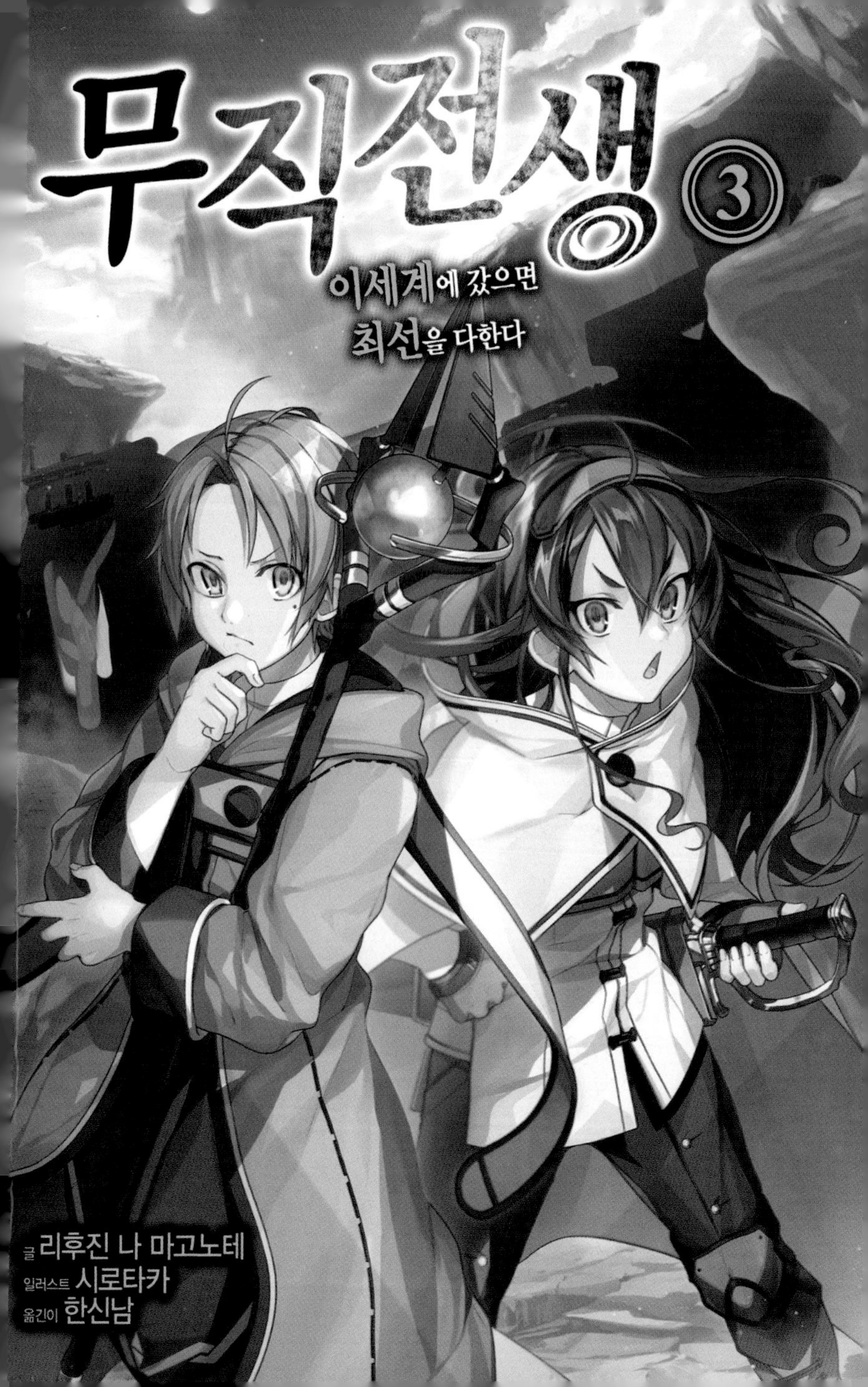
무직전생
3
이세계에 갔으면
최선을 다한다
글 리후진 나 마고노테
일러스트 시로타카
옮긴이 한신남

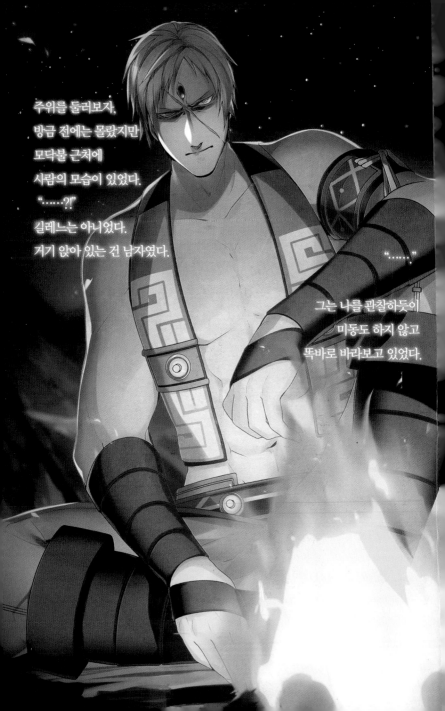

주위를 둘러보자,
방금 전에는 몰랐지만
모닥불 근처에
사람의 모습이 있었다.
"······?!"
실레느는 아니었다.
거기 앉아 있는 건 남자였다.

"······"

그는 나를 관찰하듯이
미동도 하지 않고
똑바로 바라보고 있었다.

무직전생

이세계에 갔으면
최선을 다한다

③

글 **리후진 나 마고노테** 일러스트 **시로타카** 옮김 **한신남**

無職転生　～異世界行ったら本気だす～　3

©Rifujin na Magonote 2014
Edited by MEDIA FACTORY
First published in Japan in 2014 by KADOKAWA CORPORATION, Tokyo.
Korean translation rights arranged with KADOKAWA CORPORATION, Tokyo.

이 책의 한국어판 저작권은 일본 KADOKAWA CORPORATION과의 독점계약으로
(주)학산문화사에 있습니다.
저작권법에 의해 한국 내에서 보호를 받는 저작물이므로 불법 복제와 스캔 등을 이용한
무단 전재 및 유포·공유 시 법적 제재를 받게 됨을 알려드립니다.

CONTENS

제3장 소년기 모험가 입문 편

제1화 신이라 자칭하는 사기꾼   12

제2화 스펠드족   22

제3화 스승의 비밀   42

제4화 신용의 이유   57

제5화 제일 가까운 도시까지 사흘   74

제6화 침입과 변장   98

제7화 모험가 길드   116

제8화 모험가의 숙소   143

제9화 인간의 생명과 첫 일   168

제10화 첫 일 완료   192

제11화 순조로운 출발   215

제12화 아이와 전사   234

제13화 실패와 혼란과 결의   263

제14화 여행의 시작   292

번외편 아슬라 왕녀와 기적의 천사   321

"내가 간단히 할 수 있는 일을 너는 할 수 없다.

네가 간단히 할 수 있는 일을 나는 할 수 없다.

그저 그것뿐이다."

——— **Since working is very difficult, please do not say simply.**

글 : 루데우스 그레이랫

옮김 : 진 RF 매곳

제 3 장

소년기

모험가 입문 편

제1화 신이라 자칭하는 사기꾼

꿈을 꾸었다.

꿈속에서 나는 에리스를 껴안고 날고 있었다.

의식은 몽롱했지만, 날고 있다는 간가만큼은 왠지 몰라도 남아 있었다.

눈앞의 풍경은 엄청난 속도로 변했다.

마치 소리나 빛이라도 된 것 같은 속도로 상하좌우, 불규칙하게 움직이면서 날았다.

왜 이렇게 되었는지는 모른다. 다만 마음을 놓으면, 아니, 마음을 놓지 않아도 언젠가 속도를 잃고 떨어지리라는 확신만큼은 있었다.

나는 의식을 집중하였다.

어지러울 만큼 변하는 경치 속에서 비교적 안전해 보이는 장소를 찾아 착륙하려고 했다.

왜냐고 해도 모르겠다.

다만 그러지 않으면 죽으리라는 예감이 있었다.

하지만 너무 빨랐다.

슬롯의 회전 따윈 비교도 안 되는 속도로 눈앞의 풍경이 변했다.

나는 한층 더 의식을 집중하고 마력을 눈에 담으려고 했다. 그러자 한순간 속도가 느려졌다.

이런, 떨어진다.

그렇게 생각한 순간 지상이 보였다.

평지다. 바다는 안 되고 산도 안 된다. 숲도 위험하지만 평지라면 어쩌면….

그런 희망을 담고 나는 떨어졌다.

간신히 급브레이크를 걸어 갈색 대지에 떨어졌다.

의식이 끊어졌다.

눈을 뜬 순간 나는 새하얀 공간에 있었다. 아무것도 없는 공간이었다.

그렇기에 꿈이란 걸 바로 알 수 있었다. 명석몽明晰夢인가 하는 것이겠지.

그렇기는 해도 꿈치고 몸이 무거웠다.

"…어?"

나는 순간 내 몸을 내려다보고 경악에 눈을 치떴다.

34년간 익히 보았던 그 모습이었다.

그와 동시에 전생의 기억이 되살아났다.

후회, 갈등, 비열함, 안일함.

10년 동안의 일이 꿈처럼 여겨져서 내 안에서 낙담이 치밀었다.

돌아왔다고 직감적으로 깨달았고, 나는 그 현실을 간단히 받아들였다.

역시 꿈이었다.

긴 꿈이기는 했지만 내게는 너무나도 행복한 꿈이었다.

따뜻한 사정에서 태어나서 귀여운 여지와 지냈던 10년. 더 즐기고 싶었지만.

그래. 끝인가….

루데우스로서의 기억이 흐려지는 걸 느꼈다.

꿈이란 깨고 보면 덧없는 것이다.

뭘 기대했을까. 그렇게 행복하고 순조로운 인생이 내게 찾아올 리가 없는데.

문득 정신을 차리고 보니 눈앞에 이상한 녀석이 있었다.

넓적하고 하얀 얼굴로 싱글싱글 웃고 있었다.

특징이 없다. 이런 얼굴이구나, 라고 인식한 순간 바로 기억에서 사라졌다. 기억할 수가 없었다. 그 탓인지 마치 전체에 모자이크가 쳐진 듯한 인상이었다.

그저 푸근한 느낌의 사람이라고 생각했다.

"여어, 처음 보는 건가. 안녕, 루데우스 군."

낙담에 잠기는데 외설적인 모자이크 인간이 말을 걸어왔다. 남자인지 여자인지 모를 중성적인 목소리였다. 모자이크도 있으니까 여자라고 생각하는 게 에로틱한 느낌이라 좋을지도.

"듣고 있지?"

그래, 물론이야. 예이, 예이, 안녕하십니까.

"그래. 깍듯하게 인사하는 건 좋은 거야."

목소리는 나오지 않았지만 상대에게는 통한 모양이었다. 그대로 대화를 하기로 했다.

"넌 제법이야. 적응력이 있어."

그렇지 않습니다.

"후후, 그런데 그렇단 말이지."

아니, 당신은 누구십니까?

"보면 모르겠어?"

보면? 모자이크 때문에 잘 안 보이는데…. 절륜전사 스페르맨인가?

"스페르맨? 그게 누구야? 나랑 비슷해?"

예, 온몸이 모자이크로 안 보이는 점이 똑같네요.

"과연, 네 세계에는 그런 것도 있나."

없지만요.

"없나…. 뭐, 좋아. 나는 신이야. 인신人神이지."

아하. 인신….

"어째 마음 없는 대답이네."

아뇨… 그런 신이 왜 나한테 말을 붙이나 싶어서.

그보다 등장이 너무 늦지 않았습니까?

신은 보통 더 일찍 나오지 않나요?

"더 일찍…? 무슨 의미지?"

아무것도 아닙니다. 계속 말씀하세요.

"너를 지켜봤어. 제법 재미있는 인생을 보냈던데?!"

엿보기는 재미있지요.

"그래, 재미있지. 그러니까 지켜봐 주기로 했어."

지켜봐, 준다.

그거 감사합니다. 그 은혜에 눈물이 나옵니다.

하지만 왠지 깔아본다는 느낌이라서 화가 나네요.

"차갑네. 네가 위기에 빠진 것 같아서 말을 걸었는데."

위기 상황에서 말을 걸어오는 녀석 중에는 멀쩡한 녀석이 없습니다.

"나는 네 편이야."

하! 내 편! 진짜 웃기네.

생전에 그런 식으로 다가온 녀석은 있었지.

나는 네 편이다. 자, 내가 지켜줄 테니까 어디 한 번 힘내서 해봐.

무책임한 녀석들이었지. 방 밖으로 나가기만 하면 그 다음은 어떻게든 된다고 생각하는 녀석들.

문제의 본질을 전혀 이해하지 않는 녀석들이다. 지금의 네 발언에서는 그런 냄새가 팍팍 나.

신용할 수 없어.

"그렇게까지 말한다면 난처한데…. 그럼 일단 조언을 해 줄까."

조언이라….

"거기에 따를지 말지는 네 자유야."

아하, 그런 타입이군.

있었지, 분명히 있었어. 감정론을 늘어놓아서 내 생각이 안쪽이 아니라 바깥쪽으로 향하도록 유도하는 거야.

정말이지 본질을 몰라. 이제 와서 포지티브가 된들 아무런 의미도 없어. 마음을 어떤 식으로 먹냐에 따라 어떻게 되는 시기는 이미 지났어. 포지티브해진 만큼 절망이 가산되어 돌아온다고.

지금처럼 말이야! 사람을 잔뜩 꿈꾸게 만들어 놓고 뭐가 이세계야! 전생이네 뭐네 해서 한껏 들뜨게 만들어 놓고 딱 재미 좋을 때에 되돌리는 게 네 방식이냐?

"아니, 착각하진 말아줘. 전생의 이야기가 아니라 지금 이야기를 하는 거니까."

…어?

그럼 이 모습은?

"네 정신체야. 육체는 별개."

정신체.

"물론 육체는 무사해."

그럼 이건 그냥 꿈? 눈을 떠도 이 병신 같은 육체로 돌아가는 일은… 없나?

"예스, 이건 꿈이야. 눈을 뜨면 네 육체는 원래대로야. 안심했어?"

안심했어. 그래, 꿈인가….

"어차, 그냥 꿈은 아니지. 내가 네 정신에 직접 말을 걸고 있다고. 으음, 놀랐어. 정신과 육체가 이렇게까지 다르다니…."

직접이라. 그래서 어쩌자는 거지?

서슬리니까 이물질을 원래 세계로 되돌리려는 건가?

"설마. 육면세계 이외의 이세계로는 나도 돌려보낼 수 없어. 그런 당연한 것도 모르나?"

음. 뭐가 당연하고 뭐가 아닌지를 내가 알 리 없잖아.

"지당한 말이군."

잠깐. 돌려보낼 수 없다는 소리는 네가 이 세계에 전생시킨 게 아니란 소린가?

"그렇지. 애초에 난 전생 같은 걸 시킬 수 없어. 그런 건 못된 용신龍神의 특기지."

흠.

못된 용신이라….

"그래서 조언을 들을 거야?"

……안 들을란다.

"뭐! 대체 왜!"

지금 상황이 어떻게 되었든 넌 수상쩍어. 수상쩍은 녀석의 말은 처음부터 안 듣는 게 최고지.

"수상쩍다고…."

그래, 수상쩍어. 날 속이려는 느낌이 풀풀 나.

인터넷 게임에서 사기에 걸렸을 때랑 아주 비슷해. 이야기를 듣는 시점에서부터 낚이는 거야.

"사기가 아냐. 그럴 거면 애초에 들을 건지 말 건지 묻지도 않지."

그것도 작전이잖아.

"좀 믿어 주라."

신 주제에 한심한 소리나 하고 말이지.

애초에 내가 믿는 신은 네가 아냐.

제대로 기적을 베풀어 주는 분이야. 이교의 신이 이상한 소리를 하면 의심하는 게 당연하잖아. 게다가 믿는다 안 믿는다를 말하는 녀석은 거짓말쟁이야. 내 애독서에 그렇게 나왔으니까 틀림없어.

"그런 말 하지 말고. 딱 한 번이면 돼."

뭐야, 조금뿐이니까 괜찮다는 식의 그런 말은. 분명히 속이려고 그러는 거지?

애초에 내가 생전에 몇 번이나 빌었는지 알아?

죽을 때까지 안 도와준 주제에 이제 와서 조언?

"아니, 네 전생 세계의 신이랑 나는 다르니까. 게다가 지금부터 돕겠다는 거잖아?"

그러니까 그걸 못 믿겠다는 소리야. 말만으로는 안 돼. 내 신용을 얻고 싶으면 기적이라도 일으켜 봐.

"이미 일으켰잖아. 꿈을 통해 말하는 건 나밖에 못 해."

말을 거는 정도는 꿈을 통하지 않고서도 할 수 있잖아. 편지든 뭐든 보내면 되지.

"지당한 말이군. 하지만 못 믿겠다고 해도 말이지, 이대로 있다간 넌 죽을걸?"

…죽어? 왜?

"마대륙은 가혹한 대륙이야. 먹을 것도 거의 없어. 마물은 중앙대륙과 비교도 안 되게 많고, 일단 언어는 아는 모양이지만 상식도 전혀 다르거든? 살아남을 수 있겠어? 자신 있어?"

뭐? 마대륙?

마대륙이라면 세계의 끝에 있는 그 대륙?

잠깐 기다려. 그게 무슨 소리야? 왜 내가 그런 곳에?

"너는 대규모의 마력재해에 휘말려서 전이했어."

마력재해. 그 빛 말인가.

"그래. 그 빛."

전이. 그건 전이였나….

…그래, 휘말려든 건 나 혼자가 아니다.

내가 있던 피트아령의 사람들은 무사할까? 내 고향인 부에나 마을은 좀 떨어져 있으니 괜찮겠지만, 가족들도 걱정할 게 틀림없고….

그 동네는 어떻게 됐어?

"내가 대답해 주면 믿을 거야? 조언은 안 들으면서?"

그렇지. 너는 거짓말을 아무렇지도 않게 할 것 같아.

"내가 할 수 있는 말은, 다들 네가 무사하기를 빌고 있다는 것. 살아서 돌아와 달라고 말이지."

그야… 누구든 그렇게 생각하겠지.

"그래? 넌 마음속 어딘가로는 네가 사라져서 모두가 안심하고 있는 게 아닐까…라고 생각하는 거 아냐?"

…거기서 아니라고 하면 거짓말이겠지.

나는 필요 없는 인간으로서 전생을 마쳤다. 그 마음은 여태까지도 완전히 사라지지 않았다.

"하지만 이 세계의 너는 필요 없는 존재가 아냐. 무사히 돌아가야지."

그래, 맞아.

"내 조언에 따르면 반드시라고는 할 수 없지만 높은 확률로 돌아갈 수 있을걸?"

잠깐. 그 전에 네 목적을 듣고 싶어. 왜 나한테 그렇게까지 관심을 갖지?

"끈질기네…. 네가 살아 있으면 재미있을 것 같으니까. 그거면 되지 않나?"

재미라는 이유로 행동하는 녀석 중 제대로 된 놈은 없어.

"네 전생에선 그랬어?"

재미있다는 이유로 행동하는 녀석은 남을 손바닥 위에 올려놓고 즐거워한다.

"나한테도 그런 부분은 있을지도."

애초에 나를 지켜본다고 재미있을 리가 없잖아.

"재미라고 할까, 흥미라고 할까. 이세계인은 거의 안 보이니까. 내가 조언을 해 줘서 많은 사람과 만난다. 그게 어떤 결과로 이어질까…."

과연. 원숭이에게 애매모호한 명령을 내리고 그걸 어떤 식으로 클리어하는가를 즐기는 거로군.

거참 대단한 취미야.

"흐음…. 너 말이지, 제일 처음에 한 질문, 잊어 버린 거 아냐?"

제일 처음에 한 질문?

"다시금 묻겠어. 자신 있어? 네가 모르는 위험한 대륙에서 살아갈 자신."

…없어.

"그럼 듣는 게 좋지 않을까? 다시 말하겠는데 따를지 안 따를지도 네 자유니까."

알았어. 알겠습니다. 조언이든 뭐든 멋대로 하라고.

이렇게 뱅뱅 돌도록 길게 떠들어 놓고. 그냥 일방적으로 떠들고 얼른 없어지는 게 낫잖아.

"…그래, 좋아. 루데우스, 잘 듣거라. 눈을 떴을 때 근처에 있는 남자를 의지하고 그를 돕도록 하여라."

모자이크신은 그렇게만 말하고 메아리를 남기면서 사라졌다.

제2화 스펠드족

눈을 뜨니 밤이었다.

보이는 건 별로 가득한 하늘과 일렁일렁 흔들리는 불의 그림자.

들려오는 건 나무가 타닥거리며 타는 소리.

모닥불 옆에서 잠들어 있었던 모양이다.

물론 나는 모닥불 같은 걸 피운 기억이 없고 야숙을 시작한 기억도 없다.

마지막 기억은… 그래. 하늘이 갑자기 변색되나 싶더니 하얀빛에 휩싸인 기억이었다.

그리고 그 꿈. 제길, 기분 나쁜 꿈을 꾸었다.

"아…!"

다급히 내 몸을 내려다보았다.

둔중해서 아무것도 할 수 없는 몸이 아니었다. 어리면서도 힘이 있는 루데우스로 돌아와 있었다.

그걸 확인하는 동시에 방금 전의 기억이 꿈처럼 흐려졌다. 일단 안심.

"칫…."

인신, 안 좋은 감각을 일깨워 주었군.

하지만 정말로 다행이다. 나는 아직 이 세계에서 살 수 있는 모양이다.

해야 할 일도 많이 있으니까. …하다못해 총각 딱지 정도는 버리고 싶다.

몸을 일으켜 보는데 등이 아팠다. 지면에서 그대로 잠들었을까.

주위를 둘러보니 밤하늘 밑으로 금이 간 대지가 펼쳐져 있었다. 초목은 거의 없었다.

벌레조차 없는지 모닥불 타는 소리 이외에는 아무것도 들리지 않았다.

조용했다.

소리를 내면 어딘가로 삘려들 것만 같은 느낌마저 들었다.

적어도 내 기억에 이런 장소는 없었다. 아슬라 왕국은 전체가 숲이나 초원이다. 그 하얀 빛 때문에 이렇게 되었나…?

으으, 아니, 아니다. 그게 아니다. 인신이 말했다. 나는 전이했다고.

마대륙으로.

그럼 여기는 마대륙이다.

분명 그 빛 때문에… 아.

'길레느와 에리스는…!'

일어서려던 순간 바로 뒤에서 한 소녀가 내 옷자락을 붙잡고 잠들어 있는 걸 깨달았다.

기가 세 보이는 빨간 머리 소녀였다.

에리스 보레아스 그레이랫.

그녀는 내가 피트아령에서 가정교사로 가르치던 상대였다.

왜 내가 그녀의 가정교사를 맡게 되었는지의 경위는 생략하겠지만, 나는 3년 동안 그녀에게 읽고 쓰기와 산술을 가르쳤다.

에리스는 처음에 방약무인에 응석받이, 도저히 손 쓸 수가 없는 악동이었지만, 유괴당할 뻔한 위기에서 구해 주거나 생일에 춤을 가르쳐 주는 이벤트 등을 차례로 클리어한 덕인지, 최근에는 꽤나 내 말을 듣게 되었다.

그래도 때리거나 걷어차는 게 일상다반사인 난폭한 성격은 변함없지만.

"……."

왠지 에리스에게는 망토 같은 게 덮여 있었다. 나한테는 아무것도 없었는데….

뭐, 레이디 퍼스트라는 걸로 해 두자.

또 그녀의 뒤에는 내 지팡이인 '아쿠아 하티아'도 굴러다녔다. 얼마 전, 내 열 살 생일에 에리스가 선물로 준 값비싼 지팡이다.

일단 에리스는 다친 데가 없는 모양이라서 안심했다.

길레느는 어디에 있을까.

길레느는 내 검술 스승이기도 하고 에리스를 호위하는 여검사다.

엄청난 검술 실력을 가진 수족 검사로, 그녀가 나에게 검술을 가르치고 내가 그녀에게 읽고 쓰기 같은 것을 가르쳤다. 물론 뇌세포까지 근육으로 된 모양인 터라 에리스보다는 늦지만… 이런 비상사태에서는 나와 비교도 안 될 만큼 든든한 사람이다.

에리스의 망토도 그녀가 덮어 주었을지 모르겠다.

일단 잠든 에리스는 놔두고 길레느의 모습을 찾았다.

주위를 둘러보자, 방금 전에는 몰랐지만 모닥불 근처에 사람의 모습이 있었다.

"······?!"

길레느는 아니었다. 거기 앉아 있는 건 남자였다.

"······."

그는 나를 관찰하듯이 미동도 하지 않고 똑바로 바라보고 있었다.

나는 육식동물 앞에 놓인 초식동물처럼 움직임을 멈추고 그를 보았다.

놀랍게도 나는 그의 모습을 냉정하게 관찰하였다.

경계하는 느낌은 아니었다. 오히려 뭐랄까, 이걸 뭐라고 해야할까. 그래, 고양이에게 조심조심 다가갈 때의 누나 같은 느낌이었다. 이쪽이 어린애니까 겁먹지나 않을까 걱정하는 걸까. 그렇다면 적의는 없는 모양이었다.

안도한 순간 나는 남자의 외모를 인식했다.

에메랄드그린색 머리칼. 백자처럼 하얀 피부. 붉은 보석 같은 이마의 감각기관. 얼굴을 종단하는 흉터. 눈빛은 날카롭고 표정은 험악하여, 한 성깔 할 듯한 인상.

결정타로 옆에 놔둔 삼지창.

어렸을 적에 내 선생님이며 인생에서 가장 중요한 것을 가르쳐 준 마술사―록시에게 배운 종족명이 떠올랐다.

스펠드족.

동시에 록시의 가르침을 떠올렸다.

―스펠드족에게 가까이 가지 마라. 말을 걸지 마라.

나는 얼른 에리스를 껴안고 전력으로 도망치려다가 가까스로 마음을 고쳐먹었다.

인신의 말이 떠올랐다.

—가까이에 있는 남자를 의지하고 돕도록 하여라.

그 자칭 신의 말은 신용할 수 없다.

그런 말 직후에 이렇게 수상쩍은 남자가 뿅 하고 튀어나왔는데 믿을 수 있을 리가 없다.

게다가 스펠드족이라니. 록시에게 이 종족의 무서움에 대해 구구절절 들었다.

아무리 신이 의지하고 도와주라고 말했다지만 어떻게 믿을 수 있을까.

어느 쪽을 믿지? 정체 모를 인신과 록시 중에서.

말할 것도 없다. 록시 쪽을 믿고 싶었다. 그러니까 나는 곧바로 도망쳐야 했다.

아니, 그러니까 그 '조언'을 한 걸지도 모른다. 아무런 정보도 없으면 나는 이 남자에게서 도망쳤겠지. 그 결과 운 좋게 도망쳤다고 해도… 어떻게 될까?

주위를 봐라.

이렇게 어둡고 전혀 알 수 없는 풍경을. 바위밖에 없고 금이 간 지면을.

마대륙으로 전이했다는 말을 그대로 믿는다면, 여기는 마대륙이다.

그러고 보면 인신의 임팩트 때문에 잊어버렸는데, 그 전에 기묘한 꿈을 꾸었다.

이 세계의 곳곳을 날아가는 꿈이었다.

산 위, 바다 속, 숲 속, 협곡 밑…. 즉사할 만한 장소도 많이 있었다.

그게 단순한 꿈이 아니라면 전이했다는 말은 아마도 사실이겠지.

그리고 여기가 마대륙이란 것도 아마….

하지만 마대륙이라고 해도 마대륙의 어디인지는 알 수 없다.

도망치면 드넓은 대륙의 한가운데를 방황하게 된다.

결국 선택지 따위 없다.

여기서 이 남자로부터 도망쳐서 에리스와 둘이 마대륙을 헤매는 건 득책이 아니다.

아니면 도박을 해 봐? 날이 밝거든 근처에 마을이 있기를 빌어 봐?

말도 안 되는 소리.

지리를 모른다는 게 얼마나 괴로운지 나는 잘 알고 있지 않은가.

진정해. 심호흡을 해.

인신은 믿을 수 없다. 하지만 이 남자는 어떨까?

잘 봐. 안색을 살펴. 저 표정은 뭐지?

저건 불안이다. 불안과 체념이 뒤섞인 얼굴이다. 적어도 그는 감정이 없는 괴물이 아니다.

록시는 가까이 가지 말라고 말했지만, 실제로 스펠드족과 만난 적은 없다고도 말했다.

나는 '차별'이나 '박해', '마녀 사냥'이라는 개념을 안다.

스펠드족이 두려움을 사는 것은 오해 때문이라는 가능성도 있을 수 있다.

록시는 거짓말을 한 게 아니라 그저 오해했을 뿐일지도 모른다.

내가 느끼기에 그는 위험하지 않았다. 적어도 인신에게서 느꼈던 수상쩍음은 전혀 느껴지지 않았다.

지금은 록시도 인신도 아닌 내 감각을 믿자.

나는 첫눈에 딱 보았을 때 불쾌함이나 무서움 같은 걸 느끼지 않았다. 외견을 보고 경계했을 뿐이었다.

그럼 이야기만이라도 해 보자. 그걸로 판단하자.

"안녕하세요."

"…그래."

인사를 하자 대답이 돌아왔다. 자, 뭐라고 물어봐야 할까.

"신이 보내신 사람입니까?"

그 질문에 남자는 고개를 갸웃거렸다.

"질문의 의도를 모르겠지만, 너희는 하늘에서 내려왔다. 인간족의 아이는 허약하다. 모닥불을 피워서 몸을 데워 주었다."

인신의 이름은 나오지 않았다. 그 신은 이 사람에게 이야기하지 않은 걸까.

재미있으니까 나를 지켜보았다는 말을 그대로 믿는다면 오히려 내 행동만이 아니라 나와 접촉한 그의 행동도 재미삼아 관람

할 생각일까.

그렇다면 그는 믿을 수 있을지도 모르겠다.

"구해 주셨군요. 감사합니다."

"…너는 눈이 보이지 않나?"

"예?"

갑작스럽게 이상한 질문이 날아왔다.

"아뇨, 두 눈 다 멀쩡하게 뜨고 있는데요?"

"그럼 부모에게 스펠드에 대해 듣지 못하고 자랐나?"

"부모님은 몰라도, 스승에게는 엄중하게 주의를 들었습니다. 다가가지 말라고."

"…스승의 가르침을 지키지 않아도 되나?"

그는 천천히, 확인하듯이 물었다. '나는 스펠드족인데 괜찮겠냐?'는 이야기였다.

의외로 겁이 많군.

"너는 나를 봐도 무섭지 않은가?"

무섭지는 않다. 공포는 없다. 그저 의심할 뿐이다.

하지만 그 말을 할 필요는 없었다.

"도와주신 분을 두려워하는 건 실례지요."

"너는 이상한 말을 하는 아이로군."

그의 얼굴에는 곤혹스러운 표정이 떠올라 있었다.

이상하단 말인가. 스펠드족으로서는 기피되는 게 보통이겠지.

라플라스 전쟁에 대해 배웠다. 500년 전에 시작해서 100년이

넘도록 인간족과 마족이 싸웠다는 전쟁이다.

전쟁 후에 스펠드족이 박해를 받았다는 사실도 안다.

다른 마족에 대한 차별은 줄어드는 모양이지만, 스펠드족만큼은 예외였다. 마치 일본인들이 전쟁 도중의 미군을 싫어하듯이 모든 종족이 싫어했다.

이 세상에 절대악이 있다면 바로 스펠드족이라고 말하듯이.

내가 생전에 차별을 좋게 여기지 않는 일본인이 아니었다면 그를 본 순간 비명이라도 질렀을지 모르겠다.

"……."

그가 나뭇가지를 모닥불에 던져 넣자 파직 소리가 났다.

그 소리를 들었는지 에리스가 으응 소리를 내며 몸을 꿈틀거렸다. 깨어난 걸지도 모르겠다.

아, 이런. 에리스가 깨어나면 분명히 소동을 피우겠지.

일이 복잡해지기 전에 자기소개 정도는 해 둘까.

"저는 루데우스 그레이랫입니다. 성함을 들을 수 있을까요?"

"루이젤드 스펠디아."

특정 마족은 종족별로 정해진 성을 가진다.

가문명을 가지는 것은 기본적으로 인간족뿐이다. 이따금 다른 종족 중에서도 괴팍한 자는 붙이는 모양이지만.

참고로 록시는 미굴디아였다. 에리스의 가정교사를 맡고 있을 때 내게 도착했던 록시의 마족 사전에 그렇게 적혀 있었다.

"루이젤드 씨, 이제 곧 여자애가 깨어날 것 같은데, 조금 시끄러운 애니까 미리 사과드리겠습니다. 죄송합니다."

"괜찮다. 익숙하니까."

에리스라면 루이젤드의 얼굴을 보자마자 덤벼들지도 모른다.

적대하지 않기 위해서라도 필요한 대화는 끝내둬야겠지.

"옆자리, 실례하겠습니다."

에리스의 얼굴을 힐끗 보고 아직 괜찮겠다는 판단에 나는 루이젤드의 옆으로 이동했다.

그는 어두운 불빛 밑에서 보자, 꽤나 민족성 넘치는 복장이었다. 인디언과 비슷한 이미지일까. 자수가 들어간 조끼와 바지였다.

"음…."

왠지 불편해하는 기색이었다. 인신처럼 괜스레 다가오지 않는 만큼 인상이 좋았다.

"그런데 화제를 좀 바꾸겠는데요, 여기는 어디입니까?"

"여기는 마대륙의 북동쪽, 비에고야 지방. 과거에 키시리스성이었던 곳 근처다."

"마대륙…."

분명히 키시리스 성은 마대륙의 북동쪽이었다.

"왜 그런 곳에 떨어졌을까요?"

"너희가 모른다면 나도 모른다."

"그도 그렇겠네요."

판타지 세계니까 무슨 일이 일어나도 이상하지 않겠지만….

전이되기 직전에 페르기우스의 부하라는 거물도 등장했으니, 우연의 산물이 아닐지도 모르겠다.

그보다 인신이 관여했을 가능성도 크다. 휘말린 게 우연이라면 살아 있는 것만으로도 감사해야지.

"아무튼 구해 주셔서 감사합니다."

"인사는 필요 없다. 그보다 어디서 살고 있지?"

"중앙대륙의 아슬라 왕국, 피트아령의 로아라는 도시입니다."

"아슬라… 멀군."

"그러네요."

"하지만 안심해라. 반드시 데려다주마."

마대륙의 북동쪽과 아슬라 왕국은 지도의 끝과 끝이다. 라스베가스와 파리만큼 떨어졌다.

더군다나 이 세계에서는 한정된 장소밖에 배가 다니지 않으니까 육로로 빙글 돌아가야만 한다.

"무슨 일이 일어났는지 짚이는 바는 없나?"

"짚이는 거라면… 하늘이 빛났다 싶더니 광휘의 아르만피라는 사람이 와서 이변을 막기 위해 왔다고 말했습니다. 그 사람과 이야기하는데 갑자기 하얀빛이 밀려들어서…. 다음 순간에는 여기서 눈을 떴습니다."

"아르만피…. 페르기우스가 움직였나. 그렇다면 정말로 뭔가가 일어났겠지. 전이 정도로 끝난 게 다행이다."

"동감입니다. 그게 폭발이었으면 즉사했을 테니까요."

루이젤드는 페르기우스라는 이름을 듣고도 꿈쩍하지 않았다.

의외로 페르기우스는 무슨 일이 있으면 움직이는 사람일까?

"그런데 인신이라는 존재를 아시나요?"

"인신? 뭐지? 사람 이름인가?"

"아뇨, 모른다면 됐습니다."

거짓말을 하는 것 같진 않았다. 그가 인신에 대해 숨길 이유도 떠오르지 않았다.

"그렇긴 해도 아슬라 왕국인가."

"멀지요. 괜찮습니다. 근처 마을에라도 데려다주시면…."

"아니. 스펠드의 선사는 한 민 정한 것을 뒤엎지 않는다."

고집스럽지만 성실한 말이었다. 인신의 조언이 없더라도 그것만으로 신용했을지 모르겠다.

하지만 지금은 아무래도 의심할 수밖에 없었다.

"세계의 끝과 끝인데요?"

"어린애가 괜히 걱정할 것 없다."

조심조심 내 머리에 손을 얹더니 겁먹은 것처럼 쓰다듬었다.

내가 거부하지 않자 그는 안도한 표정을 지었다.

이 사람, 어린애를 좋아하나?

하지만 걸어서 10분 거리에 있는 것도 아닌데, 그리 쉽게 데려다주겠다고 말하는 걸 믿기란 어려웠다.

"말은 통하나? 돈은 있나? 길은 아나?"

그러고 보니 그랬다.

나는 아까부터 인간어로 말하는데, 이 마족 남자는 유창하게 대답해 주었다.

"마신어는 할 수 있습니다. 마술을 할 수 있으니 돈은 어떻게든 벌 수 있습니다. 사람이 있는 곳에만 데려다주신다면 길은 알아서 조사하겠습니다."

가능한 한 거절하는 방향으로 이야기를 돌리고 싶었다. 이 남자는 신용할 수 있을지도 모르지만, 인신의 생각대로 사태가 굴러가는 건 피하는 편이 나을 듯했다.

의심 깊은 내 말에 생각하는 바도 있을 텐데, 루이젤드는 성실하기 짝이 없는 대답을 하였다.

"그래…. 그럼 호위만이라도 시켜다오. 어린아이들을 저버렸다면 스펠드의 명예에 흠이 간다."

"긍지 높은 일족이로군요."

"상처뿐인 긍지지만."

그 농담에 나는 하핫 웃었다. 루이젤드의 입꼬리도 위쪽으로 올라갔다. 웃는 것이다.

인신의 수상쩍은 웃음과는 달리 따뜻한 웃음이었다.

"아무튼 내일은 내가 신세지는 마을까지 가자."

"예."

신은 믿을 수 없지만, 이 남자는 믿을 수 있을지도 모른다.
적어도 그 마을이란 곳에 갈 때까지는 믿어 보기로 했다.

잠시 뒤에 에리스가 번쩍 눈을 떴다.

벌떡 몸을 일으키고 주위를 두리번거렸다. 이어서 차츰 불안해 하다가 나와 눈이 마주치자 눈에 띄게 안도한 표정을 지었다. 이어서 내 옆에 앉은 루이젤드와 시선이 마주쳤다.

"꺄아아아아아아아아아아아아!!"

절규였다. 구르듯이 뒤로 물러나더니 그대로 일어서서 도망치려다가 고꾸라지듯이 넘어졌다. 다리가 풀린 탓이다.

"싫어어어어어어어!"

에리스는 패닉을 일으켰다.

하지만 날뛰지도 않고 기어서 도망치지도 않았다.

그 자리에 주저앉아서 바들바들 떨며 그저 소리만 질러댈 뿐이었다.

"싫어! 싫어, 싫어! 무서워! 무서워, 무서워, 무서워! 도와줘, 길레느! 길레느! 길레느! 왜 안 오는 거야! 싫어, 안 돼! 죽기 싫어! 죽기 싫어! 미안해! 미안해! 잘못했어, 루데우스! 걷어차서 미안해! 용기가 없어서 미안해! 약속을 못 지켜서 미안해, 아, 아아아앙! 우에에에에엥!"

마지막에는 거북이처럼 몸을 움츠리고 엉엉 울어댔다.

나는 그 광경에 전율하였다.

'에리스가 이렇게나 무서워하다니….'

에리스는 기가 드센 여자애다. 좌우명은 아마도 천상천하유아독존. 응석받이에 난폭하여서, 일단 때린 뒤에 생각하는 아이다.

그런 애가 이런 모습을 보이다니.

어쩌면 난 엄청난 착각을 한 게 아닐까?

스펠드족은 결코 건드려선 안 되는 상대 아니었을까?

힐끗 루이젤드를 보니 그는 태연한 기색이었다.

"저게 일반적인 반응이다."

그럴 수가.

"제가 이상한 걸까요."

"이상하지. 다만…."

"다만?"

"나쁘진 않군."

루이젤드의 옆얼굴은 꽤나 쓸쓸해 보였다.

떠오르는 바가 있었다. 나는 일어서서 에리스에게 다가갔다.

내 발소리에 에리스는 움찔 몸을 떨었다.

나는 그 등을 다정하게 쓰다듬었다. 아주 옛날, 뭔가를 두려워하며 울고 있으면 할머니가 이렇게 등을 쓸어 주셨던 것을 떠올리면서.

"자, 무서울 거 없어요, 무섭지 않아요."

"힉, 무섭지 않을 리 없잖아! 스, 스펠드족이야!"

그렇게 무서워하는 이유를 모르겠다.

아니, 다름 아닌 에리스잖아. 검왕 길레느를 상대로도 이빨을 드러내는 에리스.

그녀에게 무서운 게 있을 리가 없다.

"정말로 무서운 사람인가요?"

"스, 스펠드족은! 아이를, 자, 잡아! 잡아먹는다고! 힉…."

"안 그래요."

안 그러죠? 라는 뜻을 담아서 루이젤드를 보자 고개를 내저었다.

"안 잡아먹는다."

봐.

"보세요, 안 잡아먹는다잖아요."

"하, 하, 하지만! 스펠드족이야! 마족이야!"

"마족이지만 인간어는 통하거든요."

"언어의 문제가 아냐!"

에리스가 확 고개를 쳐들고 날 째려보았다. 평소의 모습으로 돌아왔구나.

역시 에리스는 이래야지.

"아, 괜찮겠어요? 잔뜩 움츠리고 있지 않으면 잡아먹히잖아요?"

"나, 날 바보로 알아?"

놀리듯이 말하자 에리스는 나를 날카롭게 노려보았다. 그리고 그대로 루이젤드 쪽도 노려보다가… 부들부들 떨었다. 눈이 젖어 있었다.

혹시 평소처럼 떡 버티고 섰으면 다리도 바들바들 떨렸겠지.

"처, 처, 처음, 뵈, 뵈뵈, 뵙겠습니다. 에, 에, 에리스, 보보, 보레아스… 그레이랫입니다!"

울상을 하면서 자기소개를 했다.

삐기듯이 상대를 쏘아보면서 하는 자기소개라는 게 살짝 웃음이 나오는 점이었다.

아니, 그러고 보면 옛날에 내가 그런 식으로 가르쳤을지도 모르겠다. 사람과 만나거든 일단 자기소개로 선제공격을 하라고.

"에리스 보보보레아스 그레이랫인가. 모르는 사이에 인간족은 이상한 이름을 짓게 되었군."

"아냐! 에리스 보레아스 그레이랫이야! 조금 더듬었을 뿐이야! 그보다 너도 이름을 대야지!"

그렇게 소리친 뒤에야 에리스는 앗 소리를 내며 불안한 얼굴을 하였다.

자기가 누굴 상대로 소리쳤는지 떠오른 것이다.

"그런가. 미안하군. 루이젤드 스펠디아다."

에리스가 안도하는 표정을 짓더니 의기양양한 얼굴이 되었다.

보라고, 하나도 안 무섭거든? 이라는 얼굴이었다.

"보세요, 괜찮죠? 말이 통하면 다들 친구가 될 수 있어요."

"그래! 루데우스의 말이 맞아! 어머님이 거짓말을 하신 거야!"

힐다가 가르쳤나. 하지만 얼마나 무서운 전승이었던 걸까.

아니, 나도 외다리 귀신이나 도깨비를 실제로 보면 잔뜩 겁먹을지도 모르지.

"힐다 아주머니가 뭐라고 하셨기에?"

"얼른 안 자면 스펠드족이 와서 잡아먹는다고."

과연, 어린애를 재우기 위한 미신으로 사용하였나.

무슨 귀신 같은 대접이군.

"하지만 잡아먹히지 않았죠. 오히려 스펠드족과 친구가 되면 모두에게 자랑할 수 있을지도요."

"하, 할아버님이나 길레느한테도 자랑할 수 있을까…?"

"물론이지요."

힐끗 루이젤드를 보니 놀란 얼굴이었다. 좋아.

"루이젤드 씨는 친구가 적은 모양이니까, 에리스가 부탁하면 금방 친해질 수 있을 것 같은데요."

"하, 하지만…."

너무 애처럼 말했나 했는데, 에리스는 밍설이고 있었다.

생각해 보면 에리스에게 친구는 없다. 나는… 조금 다르겠지. 친구라는 단어에 움츠러든 걸지도 모른다. 한 마디 더 거들어줄 필요가 있을까.

"자, 루이젤드 씨도!"

재촉하자 루이젤드도 대충 분위기를 읽은 모양이었다.

"어? 으, 으음. 에리스… 잘 부탁한다."

"어, 어쩔 수 없잖아! 내, 내가 친구가 되어 줄게!"

루이젤드가 고개를 숙이는 걸 보고 에리스의 안에서 뭔가가 무너진 모양이었다.

다행이다. 그렇기는 해도 에리스는 단순하군. 이것저것 복잡하게 생각했던 게 바보 같다.

하지만 에리스가 단순한 만큼 내가 생각해야겠지….

"휴우, 일단 오늘은 조금 쉬겠습니다."

"뭐야, 벌써 자게?"

"예, 에리스, 저는 지쳤어요. 왠지 아주 졸려요."

"그래? 어쩔 수 없네. 잘 자."

내가 눕자 에리스는 자기가 덮었던 망토 같은 것(아마도 루이젤드의 물건)을 덮어 주었다. 왠지 아주 지쳤다.

의식이 사라지기 직전에 이야기 소리가 들렸다.

"너, 이제 안 무서운가?"

"루데우스가 같이 있으니까 괜찮아."

으음, 에리스만이라도 무사히 돌려보내야지.

그린 생각을 히면서 내 의식은 끊어졌다.

제3화 스승의 비밀

꿈을 꾸었다. 천사가 하늘에서 내려오는 꿈이었다.

어제의 꿈과는 달리 좋은 꿈이 틀림없다고 생각했지만, 천사의 국부에는 모자이크가 쳐져 있고 기분 나쁜 얼굴로 후훗 웃고 있었다. 아무래도 악몽이란 걸 깨달으니 눈이 떠졌다.

"꿈인가…."

눈앞에는 바위와 흙뿐인 세계가 펼쳐져 있었다.

마대륙.

인마대전으로 갈라진 거대륙의 파편.

과거에 마신 라플라스가 하나로 통합했던 마족들의 영역.

면적은 중앙대륙의 절반 정도지만, 식물은 거의 없고 지면은 균열투성이, 거대한 계단처럼 고저차가 심한 곳도 있어서 키보다도 높은 바위가 앞길을 가로막는 천연 미로 같은 곳.

또한 마력 농도가 짙어서 강한 마물이 수없이 존재한다.

걸어서 통과하려다가는 중앙대륙의 세 배 정도는 시간이 걸린다고 들었다.

긴 여행이 되리라는 걸 어떻게 에리스에게 설명할지 생각했지만, 그녀는 씩씩했다.

마대륙의 대지를 반짝거리는 눈으로 바라보았다.

"에리스. 여기는 마대륙인데요….."

"마대륙! 모험이 시작되는 거구나!"

좋아하는 눈치였다. 여유롭군. 지금 당장 말해서 불안을 부채질할 것도 없나.

"출발한다. 따라와라."

루이젤드의 호령에 우리는 이동을 시작했다.

내가 자는 동안에 에리스는 루이젤드와 꽤나 친해졌다.

그녀는 집안에서의 자기 위치를 시작으로 마술이나 검술 수업에 대해 기쁜 눈치로 떠들었다.

루이젤드는 말수가 적었지만, 에리스의 이야기에 일일이 맞장구를 쳐 주었다.

처음에 무서워하던 모습은 대체 어디로 갔는지, 에리스는 이 무시무시한 남자를 전혀 두려워하지 않게 되었다.

대화 도중에 이따금씩 무례한 소리를 해서 간담이 서늘해졌지만 루이젤드는 딱히 화내지 않았다. 무슨 말을 들어도 태연히 넘겼다.

화를 잘 낸다는 소문을 흘린 놈은 대체 누구야?

게다가 예전이라면 모를까, 요즘 에리스는 다소나마 분위기도 파악할 줄 안다.

그런 쪽으로는 에드나와 함께 확실하게 가르쳤으니까 느닷없이 상대의 화를 돋운다든가 하는 소린 않겠지. 제발 그래 주었으면 좋겠다.

다만 모르는 상대니까 무슨 말에 인내심이 끊어질지 모른다. 부디 신중했으면 싶다.

내친 김에 말하자면 에리스의 인내심도 아주 끊어지기 쉬우니까 루이젤드도 신중했으면 고맙겠다.

그런 생각을 하는데 에리스가 벌써부터 화를 내기 시작했다.

"루데우스는 네 오빠인가?"

"아냐!"

"하지만 그레이랫이라는 건 가문 이름 아닌가?"

"그렇지만 아냐!"

"어미가 다른가, 아비가 다른가?"

"어느 쪽도 아냐."

"인간족에 대해선 모르겠지만, 가족은 소중히 해라."

"아니라고 하잖아!"

"알았으니까 소중히 해라."

"우우…."

에리스가 기죽을 만큼 강한 어조였다.

"소, 소중히 할게…."

뭐, 사실은 남매가 아니지만. 에리스 쪽이 연상이고.

마대륙은 바위투성이고 고저차가 심했다.

지면은 단단하고 흙은 후드득 부서졌다. 영양이 없어서 사막 일보직전이란 느낌이었다. 이런 곳에 갇혔으면 마족도 전쟁을 일으킬 만하겠지.

식물도 거의 없었다. 이따금 선인장 같은 이상한 바위가 있는 정도였다.

"음. 잠깐 기다려라. 절대로 움직이지 마라."

십여 분에 한 번 정도 루이젤드는 그렇게 말하고 진행방향으로 뛰어갔다. 바위산을 뿅뿅 뛰어넘더니 순식간에 보이지 않게 되었다.

엄청난 신체능력이었다. 길레느도 엄청났지만, 민첩성을 수치로 표현하자면 루이젤드가 웃돌지도 모르겠다.

루이젤드는 뛰어간 지 5분도 되지 않아 돌아왔다.

"기다리게 했군. 가자."

딱히 별 말은 없었지만 삼지창 끝에서 살짝 피 냄새가 났다.

아마도 우리 앞을 가로막는 마물을 쓰러뜨렸겠지.

분명히 이마의 저 붉은 보석은 레이더 같은 역할을 한다고 록시 사전에 적혀 있었다.

그 덕분에 적을 일찍 발견할 수 있고, 마물이 우리를 알아차리기 전에 기습하여 순식간에 없애는 것이다.

"저기! 아까부터 뭐 하는 거야?"

에리스가 생각 없이 물었다.

"앞길에 있는 마물을 쓰러뜨렸다."

루이젤드는 간결하게 대답했다.

"어떻게 안 보이는데도 있는 걸 알아?"

"나한테는 보인다."

루이젤드는 그렇게 말하면서 앞머리를 걷어 올렸다.

이마가 드러나고 붉은 보석이 보였다.

에리스는 그걸 보고 순간 주저했지만, 잘 보면 그 보석도 아름다웠기에 곧 흥미진진한 얼굴을 하였다.

"편리하네!"

"편리할지도 모르지만, 이런 건 없는 편이 낫다고 몇 번이나 생각했다."

"그럼 내가 가져도 되겠네! 이렇게 뽑아내서!"

"그렇게는 안 된다."

쓴웃음을 짓는 루이젤드.

에리스도 농담을 할 수 있게 되었구나…. 농담이지?

"그러고 보면 마대륙의 마물은 강하다고 들었는데요."

"이 주변은 그렇지도 않지. 가도에서 떨어져 있으니까 숫자는 많지만."

그래, 숫자가 많다. 아까부터 십여 분 간격으로 루이젤드가 움직였다.

아슬라 왕국에서는 마차로 몇 시간 이동해도 한 번도 마물과 마주치지 않는다.

아슬라 왕국에서는 기사단이나 모험가가 정기적으로 마물을 처리하기 때문이라고 해도, 마대륙의 조우율은 너무 심하다.

"방금 전부터 혼자서 싸우시는데, 괜찮나요?"

"문제없다. 죄다 일격이다."

"그렇습니까…. 지치거든 말씀해 주세요. 저도 원호 정도는 할 수 있고, 치유 마술도 쓸 수 있으니까요."

"어린애가 괜한 걱정 할 것 없다."

그렇게 말하고 루이젤드는 내 머리에 손을 올리더니 조심스럽게 쓰다듬었다.

이 사람은 그건가. 어린애 머리를 쓰다듬는 걸 좋아하나?

"너는 여동생 옆에 붙어서 잘 지켜 줘라."

"그러니까! 누가 동생이야! 내가 누나란 말이야!"

"음, 그랬나. 미안하군."

루이젤드는 그렇게 말하고 토라진 에리스의 머리도 쓰다듬으려고 했지만 에리스가 그 손을 쳐냈다.

불쌍한 루이젤드.

"다 왔다."

세 시간 정도 걸었을까.

고저차가 심하고 구불구불 휘어지는 길을 걸었기 때문에 꽤나 시간이 걸렸다.

하지만 직선거리로는 1킬로미터도 되지 않았겠지.

많이 지쳤다. 어제도 그랬지만 왠지 몸이 무거웠다.

전이의 영향일까. 아니면 단순히 내 체력이 없을 뿐일까. 길레느의 지도를 받으며 체력 기르기는 빼먹지 않았을 텐데.

"마을이네!"

에리스는 전혀 지치지 않은 기색으로 흥미진진하게 마을을 바라보았다. 그녀의 체력에 질투.

에리스는 마을이라고 말했지만, 그냥 집이 몇 채 모여 있을 뿐이란 느낌이었다.

십여 채의 집이 모인 주위를 조악한 울타리로 주욱 둘러쌌다.

울타리 안쪽에는 작은 밭이 있었다. 밭에서 뭘 키우는지는 잘 보이지 않았지만 농작이란 느낌이 아니었다. 강도 흐르지 않는 이런 곳에서 작물을 기르는 건 무리가 아닐까?

"멈춰라!"

입구에서 제지를 받았다. 살펴보니 중학생 정도의 소년 하나가 문 옆에 서 있었다.

파란 머리카락이었다. 록시가 떠올랐다.

"루이젤드, 그 녀석들은 뭐지!"

마신어였다. 아무래도 히어링에는 문제가 없는 듯했다.

"저번에 말한 유성이다."

"수상쩍군. 그 녀석들을 마을에 들일 순 없다!"

"왜지? 어디가 수상하지?"

루이젤드는 험악한 얼굴로 문지기에게 다가갔다. 엄청난 살기였다.

처음 만났을 때에 그런 살기를 내뿜었다면 나는 아무 생각도 없이 도망쳤겠지.

"어, 어디를 봐도 수상하잖아!"

"그들은 아슬라에서 일어난 마력재해에 휘말려서 전이했을 뿐이다."

"하, 하지만."

"넌 이런 어린애들을 저버릴 셈인가…?"

루이젤드가 주먹을 쥐었다. 나는 반사적으로 그 손을 붙잡았다.

"저 사람도 직무 때문에 저러는 거니까 참으세요."

"뭐…?"

"그보다 문지기 같은 말단이 판단할 수 없지요. 더 높은 사람을 불러달라는 쪽이 낫지 않을까요?"

말단이라는 말에 소년은 눈썹을 찌푸렸다.

"그렇군. 로인, 촌장님을 불러다오."

이 이상 꾸물대지 말라는 듯이 매서운 눈빛으로 쏘아보면서 루이젤드가 그렇게 말했다.

"그래, 나도 그럴까 생각하던 참이야."

로인이라고 불린 소년은 눈을 감았다. 그대로 10초 정도 시간이 흘렀다….

"……."

얼른 안 가고 뭐해? 눈을 감고 잠든 건 아니겠지?

아니면 키스라도 기다리나?

"루이젤드 씨, 저건…?"

"미굴드족은 같은 종족끼리라면 떨어져 있어도 대화할 수 있다."

"아, 그러고 보면 스승님한테 그런 이야기를 들은 것 같네요."

정확하게는 록시에게 받은 책 안에 적혀 있었다. 미굴드족은 가까운 사람들끼리 교신할 수 있다고. 더불어서 자기는 그걸 할 수 없어서 마을을 나왔다고도 적혀 있었다.

불쌍한 록시….

아니, 여기는 미굴드족의 마을인가?

록시의 이름을 말하는 편이 나으려나.

아니, 록시와 이 마을의 관계를 모르는 이상 괜한 짓을 하지 않는 편이 나을지도.

"촌장님이 오신다고 한다."

"이쪽에서 가는 것도 괜찮은데?"

"마을에 들일 수 없다!"

"그런가."

잠시 동안 불편한 분위기가 흐르고, 에리스가 내 소매를 꾹꾹 잡아당겼다.

"저기, 어떻게 된 거야?"

에리스는 마신어를 몰랐다.

"우리가 수상하니까 촌장이 직접 확인하겠다네요."

"뭐야, 그건? 뭐가 수상하다고…."

에리스는 눈썹을 찌푸리면서 자기 옷을 내려다보았다. 마을 밖에 나간다고 해서 검술 훈련용 옷을 입고 있었다. 다소 가볍 긴 하지만 이상한 옷차림은 아니었다. 적어도 내 눈에는 루이젤 드와 큰 차이가 없었다. 드레스 같은 거였으면 엄청 수상했겠지 만.

"괜찮겠지?"

"뭐가요?"

"뭐냐고 해도 말하기 어렵지만, 이게 그러니까, 그런 거야…."

"괜찮아요."

"그래…?"

아무리 에리스라도 입구에서 제지를 받으니까 다소 불안한 모양이었다.

하지만 내가 괜찮다고 말하자 곧 얌전해졌다.

"촌장이 온 모양이군."

마을 안쪽에서 지팡이를 짚은, 어린 티가 느껴지는 사람이 걸어왔다. 옆에 두 여중생… 정도의 소녀를 데리고 있었다. 다들 작았다. 혹시 미굴드족은 성인이 되어도 중학생 정도밖에 안 되 나?

록시 사전에는 그런 말이 없었는데….

아니, 삽화에 그려진 것은 중학생 정도의 그림이었다. 록시의 자화상이라고 생각하고 미소를 지었지만, 어쩌면 그건 미굴드 족 성인의 모습이었을까.

그런 생각을 하는데 촌장과 로인이 이야기를 나누기 시작했다.

"저쪽의 아이들인가…?"

"예, 한쪽은 마신어를 할 수 있는 모양입니다. 수상합니다."

"말 정도야 배우면 누구든 할 수 있지 않느냐?"

"저 나이의 인간족이 왜 마신어 같은 걸 배웁니까!"

지당한 말씀. 무심코 납득해 버릴 만한 말이었지만 촌장은 로인의 어깨를 툭툭 두들겼다.

"자, 너는 조금 진정하고 기다려 보거라."

촌장은 느릿한 발걸음으로 이쪽으로 걸어왔다. 아무튼 나는 고개를 숙였다. 귀족용의 인사법이 아니라 일본식 인사였다.

"처음 뵙겠습니다. 루데우스 그레이랫입니다."

"으음, 예의 바른 손님이군. 이 마을의 촌장인 록스일세."

나는 에리스에게도 눈짓했다. 그녀는 자기와 비슷한 또래의 외모인, 하지만 분위기가 다른 사람에게 어떻게 해야 좋을지 몰라서 팔짱을 꼈다가 풀었다 하며 어쩔 줄 모르는 모습이었다.

팔짱을 끼고 떡 하니 버티고 서야 할지 고민하는 걸까.

"에리스, 인사해요."

"하, 하지만 말을 모르는데?"

"수업에서 배운 대로 하면 되니까요. 제가 전할게요."

"우우…. 처, 처음 뵙겠습니다. 에리스 보레아스 그레이랫입니다."

에리스는 예의작법 수업에서 배운 대로 인사하였다.

록스는 그걸 보고 표정을 풀었다.

"이쪽 아가씨는 혹시 인사를 해 주는 건가?"

"그렇습니다. 저희 고향에서의 인사법입니다."

"호오, 네가 한 인사와는 다른 듯한데?"

"남자와 여자라서 다르지요."

록스는 '그런가, 그런가'라면서 고개를 끄덕이더니 내 흉내를 내어서 에리스에게 고개를 숙였다.

"이 마을의 촌장 록스일세."

에리스는 갑자기 고개를 숙인 촌장의 모습에 겁먹은 듯이 나를 보았다.

"루데우스, 뭐라는 거야?"

"이 마을의 촌장인 록스, 라고 하네요."

"그, 그래. 흐, 흐응. 루데우스의 말처럼 제대로 통했네."

에리스는 입가를 풀면서 싱글싱글 웃었다.

좋아, 이쪽은 이쪽대로 잘 풀렸군.

"그럼 마을에 들여보내 주시는 겁니까?"

"흐음."

록스는 내 몸을 핥듯이 마구 바라보았다. 그만 둬. 그렇게 뜨거운 시선을 받으면 벗고 싶어지잖아….

록스의 시선이 내 가슴에서 멎었다.

"그 펜던트는 어디서 손에 넣었지?"

"스승에게 받았습니다."

"스승은 어디의 누구지?"

"이름은 록시."

나는 솔직히 록시의 이름을 말했다. 잘 생각해 보면 존경하는 스승의 이름이다.

왜 숨길 필요가 있을까.

"뭐라고!"

거기서 소리친 것은 로인이었다. 그는 엄청난 기세로 다가와서 내 어깨를 붙잡았다.

"너, 너, 지, 지금 록시라고 했지!"

"예, 스승입니다…."

대답하는 동시에 시야 구석에서 루이젤드가 주먹을 움켜쥐는 게 보여서 일단 제지하였다. 로인의 얼굴에는 분노가 없었다. 그저 초조함만이 있었다.

"로, 록시는 지금 어디에 있어!"

"글쎄요, 저도 한동안 못 만나서…."

"가르쳐 줘! 록시는, 록시는 내 딸이야!"

미안, 뭐라고?

"죄송합니다, 방금 잘못 들은 것 같은데요."

"록시는 내 딸이야! 아직 살아 있는 거야?"

pardon? 아니, 들리긴 했어요. 이 중학생 정도로 보이는 남자의 나이가 궁금할 뿐이지. 외모를 보면 오히려 록시의 동생으로 보이니까.

하지만 그렇단 말이지. 헤에.

"가르쳐 줘. 20년도 더 전에 마을을 뛰쳐나간 걸 끝으로 소식이 없어!"

아무래도 록시는 부모 몰래 가출했던 모양이다.

그런 이야기는 못 들었는데… 정말이지 우리 스승님은 설명이 모자라는군.

그보다 20년이라니. 어라? 그럼 록시는 지금 몇 살이야?

"부탁이니까 입 다물고 있지 말고 뭐라고 말 좀 해 봐."

어차, 죄송.

"록시는 지금…."

그러다가 나는 어깨를 붙잡힌 상태라는 걸 깨달았다.

마치 협박당하는 것 같군.

협박에 굴하여 말하다니 그건 아니지. 마치 내가 폭력에 굴하는 것 같잖아.

폭력으로 나를 굴복시키고 싶거든 하다못해 배트로 컴퓨터를 박살내고 가라테로 때려눕힌 뒤에 차마 들어줄 수 없는 폭언으로 마음을 꺾으셔야지.

여기선 의연한 태도를 취해야 한다. 에리스가 불안해 할 지도 모르고.

"그 전에 제 질문에 대답해 주세요. 록시는 지금 몇 살입니까?"

"아니? 아니, 그런 것보다…."

"중요한 겁니다! 그리고 미굴드족의 수명을 가르쳐 주세요!"

여기서 꼭 들어놔야만 하는 것이었다.

"어, 그래…. 록시는 분명히… 올해로 마흔 살일 거야. 미굴드족의 수명은 200살 정도지. 병으로 죽는 사람도 적지 않지만, 나이 들어 죽는 경우는 그 정도야."

동갑이었다. 조금 기쁘군.

"그렇습니까…. 아, 그리고 이 손 좀 놔 주세요."

로인은 간신히 손을 놓았다. 좋아, 이제 이야기를 할 수 있겠어.

"록시는 반년 전까지 시론에 있었을 겁니다. 직접 만난 건 아니지만, 편지는 주고받았으니까요."

"편지…. 그 녀석, 인간어를 쓸 수 있었나?"

"적어도 7년 전에는 완벽했지요."

"그, 그래…. 그럼 무사한 거지?"

"급병이나 사고를 만나지 않았다면 건강하겠죠."

그렇게 말하자 로인은 비틀거리며 무릎을 꿇었다.

안도한 표정으로 눈가에 눈물이 맺혔다.

"그래… 무사한가…. 무사하구나…. 하하… 다행이다."

다행이네요, 아버님.

하지만 이 모습을 보니 파울로가 떠오르네. 파울로도 내가 무사하다는 걸 알면 울까. 부에나 마을에 얼른 편지를 보내고 싶다.

"그래서 마을에는 들여보내 주는 건가요?"

그 자리에 주저앉은 로인을 무시하고 촌장 록스에게 이야기를 돌렸다.

"물론이다. 록시가 무사하다고 알려준 자를 어떻게 내칠 수 있을까."

록시에게 받은 펜던트는 발군의 효과를 발휘했다.

처음부터 보여주었으면 좋았을걸. 아니, 하지만 대화의 흐름에 따라서는 내가 록시를 죽이고 빼앗았다고 여겼을지도 모른다. 마족은 오래 산다는 모양이고. 외모와 나이가 안 맞는 일도 왕왕 있겠지. 아무리 내가 열 살짜리 소년의 외모라고 해도, 속은 마흔이 넘었다는 걸 들키면 괜한 의심을 살 수도 있다.

조심해야지.

열심히 어린애처럼 행동하자.

이렇게 우리는 '미굴드족의 마을'에 들어갔다.

제4화 신용의 이유

미굴드족의 마을을 한 마디로 표현하자면 '극빈'이었다.

세대수는 십여 개.

집의 형태는 설명하기 어려웠다. 지면에 굴을 파고 거북이 껍질을 씌워놓은 느낌이었다.

여기에 비교하면 아슬라 왕국의 건축 기술이 대단하다는 게 확실히 느껴졌다. 물론 아슬라 왕국의 건축 기술자라고 해도 나무가 없는 이런 곳에 오면 재료가 없어서 두 손 들 수밖에 없겠지.

밖에서도 보였지만, 밭에는 시들어빠진 이파리의 식물이 같은 간격으로 있었다. 시든 것처럼 보였지만, 괜찮을까? 록시가 만든 마족사전에는 농업에 대해 별로 자세히 적혀 있지 않았다. 야채는 쓰고 맛이 없다는 정도였다.

참고로 밭 옆에는 식물인지 동물인지는 몰라도 피라○ 플라워처럼 이빨이 닌 흉흉한 꽃이 피어서 어지럽게 난 이빨을 빠득거리고 있었다. 저건 분명히 밭에 침입하는 해로운 동물에 대한 대책이겠지.

마을 가장자리에는 중학생 정도의 소녀들이 불을 둘러싸고 뭔가를 하고 있었다. 임간학교나 그런 것처럼 보이지만, 그녀들은 식사 준비를 하고 있었다. 한 곳에서 만들어서 다들 나누는 것이다.

남자는 거의 없었다.

나이 어린 남자애는 있었지만 어른은 방금 전에 문지기를 맡은 로인과 촌장 정도일까.

분명히 남자는 사냥을 나가고 여자는 집을 지킨다고 했으니까 사냥을 나갔겠지.

"이 근처에서 잡히는 사냥감은 뭔가요?"

"마물이다."

아마도 이 대답은 정곡을 찔렀지만, 다소 설명이 부족했다. 어부에게 뭐가 잡히냐고 물었더니 어패류라고 대답하는 꼴이었다. 뭐, 더 캐물으면 될까.

"저기. 저 집 위에 올린 지붕도 마물인가요?"

"그레이트 토터스다. 껍질은 딱딱하고 고기는 맛있지. 근육은 활의 현이 된다."

"저걸 주로 사냥하나요?"

"그래."

고기는 맛있나. 하지만 저 사이즈의 거북이라니 잘 상상이 안 가네. 제일 큰 집의 껍질은 20미터 정도 되겠는데.

그런 생각을 하는데 루이젤드와 록스는 그 집 안으로 들어갔다.

제일 큰 집=우두머리의 집이라는 건 어느 세계든 똑같은 모양이다.

"실례하겠습니다."

"초, 초대해 주셔서, 감사합니다…."

나와 에리스는 일단 인사를 하면서 안에 들어갔다.

"오오…."

안은 밖에서 본 것보다 넓었다.

바닥에는 모피를 깔았고 벽에는 화려한 색채의 벽걸이가 걸려 있었다.

방 중앙에는 화로 같은 게 있고, 가늘게 불이 타오르며 방 안을 밝히고 있었다.

집 안에 칸막이는 없었다. 밤이 되면 담요를 몸에 말고 잠드는 거겠지.

구석에는 검이나 활도 놓여 있어서 수렵민족이라는 게 여실하게 보였다.

촌장을 따라온 두 여성은 집 안까지 따라오진 않았다.

"어디, 그럼 이야기를 들어볼까."

록스는 화로 근처에 털썩 앉더니 그렇게 말했다.

루이젤드가 그 정면에 앉았다. 나는 루이젤드의 옆에 책상다리를 하고 앉았다.

에리스는 어쩌나 봤더니, 어쩔 줄 모르며 서 있었다.

"집 안에서도 바닥에 앉아?"

"검술 수업에서는 곧잘 바닥에 앉았죠?"

"그, 그것도 그래."

에리스는 맨바닥에 앉기를 주저하는 타입이 아니지만, 예의 작법에서 배운 것과 많이 달라서 당황하는 거겠지.

남들 앞이니까 예의 바르게 굴어야만 한다. 하지만 배운 것과 달라서 허둥대는 것이다.

에리스가 바닥에 앉는 걸 보면서, '돌아갔을 때 예의작법에 악영향이 나오지 않으면 좋겠는데…'라고 다소 불안을 느끼며 나는 촌장 쪽을 돌아보았다.

앞날에 대해 이야기하기 전에 나는 내 이름, 나이, 직업, 주소. 에리스와의 관계, 에리스의 신분 같은 개인정보. 영문 모르게 마대륙에 왔으니 돌아가고 싶다는 뜻을 밝혔다.

인신에 대해서는 말하지 않았다. 그 신이 마족 사이에 어떤 위치인지 모른다. 사신 취급이었으면 이상한 의심을 살지도 모르니까.

"…그렇게 된 겁니다."

"흐음."

록스는 그 이야기를 듣더니 중학생이 의문을 앞두고 고민하는 듯한 얼굴로 생각에 잠겼다.

"…그렇군."

결론을 기다리는데, 에리스가 옆에서 꾸벅거리기 시작했다. 겉에서 보기론 아직 쌩쌩해 보였지만, 역시 익숙하지 않은 여행에 체력을 소모했던 걸지도 모르겠다.

어젯밤에도 그 뒤로 계속 깨어 있었던 모양이고. 역시 한계일까.

"이야기는 제가 들을 테니까 먼저 자도 돼요."

"…자라니, 어떻게?"

"아마 그 근처에서 담요를 몸에 말고."

"베개가 없어."

"제 무릎을 쓰세요."

○빵맨처럼 말하며 다리를 탁탁 두들겼다.

"무, 무릎이라니…."

"무릎을 베라고요."

"…그래? 고, 고마워."

평소의 에리스라면 뭐라고 더 말했을지도 모른다. 하지만 졸음이 한계였는지, 사양하는 기색도 없이 내 무릎에 머리를 올렸다. 긴장한 표정으로 손을 꾹 움켜쥐고 있었지만, 눈을 감고 몇 초 지나기도 전에 완전히 잠에 빠졌다. 역시 지쳤던 걸까.

에리스의 빨간 머리칼을 가볍게 쓰다듬자, 그녀는 간지러운 듯이 몸을 틀었다. 우후후.

문득 시선을 느꼈다.

"…왜 그러시나요?"

록스가 뭔가 흐뭇한 것을 보는 눈으로 바라보고 있었다. 조금 창피했다.

"사이가 좋군."

"감사합니다."

하지만 아직 손대면 안 되는 사이다. 우리 아가씨는 정조관념을 확실히 가졌다. 그리고 나는 그걸 존중하기로 했다.

"그래서 어떻게 돌아갈 생각인가?"

록스의 질문은 루이젤드가 했던 말과 같은 것이었다.

"돈을 벌면서 도보로."

"어린애 둘이서 말인가?"

"아뇨, 돈은 저 혼자 벌겠습니다."

세상 모르는 에리스에게 맡길 수도 없겠지. 세상 모른다는 점에서는 나도 별 차이 없지만.

"둘이 아니다. 내가 따라간다."

그때 루이젤드가 끼어들었다. 그는 든든한 아군이지만, 인신이 했던 말도 있었다. 신용하고 싶은 마음이야 굴뚝 같지만, 여

기서 헤어지는 편이 좋겠지. 나중의 근심거리는 끊어버리고 싶다.

하지만 어떻게 거절해야 할까.

고민하는데 록스가 난색을 비쳤다.

"루이젤드, 따라가겠다니, 자네 무슨 생각인가?"

"무슨 생각이고 뭐고 없지. 내가 둘을 지키며 무사히 고향까지 데려다주겠다."

무뚝뚝하게 말하는 루이젤드.

미묘하게 어긋나는 대답에 록스는 한숨을 내쉬었다.

"자네, 시내에 들어갈 수 있나?"

"음…."

음? 시내에 못 들어가?

"어린애들을 데리고 마을로 다가가면 어떻게 될까? 위병에게 쫓겨다니고 토벌대가 조직되었던 게 100년 전 아니었나?"

100년?

"그건…. 하지만… 나 혼자서 시외에서 기다리면."

"시내에서 무슨 일이 생겨도 모른단 말이지. 무책임하군."

기막히다는 표정으로 중얼거리는 록스에게 루이젤드는 빠드득 이를 갈았다.

스펠드족은 미움을 산다. 그건 마대륙에서도 다를 바 없다. 하지만 토벌대는 지나치지 않나? 완전히 마물 취급이잖아.

"시내에서 무슨 일이 있으면…."

"그래서 어쩔 건가?"

"시민들을 다 죽여서라도 두 사람을 구하겠다."

진심이 담긴 눈이었다. 이 남자는 진짜로 그럴 거라는 각오가 엿보였다.

"어린애가 엮이면 자제할 줄을 모르는군. …생각해 보면 이 마을에서 인정받은 것도 마물의 습격을 받은 아이를 구해 주었기 때문이었지."

"그래."

"그게 5년 전이었나. 시간이란 건 참으로 빨라…. 휴우우."

길게 한숨을 내쉬었다. 편을 들어주는 이에게 할 말이 아닐지도 모르지만, 꽤나 사람 열 받게 하는 동작이었다. 조숙한 중학생이 어른의 멍청함을 비웃는 것으로밖에 보이지 않았다.

"하지만 루이젤드. 그런 식으로 억지 부려서 자네의 목적을 달성할 수 있겠나?"

"음…."

루이젤드는 눈썹을 찌푸렸다. 이 남자는 뭔가 목적이 있는 모양이었다.

"그 목적이란 건?"

나는 중간에 끼어들어 물어보았다.

"단순하지. 스펠드의 악평을 씻고 싶다는 게야."

그건 무리라고 말할 뻔했다.

차별문제는 혼자서 애쓴다고 어떻게 되는 게 아니다. 학급 단위의 괴롭힘조차도 혼자서 해결할 수 없다. 하물며 스펠드족의 박해는 전 세계에 뿌리를 내렸다. 다름 아닌 에리스가 그렇게 겁먹을 정도다. 그렇게 악이라고 도장 찍힌 존재를 어떻게 선으로 바꿀 수 있을까.

"하지만 전쟁에서 적이고 아군이고 구별 없이 죽였다는 건 사실이죠?"

"그건!"

"아무리 악평이라고 해도 스펠드족이 무서운 종족이라는 사실은…."

"아니! 사실이 아니다!"

루이젤드가 내 멱살을 붙잡고 엄청 무서운 눈으로 노려보았다. 우와와, 무서워, 몸이 다 떨려….

"그건 라플라스의 음모다! 스펠드는 두려운 종족이 아냐!"

뭐, 뭐, 뭐야? 그만둬, 좀 무서워. 몸의 떨림이 멎지 않았다. 아니, 음모? 음모론이야? 라플라스는 500년 전의 인물이잖아?

"라, 라플라스가 어쨌단 말인가요?"

"녀석은 우리의 충성을 배신했다!"

힘이 약해졌다. 루이젤드의 팔을 팡팡 두들기자 그는 내 멱살을 놓아 주었다.

"녀석은… 녀석은…!"

하지만 그 손은 부들부들 떨렸다.

"그 이야기, 자세히 들을 수 있을까요?"

"긴 이야기다."

"괜찮습니다."

그렇게 해서 루이젤드가 들려준 것은 역사의 그림자라고 할 만한 이야기였다.

  마신 라플라스. 그는 마족을 통일하고 인간족에게서 마족의
권리를 쟁취한 영웅이다.

  스펠드족은 아주 이른 단계에서부터 라플라스의 밑에 들어갔
다. 높은 민첩성과 엄청난 탐색능력, 그리고 지극히 높은 전투
능력을 겸비한 그들은 라플라스의 친위대 중 하나였고, 그 전문
분야는 기습과 야습이었다. 이마의 눈은 레이더처럼 주위를 볼
수 있기 때문에 그들은 결코 공격을 받지 않고 반드시 기습을
성공시킬 수 있었다.

  정예였다고 한다.

  당시 마대륙에서 스펠드족의 이름은 두려움과 존경을 담아서
불렸을 정도로.

  라플라스 전쟁 중기.

  딱 중앙대륙 침공이 시작되었을 무렵, 라플라스가 어떤 창을
가지고 전사단을 방문했다.

  라플라스가 가져온 것은 후에 악마의 창이라고 불리게 된 창
이었다.

  라플라스는 그걸 전사단에 하사했다. 겉보기로는 스펠드족의
삼지창과 똑같지만, 검고 흉흉한 분위기라서 한눈에 마창이라
고 알 수 있었다.

물론 전사단 중에서 반대하는 자도 있었다. '창은 스펠드족의 혼. 그걸 버리고 이런 걸 쓸 수는 없다'라고. 하지만 주군인 라플라스가 하사한 것이니 최종적으로 리더였던 루이젤드는 전원에게 그 창을 쓰게 강요하게 되었다.

그것이 라플라스에 대한 충성을 보이는 것이라고 믿으며.

"어? 리더?"

"그래, 나는 스펠드족 선사단의 리더였다."

"…지금 몇 살이지요?"

"500 넘었을 때부터 세지 않았다."

"아, 그런가요….."

록시 사전에 스펠드족이 장수한다고 나왔지. 뭐, 넘어가자.

스펠드족 전사단은 자기 창을 어느 장소에 꽂아두고 악마의 창을 이용하여 싸웠다.

악마의 창은 강력한 힘을 가졌다. 신체 능력을 몇 배로 끌어올리고 인간족이 사용하는 마술을 무효화하고 감각을 더욱 민감하게 만들며 압도적인 전능감을 주었다.

그 결과 스펠드족은 차츰 악마라 불리는 존재로 변해갔다.

악마의 창은 피를 먹으면 먹을수록 사용자의 영혼을 검게 물들였다.

아무도 의문을 품지 않았다. 전원이 비슷한 빈도로 정신이 침식되어갔기에 아무도 자신의, 그리고 주위의 변화를 깨닫지 못했다.

그리고 비극이 일어나기 시작했다.

전사단은 어느 틈에 적도 아군도 구별할 수 없게 되어서 주위에 있는 이들을 무차별로 습격하게 되었다. 남녀노소 구별도 없이, 어린애라도 사정없이 가리지 않고 모든 이를 공격하였다.

루이젤드는 그때의 기억이 선명하게 남아 있다고 했다.

어느 틈에 마족들은 '스펠드족이 배신했다'고 말하고, 인간족들은 '스펠드족은 피도 눈물도 없는 악마다'라고 말하게 되었다.

당시의 루이젤드와 부하들은 그 소문을 유쾌한 표정으로 들었다는 모양이다. 그것이야말로 '명예'라고.

사방이 적인 와중에 악마의 창을 든 스펠드족은 강했다. 창의 힘으로 일기당천이 된 자들을 섬멸할 수 있는 이는 없어서, 전사단은 세계에서 가장 두려움을 모으는 집단이 되었다.

하지만 소모가 없었던 건 아니다. 인간족, 마족, 쌍방에게 적대의 시선을 받고 밤낮을 가리지 않고 계속 싸우면서 스펠드족의 전사단은 한 명, 또 한 명 숫자가 줄어들었다.

그래도 아무도 그걸 의문스럽게 생각하지 않았다. 전쟁에서 죽는 것, 그것이야말로 둘도 없는 것이라고 취해 있었다.

그런 가운데 설핏 들려온 소문으로 스펠드족의 마을이 습격을 받았다는 이야기를 들었다.

장소는 루이젤드의 출신지. 이건 스펠드족을 유인하는 덫이었지만, 정상적인 판단을 내릴 수 있는 자는 남아 있지 않았다.

스펠드족의 전사단은 오래간만에 마을에 돌아와서 습격했다.

거기에 사람이 있으니까 죽여야만 한다고 생각하였다.

루이젤드는 부모를 죽이고 아내를 죽이고 형제를 죽이고, 마지막으로 남은 자기 자식을 찔러 죽였다.

아이라고 해도 스펠드족의 전사가 되기 위해 단련하던 아들이었다. 사투라고 할 정도의 싸움은 아니었지만, 싸움 끝에 아이는 악마의 창을 부러뜨렸다.

그 순간 기분 좋은 꿈은 끝났다.

동시에 악몽이 시작되었나.

루이젤드의 입 안에 뭔가 씹히는 게 있었다. 그게 아들의 손가락이라고 깨달은 루이젤드는 토했다. 일단 자살을 생각하다가 곧 그 생각을 지웠다. 그보다 먼저 할 일이 있었다.

설령 죽더라도 찢어 버려야 할 적이 존재한다고.

그때 스펠드족의 마을을 마족의 토벌군이 포위하고 있었다. 남은 전사단은 열 명.

처음 악마의 창을 들었을 때에는 200명 가깝던 전사단이, 그 용맹하고 과감한 전사들이 이젠 열 명밖에 남지 않았다. 그마저도 성치 않은 열 명이었다. 한쪽 팔을 잃은 이나 한쪽 눈, 이마의 보석이 깨진 자도 있었다. 그들은 만신창이면서도 호전적인 표정으로 천 명 가까운 토벌군을 노려보고 있었다.

개죽음이 될 것임을 루이젤드는 깨달았다.

루이젤드는 일단 동료들이 가진 악마의 창을 모두 부러뜨렸다.

차례로 정신을 차리고 망연해지는 동료들.

가족을 자기 손으로 죽였음을 한탄하는 자, 끝없는 눈물을 흘리는 자.

하지만 그대로 꿈을 꾸게 해달라고 말하는 자는 없었다. 그렇게 약해빠진 자는 한 명도 없었다. 모두가 라플라스에게 복수를 맹세했다. 누구 하나도 루이젤드를 탓하는 자는 없었다. 그들은 이미 악마가 아니었다. 긍지 높은 전사도 아니었다.

그저 때 묻은 복수귀였다.

열 명이 어떻게 되었는지 루이젤드는 모른다.

아마도 살아 있지 않을 거라고 말했다.

악마의 창을 내려놓은 스펠드족은 조금 강할 뿐인 전사에 불과했다. 하물며 손에 익은 자기 창도 없이 남의 창으로 싸우며 살아남기도 어려웠다. 하지만 루이젤드는 포위를 돌파했다. 반죽음 상태로 도망친 끝에 사흘 밤낮으로 생사의 고비를 넘나들었다.

살아남은 루이젤드의 유일한 소지품은 아들의 창이었다. 아들은 악마의 창을 부러뜨리고 자기 영혼으로 루이젤드를 지켰다.

그 뒤로 몇 년 동안의 잠복생활 끝에 복수에 성공했다.

마신을 죽인 세 영웅과 라플라스의 싸움에 끼어들어서 한 방 먹이는 데에 성공했다고 말했다.

하지만 라플라스를 쓰러뜨려도 모든 것이 없던 것으로 돌아가지 않았다.

스펠드족은 박해를 받고, 루이젤드와 부하들의 손에 사라진 마을 말고도 몇몇 마을이 박해를 받은 끝에 뿔뿔이 흩어졌다.

그들을 피신시키기 위해 루이젤드는 또 마족을 죽였다.

전후 스펠드족에 대한 박해는 그렇게나 혹독했고, 루이젤드의 반격 또한 열화와 같았다.

루이젤드는 이미 300년 가까이 마대륙에서 다른 스펠드족을 만나지 못했다고 말했다.

다른 스펠드족은 전멸했을까, 아니면 살아남아서 어딘가에 마을을 꾸렸을까, 루이젤드도 모르는 모양이었다.

"이렇게 된 것은 모두 라플라스 때문이다. 하지만 스펠드족의 악평은 내 책임이기도 하다. 설령 내가 마지막 한 명이라도 이 악평만큼은 없애고 싶다."

루이젤드는 그런 말로 이야기를 끝맺었다.

서투른 말솜씨에, 결코 정에 호소하는 이야기가 아니었다.

하지만 루이젤드의 원한, 분노, 답답함, 모든 감정이 전해져 왔다.

혹시 이게 만들어낸 이야기라면, 혹은 이 모습이나 목소리가 연기라면 나는 다른 의미로 루이젤드를 존경하겠지.

"너무한 이야기로군요…."

이야기를 그대로 믿자면, 스펠드족이 무시무시한 종족이란 건 오해다.

라플라스가 뭣 때문에 악마의 창을 주었는지는 모른다. 전후 뒤처리를 생각하여 스펠드족을 제물로 삼으려고 한 걸지도 모른다. 그렇다면 라플라스는 정말 쓰레기 같은 녀석이다.

스펠드족의 충성심은 두터웠다. 제물로 삼을 거라도 그렇게 속이는 방식으로 내칠 필요는 없었을 텐데.

"알겠습니다. 저도 가능한 한 돕지요."

마음속 어딘가에서 다른 내가 말했다.

그런 여유는 있을까? 남을 생각해 줄 여유는 있을까? 내 일만으로도 빠듯하지 않나? 여행은 네 생각보다 힘들어, 라고.

하지만 내 입은 멈추지 않았다.

"무슨 계획이 있는 건 아니지만, 인간족의 아이인 제가 거들면 무슨 변화가 있을지도 모르지요."

물론 가엾다거나 선의 때문만은 아니다. 타산적인 마음도 있었다.

그 이야기가 사실이라면 루이젤드는 강하다. 영웅과 동급의 힘을 가졌다. 그런 힘으로 우리를 지켜주겠다고 했다. 적어도 도중에 마물의 습격으로 죽을 일은 없겠지.

루이젤드를 데리고 가는 것은 도시 밖에서는 안심을, 도시 안에서는 불안을 가지게 된다. 도시 안에서의 불안을 해소할 수 있다면 더 없는 전력이 된다.

기습도 야습도 받지 않는다고 호언장담하는 강자다. 도시 안에서 소매치기나 도둑에게 걸릴 가능성도 크게 내려가겠지.

게다가 이건 아무런 근거도 없는 이야기지만, 거짓말을 못 하는 서투른 사람으로 보였다. 믿을 만한 사람일지도 모른다.

"가능한 일이라면 최선을 다하기로 약속하죠."

"그, 그래."

루이젤드는 놀란 얼굴을 하였다. 내 눈에서 의심의 빛이 사라졌기 때문일까.

뭐라고 하든 상관없어. 나는 믿기로 결심했다. 그런 이야기 하나에 쉽사리 넘어갔다. 생전에는 눈물 나오는 스토리를 들어도 코웃음을 쳤는데, 이렇게나 간단히 마음에 울렸다. 그러니까 속더라도 상관없었다.

"하지만 정말로 스펠드족은…."

"괜찮아요, 록스 씨. 어떻게든 할 테니까요."

도시 밖에서는 보호받고, 도시 안에서는 지켜 준다. 기브 앤 드 테이크다.

"루이젤드 씨, 내일부터 잘 부탁합니다."

한 가지 불안이 있다면 아마도 이 흐름이 인신이 노린 바라는 것이다.

제5화   제일 가까운 도시까지 사흘

다음날. 떠나기 전에 로인을 찾았다. 그는 오늘도 마을 문 앞에 서 있었다.

"안녕하세요. 오늘도 문지기인가요?"

"그래, 사냥 나간 녀석들이 돌아올 때까지 말이지."

그러고 보면 어제는 밤이 되어도 남자들이 돌아오지 않았다. 어쩌면 밤새 서 있었을지도 모르겠다. RPG에 나오는 문지기처럼 말이다. 아침에도 낮에도 밤에도 계속 서 있을 뿐인 간단한 일입니다, 라고 말하듯이.

그렇기는 해도 돌아올 때까지 계속 혼자 문지기인가. 아, 촌장도 있나. 이런 마을이니까 촌장도 착실하게 일하겠지.

"이제 가는 건가?"

"예, 어제 동안 결론도 내렸고요."

"딸 이야기를 듣고 싶었는데…."

"그러고 싶은 마음이야 굴뚝 같지만, 너무 오래 있을 수도 없어서."

"그래…."

아쉬운 눈치였다. 나도 록시의 어렸을 적 이야기 같은 걸 들어보고 싶었다.

"또 만나거든 연락 좀 하라고 전하겠습니다."

"부탁한다…."

그러면서 고개를 숙이기에, 록시와 만났을 때에 잊지 말고 전하자고 마음속에 메모해 두었다.

"아, 그렇지. 잠깐 기다려 줘."

로인은 문득 떠오른 것처럼 말하더니 마을 안으로 뛰어갔다.

한 집(아마도 록시의 본가)에 들어가더니 몇 분 뒤. 록시와 많이 비슷한 여자애와 함께 돌아왔다. 누구를 부를 거면 염화를 쓰면 되지 않나? 싶었지만, 무슨 검 같은 걸 가지고 있었다. 나한테 주려는 걸까?

"집사람이다."

"로칼리입니다."

록시의 어머니인 모양이었다.

"루데우스 그레이랫입니나. 젊으시네요."

록시를 낳은 이 사람들이 없었으면 난 바깥 세계로 나올 수 없었다. 그렇게 생각하니 자연스럽게 고개도 숙여졌다.

"그렇게 젊은 것도… 올해로 이미 102살이에요."

"아, 아직 충분히 젊으시네요."

참고로 미굴드족은 열 살 정도에 성인과 비슷할 정도로 성장하고, 그때부터 150살 정도까지 외모가 변하지 않는다는 모양이다.

"록시 선생님께는 큰 신세를 졌습니다."

"선생님… 그 애가 남을 가르치게 되다니, 무슨 일이 있었을까…."

"모르는 것을 많이 가르쳐 주셨습니다."

웃으며 그렇게 말하자 로칼리는 '어머나'라며 얼굴을 붉혔다. 뭔가 착각을 하는 모양이다.

"하지만 마침 내가 문지기를 맡은 때에 와서 다행이야."

"그러네요. 정말로 만나서 다행입니다. 록시 선생님께는 정말로 신세를 졌으니까요. 뭣 하면 아버님이라고 불러도 되겠습니까?"

"하하하… 그만둬."

진지한 얼굴로 거부하는 로인. 조금 쇼크. 하지만 이런 얼굴도 록시와 비슷해서 왠지 그리웠다.

"농담은 이쯤하고, 이걸 받아다오."

로인은 그렇게 말하며 검 한 자루를 내밀었다.

"아무리 루이젤드가 있다고 해도 빈손으로는 불안하겠지."

"저는 빈손이 아닌데요…."

그렇게 말하면서도 받아들어 검집에서 뽑아 보았다.

외날에 폭이 넓은 검. 칼날은 60센티미터 정도로 다소 작고 살짝 휘었다. 마체테… 아니, 커틀라스에 가깝나. 연륜이 느껴지는 흠집이 곳곳에 있지만, 칼날은 전혀 상한 데가 없었다. 잘 손질했는지 도신은 깨끗하지만, 번쩍이는 살의 같은 것이 배어 나오는 것처럼 느껴졌다.

전체적으로 잿빛이지만 빛의 반사로 약간 녹색으로 빛나는 탓일까.

"예전에 마을에 훌쩍 찾아온 대장장이에게 받은 것이지. 오랫동안 썼는데도 칼날이 전혀 상하지 않을 만큼 튼튼해. 괜찮으면 가져가라."

"감사히 받겠습니다."

사양하지 않았다. 사양할 수 있을 만한 상황도 아니었다. 받을 수 있는 거라면 받고 봐야 한다.

나는 몰라도 에리스가 빈손인 건 가엾으니까. 그녀도 검신류를 배웠다. 검 한 자루쯤 가지고 있는 편이 안심이 되겠지.

"그리고 이건 돈이다. 많이는 못 넣었지만 여관에서 2~3일 묵을 정도는 될 거야."

와아, 용돈이다～. 그렇게 기뻐하며 자루를 열어 보니, 돌로 만든 조악한 동전과 잿빛 금속의 동전이 들어 있었다.

분명히 마대륙의 화폐는 녹광전, 철전, 고철전, 석전, 이렇게 네 종류였던가. 가치는 세계에서 제일 낮아서, 제일 비싼 녹광전이라도 아슬라 대동화 한 닢과 동급이든가 약간 못 미칠 정도다. 철전이 동화와 비슷한 정도인가. 참고로 아슬라 왕국과 마대륙의 화폐를 일본 엔으로 환산해 보면 대략 이런 느낌이다.

제일 아래인 석전을 1엔으로 보았을 경우.

아슬라 금화	10만 엔
아슬라 은화	1만 엔
아슬라 대동화	1,000엔
아슬라 동화	100엔

녹광전	1,000엔
철전	100엔
고철전	10엔
석전	1엔

아슬라가 얼마나 대국인지, 마대륙이 얼마나 가혹한지 한 눈

에 알 수 있는 수치다.

물론 마대륙에는 마대륙의 물가가 있다. 그러니까 마족이 모두 가난한 것도 아니다.

"…감사히 받겠습니다."

"사실은 더 느긋하게 록시의 이야기를 나누고 싶었는데."

로칼리도 로인과 비슷한 말을 하였다. 역시 딸이 걱정인 걸까.

44세라고 했는데, 인간족으로 환산하면… 20세 정도로군. 걱정될 만도 하겠지.

"뭣 하면 하루 정도 더 머물까요?"

그렇게 제안해 보았지만, 로인은 고개를 내저었다.

"됐어. 무사하다는 걸 알았으니까. 그렇지?"

"예. 그 아이는 이 마을에선 아무래도 잘 지낼 수 없는 아이였으니까요."

잘 지낼 수 없는 아이란 말은 분명 그 염화의 힘 때문이겠지.

마을에서는 기본적으로 이야기 소리가 들리지 않았다. 다들 말이 없었다. 염화로 대화하는 거겠지. 록시는 이 염화를 쓸 수 없다고 했다. 대화에 섞이지 못하고 남의 대화를 들을 수 없다면, 분명히 가출을 하고 싶기도 할 것이다.

"알겠습니다. 그럼 또 뵙겠습니다."

"그래, 하지만 아버님 소리는 사양이다?"

"아하하, 무, 물론이죠."

따끔하게 못이 박혔다. 록시와 만날 수 있을지는 모르겠지만,

언젠가 돈만이라도 갚으러 오자.

제일 가까운 도시까지는 걸어서 사흘 걸린다는 모양이다.

첫날부터 루이젤드의 중요성을 통감했다. 동료로 들이길 잘했다.

오랫동안 혼자서 여행해 온 루이젤드는 길을 잘 알았고 야숙 준비도 완벽하게 해 주었다. 물론 생체 레이더를 가지고 있으니 적의 탐지도 식은 죽 먹기. 이 사람 진짜 편리하잖아.

"가능하면 많이 좀 가르쳐 주실 수 있을까요?"

"배운다고 뭐가 되나?"

"도움이 되지요."

그런 식으로 나와 에리스는 사흘 동안 야숙을 마스터하기 위해 그에게 가르침을 받기로 했다.

"일단 모닥불이다. 하지만 마대륙에서는 장작으로 쓸 나무가 없지."

흠, 그러고 보면 루이젤드와 만났을 때에도 처음에는 모닥불이었다.

"어떻게 하나요?"

"마물을 잡는다."

마대륙에서는 일단 마물을 잡아야 생계가 성립되는 모양이다.

"딱 좋은 위치에 있군. 잠깐 기다려 봐라."

"아, 기다리세요."

뛰어가려는 루이젤드의 어깨를 붙잡아서 제지했다.

"뭐지?"

"혼자 싸울 생각인가요?"

"그래. 사냥은 전사의 일이다. 어린애들은 기다려라."

과연. 루이젤드는 앞으로도 계속 이런 식으로 할 생각인 모양이다.

뭐, 500년 이상 산 루이젤드가 보자면 우리 같은 건 자식 정도가 아니라 손자에도 못 미칠 정도겠지.

더군다나 루이젤드는 엄청나게 강하다. 다 맡겨도 되겠지.

하지만 만에 하나의 일도 있을 수 있다.

어떤 이유로 루이젤드가 움직일 수 없게 되었을 경우, 혹은 그가 죽었을 경우, 실전경험이 거의 없다시피 한 나와 에리스가 남는다.

그건 깊은 숲속일지도 모른다. 흉악한 마물의 앞일지도 모른다.

그때 살아남기 위해서라도 실전경험은 이참에 쌓아두고 싶었다.

'그러니까 어떻게든 싸우는 법을 배워야 해….'

아니, 그런 생각은 안 된다. 나와 그의 관계는 기브 앤드 테이크. 대등하다.

배우기만 하는 게 아니라 둘이서 싸움의 연대를 쌓아가야 한다.

"우리는 어린애가 아닙니다."

"아니, 어린애다."

"저기… 루이젤드."

어조를 올리고 경칭도 버렸다. 그는 다소 착각을 하고 있다. 입장을 확실하게 해야만 한다. 우리 중 누가 위이거나 한 게 아니라고.

"우리는 너를 돕고, 너는 우리를 도와. 입장은 다르지만 함께 싸우는 동료도 대등한… 전사잖아?"

그리고 루이젤드의 눈을 보았다. 가능한 한 험악한 얼굴로. 십여 초의 갈등. 루이젤드의 결단은 빨랐다.

"…알았다. 너는 전사다."

어쩔 수 없다는 듯한 느낌이었지만, 이걸로 보호자를 대동한 채로 위험한 연습을 할 수 있게 되었다.

"당연히 에리스도 싸우겠지만 괜찮겠죠?"

"무, 물론이야!"

에리스는 눈을 동그랗게 뜨고 멍하니 있었지만, 고개를 끄덕였다. 좋아, 착하구나.

"그럼 루이젤드 씨. 마물이 있는 곳으로 안내해 주세요."

연기는 끝. 역시 교섭은 세게 나가야 하는군.

처음에 상대한 것은 스톤 투렌트라는 마물이었다.

투렌트란 한 마디로 하자면 나무 마물이다. 나무가 마력을 빨아들이고 변이하여 인간을 덮치게 된 것. 그것들을 통틀어서 투렌트라고 부른다.

크게 분류하여 나무 마물이라고 하지만 그 종류는 실로 다채로웠다.

일단 전 세계에서 확인된 레서 투렌트. 이건 어린 나무가 변한 것으로 기본적으로는 나무로 의태하여 인간을 덮친다. 힘도 약하고 움직임도 느리다. 일반적인 성인 남성이라면 훈련을 쌓지 않았어도 도끼로 박살낼 수 있다.

이게 대삼림에 있는 요정의 샘에서 양분을 빨아들였으면 엘더 투렌트라는 마물로 변한다. 지극히 진한 마력농도를 가진 요정의 샘의 힘으로 물 마술을 다룰 수 있게 되었다고 한다.

그 외에도 큰 나무가 변한 올드 투렌트나 고목이 변한 좀비 투렌드 등, 많은 종류가 있다.

종류는 다르지만 기본적인 행동 패턴은 다름없다. 나무로 의태하여 근처에 온 상대를 습격하거나, 시간이 지나면 씨를 남겨서 멋대로 늘어난다.

하지만 이 스톤 투렌트는 조금 특수하다.

다름 아닌 바위로 의태한다.

나무가 어떻게? 라고 의문스럽게 생각하겠지.

딱히 신기할 것도 아니다. 씨앗 시점에서 마물이 된 것이 스톤 투렌트다.

평소에는 거대한 씨앗 형태로 있다가 사람이 다가오면 단숨에 나무로 변해서 습격하는 것이다.

씨앗이라고 해도 해바라기 씨처럼 알기 쉬운 형태인 것이 아니다. 근처에 굴러다니는 바위와 비슷하게 둥글고 꺼칠꺼칠한 형태다.

감자가 제일 비슷할지도 모르겠군.

"싸울 때에 주의해야 할 섬은 있나요?"

"루데우스. 너는 분명히 마술사였지?"

"예."

"그럼 불은 쓰지 마라."

"안 먹히나요?"

"타 버려서 장작으로 쓸 수 없다."

"아하."

"물도 그만둬라."

"젖으면 장작으로 쓰기 어려워서인가요?"

"그래."

이런 대화만으로도 루이젤드가 그 마물을 장작으로밖에 보지 않는다는 걸 알 수 있었다.

즉 루이젤드가 있는 한 이 마물과의 싸움에서 위험도는 거의 0이라고 생각해도 좋겠지.

안전하게 싸울 수 있는 상대다.

"그럼 시험삼아 저랑 에리스가 싸워 보겠습니다. 에리스가 위험해지거든 도와주세요."

"내가 싸우지 않는 것에 의미는 있나?"

"일단 저와 에리스가 어느 정도 싸울 수 있나 모르니까요. 그 뒤에 루이젤드 씨 혼자서 싸우는 모습을 보고 참고로 하겠습니다."

"알았다."

그런고로 에리스가 전위, 내가 후위라는 형태로 싸우기로 했다.

이건 에리스의 검술 실력을 생각한 것이다. 귀엽고 귀여운 에리스를 앞에 내세우는 건 내키지 않지만, 그녀는 중간에 두어도 별로 도움이 안 된다. 남에게 맞추질 못하기 때문이다. 더 말하자면 루이젤드에게 서포트는 필요 없다.

그러니까 에리스는 마음껏 싸우게 하고 루이젤드와 내가 서포트한다.

그런 형태가 바람직하겠지.

"그럼 에리스, 제가 원거리에서 큰 거 한 방 날릴 테니까 약해진 적을 공격하세요. 일단 사용하는 마법의 이름 정도는 말하도록 하겠지만, 다급할 때는 생략할 테니까 그렇게 아시고."

"알았어!"

에리스는 방금 받은 검을 휘둘러 확인하면서 의기양양하게 끄덕였다. 전의는 확실하군.

좋아. 나도 지팡이를 들었다.

불과 물은 안 된다. 형태를 보니 바람은 별로 안 통할 것 같으니까 흙인가.

흙 마술은 내 특기다. 피규어를 만들어댔을 정도니까.

하지만 마물을 상대하는 건 처음이니 일단은 전력으로 가자.

"후우…."

심호흡을 한 차례. 손끝에 마력을 모았다.

수만 번이나 반복해 온 작업이다. 지금이라면 설령 다리가 잘려나간 상태라도 마술을 쓸 수 있다.

"좋아."

생성 : 포탄형 바위.

경도 : 가능한 한 단단하게.

변형 : 포탄의 끝은 평탄하게, 파이거나 금간 곳을 넣어서.

변화 : 고속회전.

사이즈 : 주먹 크기보다 다소 크게.

속도 : 가능한 한 고속.

"스톤 캐논!"

지팡이 끝에서 쿠웅 하고 공기를 가르며 바위 포탄이 날아갔다.

포탄은 엄청난 속도에 거의 수평 방향으로 날아가서 아직 의태한 상태의 스톤 투렌트에게 명중.

귀를 막고 싶어질 만한 소리가 울리고— 투렌트는 터졌다.

산산조각이 났다.

즉사다.

에리스는 이미 뛰어가고 있었지만, 포탄이 명중하는 동시에 발을 멈추고 토라진 얼굴로 노려보았다.

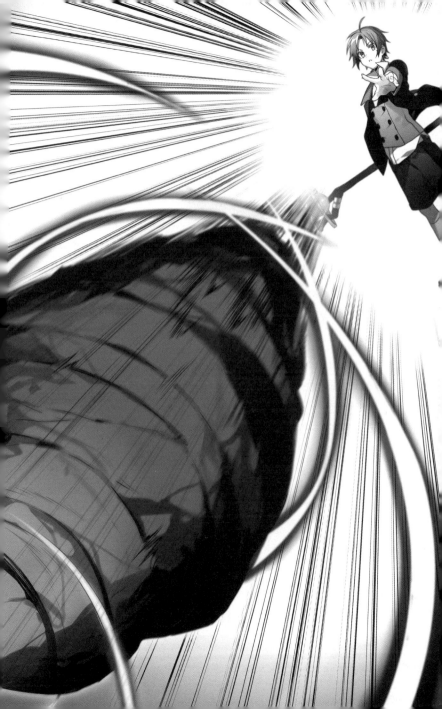

"뭐가 약하게 만든다는 거야! 나더러 사체를 베라는 소리?!"

"미, 미안해요. 저도 처음이라서 힘 조절이 안 돼서."

"흥!"

첫 전투에 찬물을 끼얹은 꼴이라서 에리스는 화를 냈다.

하지만 설마 일격일 줄이야. 일반적인 스톤 캐논을 할로우 포인트*처럼 어레인지했을 뿐인데, 역시 예전 세계의 인간들은 생각하는 바가 야비하기 짝이 없다.

루이젤드의 시선이 느껴졌다.

"그 지팡이는 마도구인가?"

그는 내 지팡이를 바라보고 있었다.

"아뇨, 그냥 지팡이입니다. 뭐, 다소 재료가 비싼 모양이지만요."

"주문도 마법진도 없었는데?"

"주문 없이 하지 않으면 포탄의 형태를 변경할 수 없거든요."

"…그런가."

루이젤드는 입을 다물었다. 500년 살아온 그라도 무영창은 신기한 걸까.

"그런데… 그게 네 최대의 마술인가?"

"아뇨, 지금 그거에서 명중하는 동시에 폭발시킬 수도 있어요."

"네 마술은 동료가 적 근처에 있을 때는 안 쓰는 게 좋겠군."

※할로우 포인트(Hollow Point) : 탄두 앞부분을 파내어 명중 순간 탄이 퍼지며 더 큰 부상을 입히는 탄환.

"그렇겠네요."

뭔가에 맞추는 건 처음이었는데, 예상 이상의 파괴력이었다. 스치기만 해도 즉사일지 모르겠다. 뭔가 서포트에 적당한 마술이 있으면 좋겠는데, 예전부터 혼자 싸우는 것만 생각했던 탓인지 떠오르질 않았다. 이 세계의 마술사는 어떻게 싸우는 걸까.

"루이젤드 씨, 혹시 마법으로 서포트한다면 어떤 식으로 움직이는 게 좋을까요?"

"모르겠다, 여태까지 마술사랑 같이 싸운 적이 없었으니까."

뭐, 루이젤드는 역전의 스펠드족이다. 다른 파티 흉내를 낼 일도 없겠지.

연대에 대해서는 천천히 생각해 보는 게 좋겠지. 지금은 실전 경험을 쌓는 쪽을 생각하자.

"죄송하지만, 다시금 적을 좀 찾아 주세요."

"그래…. 하지만 그 전에 할 일이 있다."

"할 일?"

죽인 상대에게 묵념이라도 하는 걸까?

"장작을 주워라. 제법 흩어졌으니까."

장작은 바람 마법으로 모았다.

그 뒤 해가 질 때까지 이동하면서 네 차례 전투를 하였다.

스톤 투렌트, 그레이트 토터스, 애시드 울프, 팩스 코요테.

그레이트 토터스는 루이젤드가 일격에 해치웠다.

정면에서 머리통을 쪼개서 일격이었다. 실로 스마트하고 깨끗한 솜씨. 이게 창업 500년, 계속 솔로로 마물을 사냥해 온 남자의 솜씨인가. 스톤 투렌트를 폭발로 날려 버리고 우쭐하던 게 창피했다.

애시드 울프는 입에서 산을 내뱉는 늑대다.

한 마리였기에 에리스가 쓰러뜨렸다. 날카롭게 치고 들어서 일격을 날리자 목이 휘잉 하늘을 날았다. 루이젤드와 비교하면 조잡하지만 일격은 일격이다.

에리스는 피를 정통으로 뒤집어쓰고 떫은 얼굴을 하였다.

산을 내뱉는다면 피도 위험하지 않나 생각했는데 괜찮은 모양이었다.

첫 실전에서 이 정도면 충분하다는 것이 루이젤드의 평.

참고로 두 번째로 마주친 스톤 투렌트는 내가 즉사시켰다.

착실하게 대미지를 주면서도 죽지 않을 정도의 위력으로 약화시킨 뒤에 에리스에게 실전경험을 쌓게 해 주려고 했는데, 아무래도 조절이 어려웠다.

완전히 조정할 수 있게 될 때까지는 사람을 향해서도 쏘지 않는 편이 좋겠다.

상대를 죽여야만 하는 상황에서라도 스플래터는 보고 싶지 않으니까.

그리고 현재 팩스 코요테와의 전투중이다.

팩스 코요테는 수십 마리의 집단을 만든다.

무리 짓는 게 아니다. 팩스 코요테는 분열한다. 그렇다고 해도 전투 중에 팍팍 불어나는 게 아니다. 분열하는 건 수 개월에 한 번, 늘어난 개체는 리더가 완전히 제어한다.

그렇게 계속 불어난다.

설령 본체를 쓰러뜨렸다고 해도 다른 개체가 리더를 이어받아서 전투를 속행한다.

숫자는 힘. 무리를 완전히 제어할 수 있다는 소리는 그것만으로도 충분하고 넘칠 만큼 강하다는 뜻이다.

그런 팩스 코요테가 스무 마리, 어지간한 모험가라면 목숨을 잃을 숫자인데도 불구하고 에리스는 루이젤드에게 이것저것 배우면서 즐겁게 검을 휘둘렀다.

에리스도 오늘이 첫 실전인데 전혀 움츠러들지 않았다. 그만큼 연습했으니까 괜찮다는 듯이 자신만만한 표정으로 차례로 팩스 코요테를 베어넘겼다. 생물을 죽인다는 것에 망설임이 없는 모양이었다.

나는 그걸 지켜볼 뿐이었다.

여차하면 나서려고 생각했지만, 루이젤드의 서포트는 그야말로 신들린 듯했다.

내가 뭘 하면 괜히 방해만 될지도 모른다.

그렇기는 해도 한가했다. 나만 따돌림당한다는 기분이 장난 아니었다.

얼른 더 좋은 연대를 생각해야겠는데.

하지만 역시 에리스는 강했다.

결국 그녀는 내 생일 직전까지 검신류 상급까지 올라갔던가. 최근에는 마술을 쓰지 않으면 도무지 이길 수 있을 것 같지 않았다.

상급이라고 하면 파울로와 동급… 아니, 수신류와 북신류도 상급이니까 아무래도 파울로 쪽이 위겠지. 실전 경험의 차이도 있고.

하지만 길레느는 재능에서 에리스가 파울로보다 위라고 그랬다. 언젠가 파울로를 추월하겠지.

꼴좋다, 파울로.

"루데우스! 이쪽이다!"

루이젤드의 말에 정신을 차리고 보니, 어느 틈에 팩스 코요테는 전멸한 상태였다.

"팩스 코요테는 모피가 값나가지. 벗기자. 이렇게 많이 있다니 운이 좋군."

루이젤드는 나이프를 꺼내면서 그렇게 말했다.

그에게 숫자가 많다는 것은 사냥감이 많다는 것밖에 되지 않는다.

"잠깐만 기다려 주세요."

루이젤드에게 그렇게 말하고 나는 에리스에게 다가갔다.

"허억… 허억…."

에리스는 세 군데 정도 다쳐서 숨을 헐떡이고 있었다. 시간으로는 30분도 지나지 않았지만, 루이젤드는 어디까지나 서포트에 전념했기 때문에 대부분 에리스가 쓰러뜨렸다.

지칠 만도 하지.

"신성한 힘은 방순한 양식, 힘을 잃은 자에게 다시금 일어날 힘을 주어라, 힐링."

일단 상처를 치료했다.

"고마워."

"괜찮나요?"

"흐흥, 가뿐해… 으읍."

히죽 웃는 그 얼굴에 피가 튀어 있길래 소매로 닦아 주었다.

에리스는 첫 실전 후인데도 정말로 차분했다. 나는 피 냄새로 토할 것 같은데 말이지.

"가뿐한가요. 오늘이 첫 실전이죠?"

"관계없어. 전부 길레느한테 배웠는걸."

연습은 실전처럼. 실전은 연습처럼. 그런 소리다.

에리스는 솔직하니까 실전에서도 연습 성과를 100퍼센트 낼 수 있었다.

연습대로라면 상대가 피를 흘려도 관계없다는 걸까.

"참나…."

나는 쓴웃음을 지으면서 루이젤드에게 되돌아갔다. 그는 우리의 모습을 가만히 지켜보고 있었다.

"에리스에게 싸움을 시켜서 어쩔 생각이지?"

"항상 제가 지켜줄 수 있는 것도 아니니까요. 여차할 때 자기 몸은 자기가 지켜야죠."

"그런가…."

"그런데 루이젤드 씨. 에리스는 어떤가요?"

그렇게 물어보자 루이젤드는 고개를 끄덕였다.

"정진하면 일류 전사가 되겠다."

"정말로?! 와아!"

펄쩍 뛰는 에리스. 기쁜 모양이군. 과거의 영웅에게 칭찬을 들으면 기쁘기도 하겠지.

그리고 그건 내게도 나쁘지 않은 일이다. 루이젤드가 에리스의 재능을 인정했다면 앞으로도 긴밀한 연대를 취할 수 있다.

"루이젤드 씨, 앞으로는 에리스가 전위, 제가 후위라는 진형으로 갈까 하는데요."

"나는 어쩌면 되지?"

"유격으로. 자유롭게 싸우면서 저희 사각을 커버해 주세요. 그리고 뭔가 위험한 일이 생기거든 지시를 내려 주세요."

"알았다."

이렇게 진형이 결정되었다. 며칠 동안 나와 에리스는 착착 실전 경험을 쌓게 되겠지.

그리고 야숙.

저녁식사는 그레이트 토터스의 살코기였다. 다 먹을 수 없어서 절반 이상은 루이젤드의 지시에 따라 육포로 만들었다.

그레이트 토터스 고기. 사실 그리 맛은 없었다. 비린내가 심하고 질겼다. 일반적으로는 긴 시간에 걸쳐서 푹 삶아내는가 본데, 루이젤드는 간단하게 구워 버렸다.

모닥불로 구웠다.

모닥불 말이 나와서 말인데, 스톤 투렌트는 사망하면 바짝 마르기 때문에 말리지 않아도 장작으로 쓸 수 있다나 보다. 루이젤드가 그 마물을 장작으로밖에 보지 않은 이유도 알 것 같았다.

"……."

그렇기는 해도 고기가 맛이 없었다. 그레이트 토터스의 고기가 맛있다고 한 녀석은 누구야?

루이젤드 너잖아. 이런 고기는 생강 같은 걸로 비린내를 지우지 않으면 도저히 못 먹잖아.

아아, 소고기가 먹고 싶다. 쌀밥과 소고기가 먹고 싶다.

생전에 읽은 만화에 이런 대사가 있었다.

'불고기는 대단해. 맛있으니까 대단해.'

맛없는 불고기 따원 하나도 대단하지 않다는 것을 여실하게 드러내는 말이었다.

생각해 보면 아슬라 왕국의 식사는 좋았다. 빵을 기본으로 먹지만, 고기, 생선, 야채, 디저트, 완전히 별 세 개짜리 레스토랑 같은 형식이었다. 촌구석 출신인 내가 이러니까 좋은 집안에서 자란 에리스는 오죽이나 힘들까 싶었는데, 그녀는 태연한 얼굴로 와구와구 먹어치웠다.

"의외로 괜찮네."

거짓말. 아니, 이건 혹시 그걸까. 여태까지 좋은 것밖에 못 먹어 봤던 아이가 어느 날 정크푸드를 먹고 맛있다고 느끼는 그거?

"뭐야?"

"아뇨, 아무것노. 맛있나요?"

"응! 이런 거 말이지, 우물우물, 동경했어."

아무래도 모닥불로 고기를 구워 먹었다는 길레느의 이야기를 듣고 동경했던 모양이다.

이상한 걸 다 동경하네.

"날로도 못 먹을 건 아니다."

루이젤드의 말에 에리스는 눈을 반짝였다.

"그만둬요."

시험 삼아서 입에 넣으려는 에리스를 나는 필사적으로 뜯어 말렸다.

기생충이라도 있으면 어쩔 거야, 참나….

자기 전에 루이젤드가 에리스에게 검을 손질하는 법을 가르쳐 주길래 일단 나도 함께 들었다.

물론 루이젤드가 사용하는 창은 금속으로 만든 게 아니고, 에리스가 사용하는 검도 특수한 금속을 특수한 제조법으로 만든 것이니까 녹슬 일도 없다는 모양이었다.

하지만 손질은 필요한 듯했다.

피를 그대로 놔두면 다른 마물이 꼬이고 베는 맛도 무뎌진다. 게다가 전사로서 자기 무기를 관리하는 건 당연한 일이다. 루이젤드는 그렇게 말했다.

"그러고 보면 그 창은 뭘로 만들어졌나요?"

문득 궁금해져서 물어보았다.

스펠드족의 삼지창. 순백의 단창. 장식은 없고 자루와 칼날이 일체인 구조였다.

"나다."

"…예?"

"창은 스펠드의 영혼으로 되어 있다."

철학적인 대답이었다.

그래, 그래, 과연. 그렇군, 생명이란 곧 영혼. 창은 영혼, 생명. 생명이란 다름 아닌 하트. 하트란 다시 말해 사랑. 루이젤드는 창에게 애정을 쏟아 붓는단 소린가.

"스펠드족은 태어났을 때부터 창을 가진다."

내가 혼란스러워하자 루이젤드는 그렇게 가르쳐 주었다.

스펠드족은 태어났을 때 세 가닥 꼬리가 난다는 모양이다. 그건 성장과 함께 자라나서 일정 이상 나이가 되면 갑자기 굳어지고 몸에서 떨어져 나온다. 창은 몸에서 떨어져 나온 뒤에도 몸의 일부인지, 사용하면 사용할수록 더더욱 날카로워진다.

결코 부러지지 않고, 그 무엇에도 꺾이지 않고, 모든 것을 꿰뚫는 최강의 창…이 될 가능성도 있다는 모양이다. 모두 본인의 단련에 달렸다.

"그러니까 죽을 때까지 창을 떼어놓아선 안 된다."

그것은 400년 전에 저지른 실패를 후회하는 남자의 얼굴이었다. 아마도 그의 창은 다른 스펠드족의 누구보다도 단단하고 날카롭겠지. 든든하다.

하지만 그런 생각은 문제 아닌가?

완고하다는 것은 남을 받아들이지 않는다는 뜻이다. 남을 받아들이지 않는다는 것은 남들에게 받아들여지지 않는다는 뜻이다.

그런 사고방식은 위험해.

그런 식으로 여행을 했더니 순식간에 사흘이 지나고 도시에 도착했다.

제6화 침입과 변장

리카리스 시.

마대륙 3대도시 중 하나.

인마대전 때 마계대제 키시리카 키시리스가 본거지로 삼았다는 도시다.

별명은 구 키시리스 성.

일단 그 도시를 보고 위치에 놀랐다. 거대한 크레이터 안에 만들어졌다. 크레이터는 천연의 성벽이고 수차례나 적군의 침입을 막아냈다고 한다. 현재도 마물의 침입을 막는 데에 큰 도움이 되는 자연의 결계다.

도시 중심에는 반파된 키시리스 성. 이 성은 라플라스 전쟁 때 파괴되었다. 당시 키시리스파의 마왕과 마신 라플라스가 싸웠던 흔적이다.

든든한 성벽과 과거 영화의 흔적을 남긴 검은색 성.

그 두 개는 당시의 마계대제의 위광과 마족의 가혹한 역사를 사람들에게 가르쳐 준다.

리카리스는 유서 깊은 도시다.

여행자는 저녁 무렵에 이 도시의 진정한 아름다움을 알게 되리라.

―모험가 블러디칸트 저 『세계를 걷는다』에서 발췌.

그런 것이 내 지식에 있는 '리카리스 시'였다.

도시 입구는 세 군데. 크레이터의 균열이 그대로 입구로 사용되었다.

크레이터의 높이가 상당하니까 하늘이라도 날 수 있지 않는한 입구 이외로 침입하기는 어렵겠지.

그리고 입구에는 두 명의 문지기. 즉 이 도시의 경비는 엄중했다.

루이젤드를 보았다.

"왜 그러지…?"

"루이젤드 씨. 이 도시… 들어갈 수 있나요?"

"들어간 적은 없다. 항상 쫓겨났으니까."

미굴드족 마을에서 들은 이야기를 떠올렸다. 인간족 사이에서도 스펠드족은 상당히 미움을 받았다. 그건 이미 유전자 레벨이겠지. 첫 대면 때 에리스가 보인 태도를 생각해 보면 안다.

마대륙이라면 혹시나 싶었는데 그렇지도 않은 모양이었디.

"혹시 어떤 식으로 쫓겨났나요?"

"일단 도시로 다가가면 경비가 소리치고, 잠시 뒤에 대량의 모험가가 튀어나온다."

내 뇌리에 위병이 '스톱!!' 이라고 외치고 시내에서 건장한 남자들이 줄줄이 나와서 공격해 오는 광경이 떠올랐다.

"그럼 변장이라도 하는 편이 낫겠네요."

그렇게 말하자 루이젤드는 울컥한 얼굴로 날 노려보았다.

"변장이라고?"

싫은가 보다.

"진정하세요. 일단 시내로 들어가야죠."

"아니, 변장이라는 게 뭐지?"

"예?"

변장을 모르는 모양이었다. 문화의 차이일까.

아니, 애초에 알고 있었으면 시내 정도야 들어갔겠지.

"변장이란 건 말이죠, 외견을 바꾸어서 신분을 숨기는 거죠."

"호오… 어떻게 하지?"

"그렇군요…. 일단 얼굴을 숨길까요."

나는 그 자리에 주저앉아서 지면에 손을 대고 마력을 담았다.

★　　★　　★

"서라!"

도시 입구에는 병사가 서 있었다.

뱀 머리의 억세 보이는 녀석과 돼지 같은 머리의 투실투실한 느낌의 녀석이었다.

"누구냐! 뭐 하러 왔지!"

허리춤의 검에 손을 대고 그렇게 물은 것은 뱀 쪽이었다.

돼지 쪽은 기분 나쁜 눈으로 에리스를 훑어보았다.

이 돼지 자식… 제법 마음이 맞겠는데?

"여행자입니다."

미리 짠 대로 내가 앞으로 나섰다.

"모험가인가?"

"아…. 아뇨, 아닙니다. 여행자입니다."

무심코 긍정할 뻔했지만 증명할 만한 게 없었다.

나와 에리스 정도의 나이라면 모험가 지망생이라고 해도 이상하지 않겠지만.

"그쪽의 남자는? 어째 수상한데."

루이젤드는 내가 만든 돌투구로 얼굴을 완전히 가리고 있었다.

창은 천으로 끝부분을 싸니 지팡이처럼 보이기도 했다.

수상쩍은 모습이라곤 해도 스펠드족의 모습보단 낫겠지.

"형이죠. 이상한 모험가가 가져온 투구를 썼다가 벗을 수 없게 되었어요. 이 도시라면 벗겨줄 사람도 있지 않을까 해서….."

"하하! 웃기는 소리군! 그런 거라면 어쩔 수 없지. 도구점 할망구한테 부탁하면 어떻게 해 줄지도."

뱀 머리가 웃으면서 한 걸음 물러났다.

별로 경계하지 않는 눈치였다. 일본이라면 풀페이스 헬멧을 뒤집어쓴 남자가 나타나면 더 경계할 텐데. 아이들이 있어서 그럴까, 아니면 투구를 쓴 사람이 적지 않아서일까.

"그런데 이 도시에서 돈을 벌 만한 곳은 어디에 있습니까?"

"돈을 벌 곳? 그런 걸 물어서 뭐 하려고?"

"형의 투구를 벗길 때까지 머물러야 하겠고, 혹시 벗기는 대가로 돈을 요구하기라도 하면 벌어야 하니까요."

뱀 머리는 "그래, 그 할망구라면 그럴지도."라고 중얼거렸다.

도구점은 탐욕스러운가… 관계없지만.

"그럼 모험가 길드겠군. 거기라면 외부인이라도 밑천 없이 돈을 벌 수 있지."

"모험가 길드는 이 길을 따라 똑바로 가라. 큰 건물이니까 금방 알 수 있을 거야."

"감사합니다."

"모험가 길드에 등록하면 여관비가 조금 할인된다. 등록만이라도 해 두는 편이 좋아."

나는 적당히 대답하면서 문을 통과했다. 그리고 문득 멈춰 섰다.

"그러고 보면 이 도시는 항상 이렇게 삼엄한가요?"

"아니, 요즘 이 근처에서 '데드엔드' 가 목격되었다고 그러니까 경계중이야."

"뭐라고요! 그거 무서운 이야기네요…."

"그래, 얼른 어디로 좀 가 주길 빌어야지."

'만나면 죽음' 이란 말이지.

무서운 이름이다. 꽤나 무서운 마물이겠지.

로아와 비교해서 다소 작은 건물들이 늘어선 거리였다.

하지만 도시 구성은 어디든 비슷한 느낌이었다.

입구 부근에는 상인들을 위한 숙소나 마구간 같은 가게가 지붕을 나란히 하고 있었다.

"어디, 모험가라…."

여태까지의 인생 중에서 들은 이야기를 종합하면, 모험가란 파견사원이다. 실력 있는 사람들이 모험가 길드라는 이름의 인재 파견회사에 등록하고 일을 소개받으면서 자기 평가를 높인다.

사람들이 모험가 길드를 통해 일을 의뢰하면, 능력에 자신 있는 모험가가 파견된다.

"벌이가 될지는 모르겠지만, 등록하는 편이 좋을까? 신분증명도 될 것 같고. 에리스는 어떻게 생각해요?"

"모험가! 될래! 될래!"

에리스의 눈이 반짝거렸다. 그러고 보면 에리스는 몇 번이나 길레느의 모험가 시절 이야기를 들었다. 의외로 동경했을지도 모르겠군.

"루이젤드 씨는 이미 모험가인가요?"

"아니, 나는 모험가 길드가 있을 만한 큰 도시에 들어간 적이 없다."

그랬나. 과연, 모험가 길드는 큰 도시에밖에 없구나.

"뭐, 그 편이 더 나은가…."

내 머릿속으로 착착 예정이 짜였다.

언제까지고 이렇게 무거운 헬멧을 눌러쓰고 있을 수도 없었다.

얼굴을 숨긴 채로는 아무리 지나도 스펠드족의 명성을 얻을 수 없다.

뭔가 큰일을 해내고 '사실은 스펠드족이었습니다'라는 흐름도 좋을지 모르지만, 모험가의 최저 랭크의 일은 시내의 잡일이라고 했다. 오히려 큰일을 하는 것보다도 그런 자잘한 일로 의외성을 드러내는 편이 좋을지도 모르겠다.

잘만 하면 시내에서의 신용으로 이어진다.

루이젤드의 인품은 나쁘지 않다.

갑작스럽게 강한 마물을 쓰러뜨려서 '도시를 지켰으니까 받아들여달라'고 하는 것보다는 '미아가 된 아이를 구했습니다' 라는 갭이 잘 먹힌다. 그건 미굴드족의 마을에서도 증명되었다. 마물 퇴치보다도 인명 구조를 중심으로 하는 게 좋겠지. 선입견 없이 사람과 접하는 것이다.

루이젤드의 인품이라면 그거면 충분하겠지.

하지만 인명 구조라면 이 헬멧은 좋지 않다. 표정이 보이지 않는 건 마이너스다.

머리카락과 이마만 숨기는 헬멧으로 할까…. 아니, 그래도 수상쩍지. 이 세계에서 사람과 만날 때에 가면을 벗는 문화가 있는지는 모르겠지만, 나라면 무례하다고 생각할 것이다.

하지만 자잘한 일을 조금씩 하다간 그만큼 시간이 걸린다.

루이젤드라는 존재를 시내에 침투시키고 좋게 받아들이게 해야지.

"으음… 어떻게 한다."

일단은 지명도가 필요하다. 아무리 좋은 일을 해도 이름 없는 청년이 한 일이라면 의미가 없다.

역시 이름을 새기기 위해서라도 제일 먼저 커다란 마물 퇴치를 좀 하는 편이 좋을지 모르겠군.

이 세계에서는 힘 있는 자를 받아들이는 경향이 있다. 지명도가 높은 마물을 퇴치하여서 다소라도 지위가 향상될 가능성도 있다. 물론 스펠드족의 경우는 그 강함이 이미 알려졌으니까 역효과가 날 가능성도 크지만.

잠깐, 하지만 도시에 닥친 위기에 대처하면 어떨까. 누군가가 궁지에 몰린 가운데 처형송과 함께 멋지게 등장, 마계 미청년 루이젤드, 이런 느낌으로 일격에 상대를 해치우면?

오오, 괜찮은데?

문제는 그 상대를 뭘로 하는가다. 방금 전에 딱 좋은 상대의 이름을 들었다.

"루이젤드 씨. '데드엔드' 라는 게 뭔지 아나요?"

'데드엔드' 인가 하는 마물을 도시에 유도.

도시를 패닉에 빠뜨리고 그걸 루이젤드가 쓰러뜨린다. 권선징악 스토리. 완벽하다.

하지만 돌아온 대답은 예상 밖의 것이었다.

"나다."

"…무슨 말인가요?"

그게 뭐야? 또 철학이야?! 라고 생각했는데….

"나는 일부에게 그렇게 불리고 있다."

루이젤드=데드엔드.

라는 모양이다. 과연, 납득했어.

스펠드족이 도시 근처를 걸어다니면 경계하기도 하겠지.

그렇기는 해도 그런 위험천만한 별명까지 붙여가며 두려워하다니. 대체 스펠드족을 얼마나 두려워하는 거야….

문지기도 좀 더 제대로 일해야 되나 않나 싶었다.

분명 스펠드족을 사람으로 보지 않는다. 날뛰기만 하는 마족이니까 변장할 만한 지능도 없을 거라고 생각하는 거다.

"어떻게 한다…."

하지만 이 별명, 지명도는 높은 모양이네. 이용할 수 있을지도 모르겠다.

"현상금 같은 건 걸리지 않았지요?"

"그래. 그건 괜찮다."

정말? 정말이지? 믿는다? 거짓말하면 안 돼?

아무튼 계획을 다소 변경했다.

일단 모험가 길드에 가기 전에 노점을 보고 다녔다.

입구 부근에 있는 노점은 어디나 비슷한가 했는데, 파는 물건이 크게 달랐다.

예를 들어서 로아에서는 말을 사고팔 장소에서 도마뱀 같은 생물을 팔고 있었다. 고저차와 바위가 많은 마대륙에서는 말보다도 이런 동물이 도움이 되겠지. 또 승합마차는 없지만, 상인이 개별로 마차를 태워준다.

이제부터 긴 여행이 될 테니까 필요한 것은 많았다.

조금씩 사들일 필요가 있겠지만, 이번에 살 것은 정해 놓았다.

스윽 시세를 조사하면서 가능한 한 싼 가게를 찾았다. 서두르는 건 아니지만, 너무 시간을 들이고 싶지 않았다. 점찍은 물건은 염료와 후드. 또 레몬 같은 것도 있으면 좋겠다.

"아저씨, 이 염료 좀 비싸지 않아요? 바가지 아니에요?"

"멍청한 소리, 적정가격이야."

"정말일까?"

"당연하지!"

"하지만 저쪽에서 똑같은 걸 반값에 팔던데?"

"뭐라고?!"

"품질 차이도 있겠고. 아, 이 후드 좋네. 이거랑 저쪽의 레몬 같은 것도 같이 살 테니까 좀 깎아 줄래요?"

"이 꼬맹이가 제법인데. 좋아, 가져가라."

"아, 그렇지. 이거 좀 사줘요. 팩스 코요테의 모피랑 애시드 울프의 이빨이 있는데요."

"제법 많군. 잠깐 있어 봐라…. 둘, 셋, 넷… 고철전 세 닢이면 어떠냐?"

"그건 아니죠. 하다못해 여섯."

"어쩔 수 없군. 그럼 네 닢으로."

"좋아요, 그걸로."

그런 식으로 교섭하여 단번에 매매를 마쳤다. 시세를 모르기 때문에 이게 어느 정도 금액인지는 모른다. 솔직히 교섭이라고 하긴 했지만 바가지 쓴 감도 있었다.

남은 소지금은 철전 하나, 고철전 넷, 석전 열.

록시의 부모님에게 받은 돈이다. 소중하게 써야지.

우리는 인적 없는 뒷골목으로 들어갔다. 이상한 놈들에게 걸리지 않으면 좋겠는데…. 아니, 걸리면 루이젤드가 어떻게든 해줄까. 돈을 늘릴 찬스다.

"루이젤드 씨. 혹시 누가 시비를 걸면 반만 죽여 놓으세요."

"반만? 반생반사로 만들란 소린가?"

"아뇨, 그냥 두들겨 패는 정도로."

하지만 아쉽게도 시비 거는 놈은 없었다.

애초에 그런 짓을 하는 놈들이 돈 같은 걸 가지고 있을 리 없
겠지.

"루이젤드 씨. 일단 머리를 물들이죠."

"머리를, 물들여…?"

"예. 이 염료로."

"아하. 머리색을 바꾸는 건가. 재미있는 생각을 해내는군."

감탄 어린 대답이었다. 아무래도 이 세계에서 머리를 물들인
다는 습관은 없는 모양이었다.

아니, 루이젤드가 모를 뿐일까?

별로 마을에 내려오지 않는 모양이고.

"하지만 할 거면 더 차이나는 색이 낫지 않나?"

내가 고른 건 청색이었다. 가능한 한 미굴드족의 색깔과 비슷
한 걸 골랐다.

"아뇨, 여기서 도보로 사흘거리에 미굴드족의 마을이 있잖아
요. 그걸 아는 사람은 많을 거예요. 그러니까 루이젤드 씨는 오
늘부터 미굴드족입니다."

"…우리는?"

"우리는 이 근처에서 루이젤드 씨가 주운 부하 1과 2입니다."

"부하? 대등한 전사 아니었나?"

"그런 설정이에요. 딱히 외울 건 없지만요, 다른 사람에게 그렇게 보이도록 제가 연기할게요."

지금부터 하는 건 연극이다. 나는 루이젤드에게 '설정'을 말했다.

오늘부터 루이젤드는 스펠드족의 '데드엔드'를 사칭하는 미굴드족 청년 로이스다. 미굴드족 청년 로이스는 항상 모두에게 두려움을 사는 존재가 되고 싶다고 생각했다. 그런 어느 날, 두 어린애를 주웠다. 마술과 검술을 쓰는 아이들. 그들은 도와준 로이스에게 심취하였다.

"심취하였나?"

"저는 별로."

"그래."

이 두 아이는 꽤나 강했다. 거기에 눈을 들인 로이스는 어떤 생각을 떠올렸다.

나는 미굴드족 중에서도 키가 크니까 '데드엔드' 루이젤드를 사칭하면 더 간단히 모두에게 두려움을 살 수 있지 않을까? 라고.

이 두 사람은 어린애지만 제법 써먹을 만하다. 이용해서 단숨에 유명해지자, 라고.

"내 이름을 사칭하다니, 용서 못 할 남자로군."

"그렇죠. 분명히 용서할 수 없지요. 하지만 혹시 가짜 루이젤드가 좋은 일을 하면 사람들은 어떻게 생각할까요?"

"…어떻게 생각하지?"

"명백히 가짜인 게 뻔한 녀석이지만 꽤 괜찮은 녀석이다, 라고 생각하겠죠."

필요한 건 코미컬함과 엉뚱함이다. 남을 사칭할 만한 녀석이지만, 기본적으로 못된 녀석은 아니다.

그렇게 여겨지는 게 중요하다.

"흠…."

"가짜 루이젤드가 좋은 녀석이라는 소문이 퍼지면 이쪽의 승리입니다. 언젠가 소문은 흐릿해지고 '루이젤드는 좋은 녀석이다' 라는 형태가 됩니다."

"…그거 대단한데, 진짜로 그렇게 될까?"

"됩니다."

단언했다. 적어도 지금의 루이젤드가 이 이상 평판이 떨어질 리는 없다.

지금 시점에서 최저 평판이니까.

"그래, 그렇게 간단하게 되는 건가…."

"간단하진 않아요. 성공할지도 알 수 없고요."

계획이란 어딘가 반드시 구멍이 생기는 법이다. 엄밀하게 하면 할수록 나중에 계획이 어그러진다. 하지만 잘만 하면 소문을 겹치는 것으로 루이젤드의 본성이 바르게 전해질지도 모른다.

"하지만 거짓이 들통나면 어떻게 되지?"

"아니죠. 루이젤드 씨는 거짓말 같은 거 안 해도 됩니다."

"…무슨 소리지?"

미굴드족인 척하며 스펠드족이라고 말한다. 예정대로 남들에게 사랑받을 만한 착한 짓을 한다. 이름도 속이지 않는다. 로이스 운운은 진짜 스펠드족이라는 게 들통났을 때를 위한 포석으로, 본인은 루이젤드라고 말한다.

스펠드족의 루이젤드. 그걸 주위가 멋대로 미굴드족의 로이스가 루이젤드 행세를 한다고 착각할 뿐이다.

그러니까 거짓말 같은 건 안 해도 된다. 거짓말을 하는 건 나뿐이다.

루이젤드는 거짓말을 하는 것에 거부감이 있는 모양이니까 그건 입 다물자.

"저쪽이 멋대로 미굴드족이라고 착각할 뿐이에요."

"음…. 아, 그런가. 내가 나를 사칭하니까, 하지만 로이즈 행세를…. 머리가 뒤죽박죽이군. 나는 뭘 하면 되지?"

"그냥 평소처럼 하면 됩니다."

루이젤드가 복잡한 표정을 지었다. 이 남자는 연기파 배우가 못 되겠군.

"하지만 싸구려 도발에 넘어가서 상대를 죽이진 마세요."

"흠…. 그건 싸움을 하지 말라는 소린가?"

"해도 되긴 하지만, 고전하는 척해 주세요. 몇 대 맞고 숨을 헐떡이다가 마지막에 간신히 이겼다는 느낌으로 해 주세요."

그렇게 말하고 보니 그런 연기가 가능할까 싶었지만,

"적당히 힘을 빼면서 하란 말인가. 무슨 의미가 있지?"

그건 또 괜찮은 모양이었다.

"진짜 루이젤드라면 이렇게 약할 리 없다고 여겨지는 동시에,

진짜라면 나도 꽤 센 거 아냐? 라고 생각하게 할 수 있지요."

"잘 이해가 안 되는데⋯."

"이쪽이 가짜라고 생각하게 하는 동시에 상대의 기분이 좋아집니다."

"기분이 좋아지면 어쩌는데?"

"스펠드족이 약하다는 소문을 퍼뜨릴 수 있습니다."

그러자 루이젤드는 울컥한 표정을 했다.

"스펠드족은 약하지 않아."

"알고 있어요. 하지만 강하니까 두려움을 사는 거지요. 약하다는 소문이 퍼지면 지금 같은 상황도 온화될지 모릅니다."

그렇다고는 해도 너무 약하게 여겨지는 것도 문제다.

모르는 동네에서 살아남은(살아남았을지도 모르는) 스펠드족.

그들에게 또 박해가 일어날지도 모르니까 밸런스가 중요하다.

"그런 건가⋯."

뭐, 대충 이런 이야기다.

너무 많은 소리를 하다간 꼬리를 잡힐 뿐이니까.

"저는 전력으로 서포트하겠지만, 어떻게 굴러갈지는 루이젤드 씨의 노력에 달렸습니다."

"그래, 알고 있다. 부탁한다."

나는 노점에서 산 레몬 같은 과일의 과즙을 써서 루이젤드의 머리카락을 탈색.

애초에 색소가 연한 에메랄드그린이라서 탈색에 성공. 염료로 완전히 착색.

으음, 별로 예쁘질 않다. 오히려 더러워.

하지만 적어도 녹색은 아니게 되었다. 멀리서 보면 미굴드족으로… 키가 너무 크니까 그렇게 안 보이네.

하지만 스펠드족처럼은 안 보일지도 모르겠다.

뭐, 변장은 애매한 정도가 딱 좋지.

미굴드족 같은데 스펠드족이라고 떠들고, 하지만 양쪽 다 아닌 듯해서 어라? 싶은 정도가 좋다.

"또 이걸 드릴게요."

나는 목에서 목걸이를 벗어서 루이젤드의 목에 걸었다.

"이건 미굴드족의 부적인가."

"예, 제 스승이 졸업 선물로 준 것입니다. 앞으로 몸에서 떼지 말고 가지고 다니세요."

이걸 지니고 있으면 적어도 미굴드족의 관계자라고 생각하겠지.

아는 사람에게는 말이다.

"소중한 것이로군. 반드시 돌려주지."

"꼭입니다."

"그래."

"잃어버리면 진짜로 때릴 거예요."

"알고 있다."

"구체적으로 말하자면 흙 마술로 이 도시의 입구를 봉쇄, 크레이터가 완전히 파묻힐 때까지 마그마를 부어 넣을 겁니다."

"다른 시민들을 끌어들일 생각인가? 어린애도 있는데?"

"어린애의 목숨을 구하고 싶거든 절대로 잃어버리지 마세요."

"음…. 그렇게 불안하거든 처음부터 네가 가지고 있는 편이 낫지 않나?"

"아뇨, 물론 농담이에요."

"……."

어디, 후드는 에리스한테 씌울까. 그녀의 빨간 머리는 눈에 띄니까.

시점은 하나로 좁혀야지.

"에리스, 이 후드 말인데요…."

그러면서 방금 산 후드를 펼쳐 보자 '귀 주머니'가 달려 있었다.

뭐라고 할까, 파이● 판타지 Ⅲ에 나오는 마도사가 쓰는 후드 같았다.

수족용일까. 이거 물건을 잘못 산 걸지도….

에리스는 복장에 별로 신경 쓰지 않지만, 보레아스류의 인사를 보면 안다.

수족 같은 모습이나 포즈는 별로 하고 싶어 하지 않는다.

"저기, 에리스, 이거 말인데요."

"그! 그거! 어, 어쩔 건데!"

"어, 에리스한테, 줄까~ 하고…."

"정말?!"

그렇게 생각했는데 아주 좋아했다. 그 포즈 자체는 싫어하는 게 아니었나.

"잘 쓸게!"

얼른 후드를 쓴 에리스가 활짝 웃으며 말했다.

뭐, 그렇군. 잘은 모르겠지만 아무튼 잘 됐다는 소리다.

어디, 일단은 모험가 길드다. 필요한 건 코미컬함. 그걸 잊지 말자.

잘 되기를 빌자.

제7화 모험가 길드

모험가 길드.

거기는 수많은 강자들이 모이는 장소다.

육체에 자신 있는 자, 마술에 자신 있는 자.

어떤 사람은 검을, 어떤 사람은 도끼를, 어떤 사람은 지팡이를, 또 어떤 사람은 맨손으로.

자기가 남보다 강하다고 호언하는 자, 그런 자를 속으로 비웃는 자.

갑옷을 걸친 검사가 있고 가벼운 차림의 마술사도 있다.

돼지 같은 남자, 하반신이 뱀인 여자, 날개를 단 남자, 말의 다리를 가진 여자.

모든 종족이 모여서 떠들어댄다.

그것이 마대륙의 모험가 길드.

리카리스 시의 모험가 길드.
그 거대한 스윙도어가 난폭하게 팡 소리를 내며 열렸다.
무슨 일인가 싶어서 시선이 모였다. 모험가 길드의 문을 난폭하게 여는 사람은 별로 없다.
어디의 파티라도 돌아왔나? 마물이 습격해 와서 문지기가 구원을 요청했나? 아니면 그냥 바람의 장난인가? 그러고 보면 데드엔드가 근처에 출몰한다고 들었는데 설마….
그렇게 생각한 그들의 눈에 세 사람이 비쳤다.
제일 앞에 선 것은 소년. 아직 나이가 어려 보였다. 하지만 자신만만한 표정. 천을 감은 지팡이, 더러워지긴 했지만 고급스러워 보이는 옷. 어른들이 많고 험악한 얼굴이 많은 여기에 전혀 기죽은 눈치도 없이 당당히 들어왔다.
'이 녀석 누구야? 전혀 안 어울리는데?' 몇몇 사람이 그렇게 생각했다.
어쩌면 외견과 나이가 비례하지 않는 종족일지도 모른다고 생각했을 것이다.
소년의 뒤에 숨듯이 서 있는 것은 아마도 소녀. 그 얼굴은 깊숙하게 눌러쓴 후드 때문에 자세히 볼 수 없었다. 하지만 나이에 비해 행동거지나 눈빛은 날카롭고, 허리에 찬 검은 한눈에도 오랫동안 사용한 것임을 알 수 있었다. 이 자리에 있는 몇몇 사람은 그녀를 실력 있는 검사로 인정했다.

마지막 한 명은 키가 크고 체격 좋은 남자. 이마에 붉은 보석, 얼굴을 종단하는 흉터. '데드엔드'의 특징과 똑같았다. 비명을 지를 뻔한 사람도 있었다. 하지만 그의 파란 머리를 보고 착각이라는 걸 곧 깨달았다. 비슷할 뿐인 다른 사람이라고.

이상하다. 실로 이상하다.

누구 하나도 범상하지 않은 삼인조는 뭐 하러 온 건지 짐작도 가지 않는 이상함을 띠고 있었다.

소년이 큰 소리로 말했다.

"어이어이어이어이어이! 다들 가만히 앉아서 뭐 하는 거야! 이쪽에 계신 분이 누구인 줄 모르는 거냐!"

아니, 누구인지 모르겠는데? 모두가 그렇게 생각했다.

"바로 그 스펠드족의 악마! '데드엔드' 루이젤드 님이다! 입 닫고 앉아 있지 말고 겁에 질리든가 도망치든가 하라고!"

아니, 그건 아니잖아. 모두가 그렇게 생각했다. 스펠드족의 머리카락은 선명한 녹색이라고.

그렇게 어둡고 칙칙한 파란색이 아냐.

"형님! 이런 촌구석에는 '데드엔드'의 얼굴이 안 알려진 모양입니다! 조금 멀리 나왔다고 소문만 들리지 아무도 안 알아주네요."

아무래도 소년은 그 청년을 '데드엔드'라고 주장하고 싶은 모양이었다. 그걸 이해하자 저 소년의 거친 어조도 괜히 더 웃기게 여겨졌다. 수상한 느낌이 순식간에 사라졌다.

형님이라고 불린 청년. 과연, 분명히 저 이마의 붉은 눈과 얼굴의 상처는 그럴 듯했다.

하지만 중요한 게 틀렸잖아.

"풋."

소리 내어 웃은 건 누구였을까.

"뭐야, 쨔샤! 왜 웃고 있어!"

소년은 재빨리 주워들고 화난 얼굴로 소리가 난 방향을 노려
보았다. 그 동작이 너무나도 웃겨서 길드 안의 웃음소리는 서서
히 커졌다.

누군가가 말했다.

"풋… 푸흣… 아, 아니, 스펠드족의 머리는… 녹색이잖아?"

그 순간 모험가 길드의 로비에는 대폭소가 일었다.

웃음소리를 들으면서 나는 일단은 오케이라고 생각했다.

모험가 길드. 상상은 했지만 상상 이상으로 조야한 느낌이었
다.

종족이 여럿인 거야 마대륙이니까 그렇겠지. 말 머리의 남자,
사마귀 같은 낫을 가진 남자, 나비 같은 날개를 가진 여자, 뱀
같은 하반신의 여자.

인간과 아주 비슷하지만 어딘가 차이가 있었다.

또 동물인 부위가 없다고 인간과 똑같냐 하면 그런 것도 아니
었다. 이깨에서 가시 같은 게 난 녀석도 있고, 온몸의 피부가 시

퍼런 녀석도 있었다. 팔이 네 개라든가 머리가 두 개인 자도 있었다. 인간과 똑같지만 어딘가 조금씩 달랐다.

생각해 보면 미굴드나 스펠드는 인간에 꽤나 가까운 종족이 겠지.

"혀, 형님을 비웃지 마! 형님은 말이지, 우리가 황야에서 마물에게 죽을 뻔한 걸 구해 주셨다고!"

기죽지 않고 나는 적당히 연기를 하면서 안으로 들어갔다.

"들었냐! 데드엔드가 남을 구했단다!"

"후하하하하! 거 엄청 착한 녀석이잖아!"

"진짜냐! 나도 좀 구해 주시지! 캬하하하하!!"

평소라면 이런 비웃음을 듣고 다리가 후들거렸을 텐데, 연기를 하는 탓일까, 아니면 비웃는 녀석들에게 현실미가 없는 탓일까.

어쩌면 나도 성장을 해서 그런가?

아니, 잘난 척하면 안 된다. 애초에 지금 웃음은 내가 아니라 루이젤드를 향한 것이다. 내 다리가 움츠러들 리가 없다. 잘난 척하는 건 나를 향한 적의에 대처할 수 있게 된 다음으로 하자.

아무튼 주위를 둘러보고 루이젤드가 진짜라고 생각하는 녀석이 없는 것을 확인.

여기서 사전에 준비해 두었던 대사 A.

"이 녀석들 용서 못 해! 형님! 해치워 주세요."

"훗, 웃고 싶은 녀석들은 웃으라고 해라."

참고로 웃지 않았을 경우의 패턴 B도 준비하였다.

"웃으라고 하라니…. 잘난 척이나 하고 말이지!"

"완전 거물 행세구만!"

"우, 우와, 안 되겠다. 사과해야겠어."

이 녀석들, 루이젤드가 진짜라는 걸 알면 울면서 사과하겠지…

"흥! 너희들, 형님의 관대함에 감사나 해라!"

나는 그런 말을 하고 주위를 둘러보았다.

왼편에는 종이가 처덕처덕 붙어 있는 거대한 게시판. 오른쪽에는 카운터 네 개가 있고 점원들이 기막히다는 얼굴로 이쪽을 보고 있었다. 오른쪽이군.

나는 두 사람을 데리고 발을 옮겨서… 우와, 카운터 높다.

루이젤드에게 눈짓을 해서 날 들어달라고 했다.

"어이, 직원! 모험가 등록을 하고 싶다!"

구경꾼들에게 들리도록 큰 소리로 말했다. 뒤에서 와자하게 이는 대폭소.

"데, 데, 데드엔드가, 뉴, 뉴비란다!"

"캬하하하하… 배가 다 아프네."

"우와, 내, 내가 데드엔드의 선배가 되는 건가!"

"그, 그거 자랑할 만한데!"

좋아, 이 정도면 됐겠지.

"시끄러. 직원 목소리가 안 들리잖아!"

그렇게 소리치자 모험가들은 히죽거리는 얼굴인 채로 입을 다물고 조용해졌다.

"아, 알았어, 알았다고….”

"처, 첫 설명은 중요하지… 푸후후.”

"크큭.”

아직 작은 웃음소리는 들리지만, 뭐, 이거면 되겠지.

백수 인생 44년. 드디어 나는 염원하던 헬로 워크에 도달했다.

'수성급 마술사' 라는 자격을 손에 들고, 도중에 동료가 된 '헌드레드 니트' 와 함께…. 옆에는 먹여 살려야만 하는 응석받이 아가씨가 한 명.

일하지 않으면 먹고 살 수 없다—는 건 넘어가고.

"그럼 직원 누나, 소동을 피웠네요. 잘 부탁드립니다.”

오렌지색 머리에 이빨이 뾰족한 여직원.

가슴이 크게 트인 복장이라서 물론 가슴골이 보였다. 애초에 가슴이 세 개 있으니까 골은 두 개다. 하나 는 것만 해도 두 배가 되다니.

"예? 아, 예. 모험가 등록…이지요?”

그녀는 갑작스럽게 태도가 바뀐 내게 당황한 눈치였다. 뭐, 계속 연기해도 꼬리가 밟힐 뿐이고. 얕보이지 않도록 연기한 걸로 하면 오케이야.

"예. 아무래도 신참이라서.”

"그러면 이쪽 용지에 기입해 주세요."

종이 세 장과 가느다랗고 뾰족한 숯을 건네받았다. 종이는 어느 것이고 똑같았다. 이름과 직업을 적는 칸이 있고, 주의사항과 규약이 적혀 있었다. 글을 못 읽는 녀석은 어쩌나 싶었는데.

"글을 못 읽으신다면 대신 읽어 드릴까요?"

그런 방식인 모양이다.

"아뇨, 필요 없습니다."

에리스를 위해 내가 소리 내어 읽어 주었다.

1. 모험가 길드의 이용
모험가 길드에 등록하면 모험가 길드의 서비스를 받을 수 있다.

2. 서비스 내용
전 세계에 있는 모험가 길드에서는 일의 중개, 보수 전달, 소재 매입, 화폐 환전 등의 서비스를 한다.
세계 정세의 변화로 사전 연락 없이 서비스 내용이 변경될 수 있다.

3. 등록 정보
등록된 정보는 모험가 카드의 형태로 모험가 자신이 관리하게 된다.

소실하면 재발행 가능하지만, 랭크는 F로 돌아간다.

또한 각 지역마다 벌금이 발생한다.

4. 모험가 길드의 탈퇴

길드에 신청하면 탈퇴가 가능.

재등록도 가능하지만 랭크는 F로 돌아간다.

5. 금지행위

이하로 정해진 행위를 금지한다.

⑴ 각 나라의 법령에 위배되는 행위

⑵ 길드의 품위를 현저하게 해치는 행위

⑶ 다른 모험가의 의뢰를 방해하는 행위

⑷ 의뢰의 매매행위

금지행위가 적발되었을 경우, 벌금 및 모험가 자격이 박탈된다.

6. 위약금의 발생

맡은 의뢰를 실패하면 위약금으로 보수의 2할을 지불한다.

기간은 반년. 지불하지 못하면 모험가 자격이 박탈된다.

7. 랭크

모험가는 그 실력에 따라 S에서 F까지 일곱 단계로 랭크가 나뉜다.

원칙적으로 자기 랭크의 상하 한 단계 이하의 의뢰까지만 받을 수 있다.

8. 승급과 강등

랭크에 따른 규정 회수의 의뢰를 성공하면 승급할 수 있다.

다만 실력이 부족하다고 느끼면 그 랭크에 그대로 남을 수도 있다.

또한 일정회수 연속으로 의뢰를 실패하면 한 단계 아래 랭크로 강등된다.

9. 의무

마물의 습격 등으로 나라의 요청이 있었을 경우, 모험가는 그에 따를 의무가 있다.

또한 긴급사태 때 모험가는 길드 직원의 명령에 따를 의무가 있다.

에리스는 중간부터 귀찮다는 표정이었다. 그녀는 이런 딱딱한 문장을 싫어했다.

나도 그렇게 잘하는 편은 아니지만, 이런 건 잘 읽어둬야지.

일단 딱히 문제는 없는 모양인데.

"직원 누나, 질문이 있는데요."

"뭔가요?"

"여기에 쓰는 건 어느 말이든 괜찮나요?"

"어느 말이라뇨. 예를 들면…?"

"인간어라든가."

"아, 그거라면 괜찮습니다."

마이너한 부족이 쓰는 특수한 문자 같은 건 안 된단 소리겠지.

물론 일본어도 무리일 테니까 나는 마신어로 적었다. 인간족으로 여겨지기보다도 외모가 어린 마족으로 여겨지는 편이 낫다.

"에리스도 자기 손으로 쓰세요."

에리스에게도 직접 쓰라고 말했다. 이런 계약서는 본인이 쓰는 편이 좋다.

참고로 길드 안에서는 마신어로 통했다.

에리스가 뿔난 눈치면서도 조용한 것은 주위의 말을 못 알아들었기 때문이다. 혹시 그녀가 제대로 조소를 받았으면 검을 뽑고 날뛰었을지도 모른다.

"쓸 생각은 없지만 혹시 가명을 사용한 경우는 어떻게 됩니까?"

"딱히 벌칙은 없습니다. 어디까지나 등록명이니까요."

"범죄자가 이름을 바꾸는 경우도 있지요?"

"마대륙과 다른 대륙에서는 범죄자의 정의도 다르니까, 모험가 길드에 폐를 끼치지 않는 한 문제없습니다. 하지만 일단 모

험가 자격을 박탈당하면 적어도 이 대륙에서 재등록은 불가하
다고 생각하세요."

"그래도 괜찮나요?"

"문제는 있습니다만 마대륙에서는 태어날 때 이름을 받지 않
은 사람도 많지요. 그러니까 가명을 금지하면 등록할 수 없는
사람이 많이 생깁니다."

과연. 대륙별로 모험가 길드의 관할은 다를지도 모르겠다.

스펠드족이라서 모험가 길드에 등록할 수 없을 가능성도 있
었으니까 로이스라는 가명도 생각했는데, 일단은 문제없는 모
양이다.

"여기서 등록하면 다른 대륙으로 넘어갔을 때 다시 등록할 필
요는?"

"없습니다."

그렇겠지.

"적으셨으면 여기에 손을 올려주세요."

그러며 꺼낸 것은 야겜 패키지만한 크기의 투명한 판으로, 한
가운데에 마법진이 새겨져 있었다. 밑에는 금속 카드가 깔려 있
었다.

흠, 뭘까.

"이렇게 말인가요?"

일단 내가 먼저 처억 손을 올리자 직원이 판 가장자리를 손가
락으로 통 두드렸다.

"이름 : 루데우스 그레이랫. 직업 : 마술사. 랭크 : F."

직원이 용지 내용을 담담히 읽고 다시금 손가락으로 두드렸다. 그러자 마법진이 희미하게 붉은빛을 내더니 곧 사라졌다.

"자, 이쪽이 당신의 모험가 카드입니다."

아무런 특색도 없는 철판에는 희미하게 빛나는 글자로,

이름 : 루데우스 그레이랫

성별 : 남

종족 : 인간족

연령 : 10

직업 : 마술사

랭크 : F

그렇게 적혀 있었다. 인간어다. 으흠, 그런 마도구인가.

그보다 이걸 쓰면 책을 쓰는 것도 간단하겠는데?

모험가 길드 같은 공적 장소에서 사용한다면 더 시중에 나돌더라도 좋을 것 같은데….

아니, 이쪽의 판에도 장치가 있을지 모르지. 이름, 직업, 랭크에 관해서는 직원이 수동으로 입력하는 모양이지만, 성별, 종족, 연령은 손에서 읽어들이는 걸까….

큰일이네. 인간족이란 건 숨길 생각이었는데, 연령과 종족명이 나오잖아.

뭐, 좋아. 어떻게든 되겠지.

이름 : 루이젤드 스펠디아
성별 : 남
종족 : 마족
연령 : 566
직업 : 전사
랭크 : F

아, 혹시 이거 스펠드족이라고 나오는 거 아냐? 라고 생각했지만, 루이젤드의 카드에는 마족이라고만 표시되었다. 실로 대충이지만 마음이 놓였다.

나이가 나왔지만 직원도 별로 신경 쓰지 않았다. 마족이면 그리 신기한 것도 아닌가.

루이젤드 스펠디아라는 이름도 별로 신경 쓰지 않는 눈치였다.

가명이라고 생각한 걸까. 뜻밖이네. 방금 전에 가명은 안 쓴다고 말했는데.

아니면 혹시 '데드엔드'의 본명이 루이젤드 스펠디아라는 걸 모르는 걸지도 모르겠다. 아까까지 데드엔드라는 단어는 들었지만, 루이젤드라는 단어는 못 들었고.

참고로 그의 카드는 마신어로 나왔다.

이름 : 에리스 보레아스 그레이랫

성별 : 여
종족 : 인간족
연령 : 12
직업 : 검사
랭크 : F

에리스의 것도 인간어였다.

"저와 그의 것은 문자가 다른 모양인데요?"

"예, 문자는 종족별로 달라집니다."

과연, 인간족은 인간어인가.

"혼혈의 경우는 어떻게 됩니까?"

"섞이는 경우도 있지만, 기본적으로 진한 핏줄 쪽으로 표시됩니다."

"인간족이라도 마신어밖에 못 읽는 사람이 있을 텐데요?"

"그 경우는 카드 한가운데를 손가락으로 누르고, 바꾸고 싶은 언어를 말씀해 보세요."

시험 삼아서 카드 한가운데를 누르고 '마신어' 라고 말해 보았다.

그러자 표시가 바뀌었다.

과연, 재미있네.

'마신어', '투신어'.

차례로 바꿔 보자 직원이 한 마디 하였다.

"너무 지나치게 하면 카드의 마력이 일찍 소모되니까 주의하세요."

"다 떨어지면 어떻게 되나요?"

"길드에서 보충할 필요가 있습니다."

역시 카드 쪽에도 무슨 장치가 있나.

작은 마력결정이라도 넣어둔 걸까.

"마력이 떨어지면 정보가 사라지는 건 아니죠?"

"그건 아닙니다."

"오랫동안 카드 하나를 계속 쓰면 전지 소모가 빨라진다든가?"

"전지…? 마력을 말씀하는 거라면 그렇지 않습니다. 마력은 보통 1년 정도 갑니다만, 의뢰를 완료할 때마다 마력 충전이 이루어지니까 보통은 다 떨어질 일이 없습니다."

"재충전에는 얼마나 듭니까?"

"요금은 받지 않습니다만…."

그럼 왜 주저하는 걸까 생각했는데, 카드 마력이 다 떨어져서 모험가 길드에 화를 내는 녀석이 있을지도 모른다. 어느 세계고 클레이머는 있는 법이고.

"알겠습니다. 조심할게요."

그렇기는 해도 충전식인가…. 누가 생각했는지는 모르지만 재미있는 시스템이네. 이걸 이용하면 이것저것 더 많은 게 가능할 것 같은데…. 모험가 길드가 기술을 독점한 걸까?

뭐, 지금은 생각하지 말자.

"우후후."

에리스는 자기 카드를 보며 히죽히죽 웃고 있었다.

기쁜 건 알겠는데 잃어 버리진 마라?

"파티 등록을 하시겠습니까?"

"파티 등록? 아, 할게요."

직원의 말에 문득 정신이 들었다. 서류에는 파티에 대해 적혀 있지 않아서 까먹고 있었다.

처음부터 파티는 짤 예정이었다.

"그 전에 파티에 대해 자세히 들을 수 있을까요?

직원이 고개를 끄덕이고 설명해 주었다.

● 파티는 최대 일곱 명까지 짤 수 있다.

● 파티에는 리더의 상하 1랭크의 멤버밖에 넣을 수 없다.

● 받을 수 있는 의뢰는 파티 랭크로 결정된다.

● 파티 랭크는 멤버의 평균치.

● 의뢰 성공시의 승격치는 파티원 전원에게 들어간다.

● 파티에 가입했어도 개인으로 의뢰 수주는 가능.

● 가입에는 리더와 길드의 승인이 필요.

● 탈퇴는 길드의 승인만으로 가능.

● 리더에게는 멤버를 강제 탈퇴시킬 권리가 있다.

● 리더 사망시에는 자동적으로 파티가 해산된다.

● 두 개 이상의 파티로 클랜을 결성할 수 있다.

● 우수한 클랜에는 길드에서 여러 특전이 주어진다.

클랜 부분은 일단 넘어갈까. 한동안은 관계없을 듯하고.

"그럼 파티명은 어떻게 하시겠습니까?"

"'데드엔드'로 부탁드립니다."

직원의 얼굴이 굳긴 했지만 역시나 프로. 곧 미소를 되찾았다.

"알겠습니다. 모험가 카드를 제시해 주세요."

우리는 방금 받은 카드를 건넸다. 직원은 그걸 가지고 안쪽으로 들어가더니 잠시 뒤에 돌아왔다.

"다 되었습니다, 확인해 보세요."

카드를 보니 마지막 항복에 '파티 : 데드엔드 (F)'라는 말이 추가되어 있었다. (F)라고 붙인 것은 파티 랭크겠지. 하지만 데드엔드라는 말을 보니 창피하네. 말로 들을 때는 그렇게나 무시무시한 느낌인데….

"이것으로 등록이 완료되었습니다. 수고하셨습니다."

"예, 수고하셨습니다."

"의뢰를 받을 때는 저쪽의 게시판에서 떼어다가 접수처로 가져와 주세요."

"예."

"매입은 건물 뒤쪽에서 하니까 틀리지 않도록 부탁드립니다."

"뒤쪽인가요. 감사합니다."

휴우, 겨우 끝났다.

우리는 얼른 게시판 쪽으로 이동했다.

그 길 도중에는 히죽거리며 웃는 모험가들이 있었다.

이놈이고 저놈이고 우리를 동물원 원숭이라도 보는 눈으로 바라보았다. 하지만 개중에는 단순히 재미없다는 표정을 한 녀석도 있었다.

저런 녀석은 주의가 필요하지.

일단 루이젤드에게는 싸워도 된다고 이야기해 놓았지만, 그의 연기력은 별로 기대할 수 없었다. 골칫거리를 기회로 바꾸는 흐름으로 만들 생각이긴 하지만, 잘 풀린다고만 할 순 없으니까.

오늘은 가능한 한 싸움 같은 걸 일으키고 싶지 않았다.

"음."

그러고 보니 내 진행방향에 다리 하나가 쑥 튀어나와 있었다.

다리의 주인은 실로 투실투실한 얼굴을 한 개구리였다. 청색에 검은 반점이 있는 개구리로, 뺨을 불룩거리면서 웃음을 참는 표정으로 다리를 내밀고 있었다.

다리를 걸려는 걸까.

왠지 안 좋은 기억이 되살아났지만, 나는 그걸 뿌리치면서 그 다리를 뛰어넘어 피했다.

"캬하하하하하하!"

"키히히히히히히!"

"쿠케케케케!"

그 순간 주위에 웃음소리가 울려퍼졌다.

어깨를 한 차례 으쓱였더니 웃음소리가 더욱 커졌다.

진정해. 이 정도는 아무것도 아냐. 내가 뭘 하든 웃을 생각이라고. 생전하고 똑같아. 전형적인 괴롭힘이야.

내 뒤를 따라서 에리스가 그 다리를 뛰어넘으려고 하자 개구리 남자는 슬쩍 다리를 들어서 에리스의 다리를 걸었다.

"꺅!"

에리스는 넘어질 뻔했지만 직전에 다리를 뻗어 바닥을 탕 밟으며 위기를 모면했다. 하지만 그 동작에 반응하여 역시나 주위에서 웃음소리가 일었다.

에리스는 시뻘건 얼굴을 하며 주먹을 쥐더니 빠드득 이를 갈며 개구리를 노려보았다.

"오, 미안, 미안. 다리가 좀 길어서 말이지."

남자의 사과는 에리스에게 통하지 않는다. 이런. 혹시 이러다가 싸움이 일어나려나.

에리스가 덤벼드는 건 별로 좋지 않은데…. 그렇게 생각했더니 에리스는 흥 하고 콧소리를 한 번 내고 휙 고개를 돌려서 내 쪽으로 다가왔다.

그 표정은 그야말로 귀신 같았지만… 잘 참았어, 에리스. 잘했어!

감투상을 주지! 100점 추가다!

"……."

마음속으로 그렇게 칭찬했을 때 마지막으로 루이젤드가 다리

앞에 섰다.

자기 앞에 뻗어나온 다리. 개구리처럼 가늘고 긴 다리였다. 그런 다리로 모험가를 할 수 있는 걸까? 아니면 개구리처럼 엄청난 점프력을 가지거나 한 걸까?

아니, 그런 것보다 루이젤드가 문제다.

"......."

루이젤드는 다리를 크게 벌려서 그 다리를 넘어가려고 했다.

개구리 남자가 슬쩍 다리를 쳐들어서 에리스 때와 마찬가지로 루이젤드의 다리를 걸려고 했다.

"우옷?!"

다음 순간 균형을 잃은 것은 개구리 남자였다.

루이젤드는 자기 다리를 걸려는 그 다리를 걷어차듯이 들어올려서 개구리의 중심을 무너뜨렸다.

개구리는 의자에서 떨어져서 벌렁 엎어졌다. 진짜 개구리 같군.

찌부러진 개구리처럼 철퍽 지면에 떨어진 순간, 주위에서 웃음소리가 일었다.

"케헤헤헤헤헤!"

"뉴, 뉴비한테 당하냐!"

"여, 역시나 스펠드족, 진짜 제법이야!"

그 웃음소리를 듣고 개구리 남자의 퍼런 얼굴이 순식간에 벌개졌다. 역시 변온동물인 걸까.

"이 자식이!"

개구리 남자는 개구리처럼 벌떡 일어나면서 허리에서 나이프를 뽑아 루이젤드에게 향했다.

어, 거짓말? 진짜로? 그렇게 칼부림까지 하게?

"건방진 짓거리나 하고."

"…나를 너무 얕보다간 아픈 꼴 볼 거다."

루이젤드 씨, 그거 싸움을 거는 전형적인 말인데요. 상대는 나이프, 아니, 이 정도는 싸움이라는 범주로 끝나나? 어떻게 되지?

"어이, 어이, 그만해, 페르토코."

거기에 끼어든 것은 말 머리를 가진 남자였다.

"요즘 세상에 뉴비를 괴롭히는 건 좋지 않아."

"그래도 말이지."

"네가 멋대로 넘어진 거잖아?"

"아니, 노코파라, 이 자식이…."

"네가, 멋대로, 넘어진 거지? 음?"

말 머리가 그렇게 말하자 개구리 남자는 어쩔 수 없다는 듯이 칫 소리 내어 혀를 차더니 서둘러 모험가 길드에서 나갔다.

그 모습을 보고 주위도 흥이 깨졌다는 표정으로 삼삼오오 흩어졌다.

싸움이 일어날 경우에 대해 어느 정도 예상했지만, 실제로 직접 보니까 역시 긴장되는구나.

그렇게 생각하면서 나는 다시금 게시판으로 이동했다.

말 머리 남자가 왠지 기분 나쁜 시선을 보내는 것도 모른 채.

★　　★　　★

게시판에는 수많은 종이가 붙어 있었다.

의뢰의 산이다.

받을 수 있는 의뢰는 F와 E지만, 그 랭크에 대단한 의뢰는 없었다. 대부분이 시내에서 할 수 있는 일이었다.

창고 정리, 조리 보조, 장부 기입, 잃어버린 애완동물 찾기, 해충 구제.

어느 것도 간단히 할 수 있을 만하고, 어느 것도 보수가 쌌다.

참고로 의뢰서는 이런 느낌이었다.

F

● 일 : 창고 정리

● 보수 : 석전 다섯 닢

● 일의 내용 : 무거운 짐의 운반

● 장소 : 리카리스 시 12번지, 붉은 문 창고

● 기간 : 한나절 ~ 하루

● 기한 : 무제한

● 의뢰주의 이름 : 오르테족의 도가무

● 비고 : 짐이 많아서 손이 모자라. 누가 좀 도와줘.
　　　　힘이 세면 셀수록 좋아.

F

● 일 : 조리 보조

● 보수 : 석전 여섯 닢

● 일의 내용 : 설거지, 식사 운반 등

● 장소 : 리카리스 시 4번지, 발걸음 식당

● 기간 : 하루

● 기한 : 다음 보름달까지

● 의뢰주의 이름 : 카난데족의 시니토라

● 비고 : 예약객이 많이 들어왔다. 일손이 필요하다.
　　　　기왕이면 맛도 좀 봐주면 좋다.

E

● 일 : 잃어버린 애완동물 찾기

● 보수 : 고철전 한 닢

● 일의 내용 : 사라진 애완동물의 탐색, 포획

● 장소 : 리카리스시 2번지, 키리브 주택 3호

● 기간 : 찾을 때까지

● 기한 : 특별히 없음

● 의뢰주의 이름 : 호우가족의 메이셀

● 비고 : 우리 집 동물이 없어져서 돌아오지 않습니다.
　　　　용돈을 털어서 의뢰합니다. 누가 좀 찾아주세요.

하나 같이 파티로 받을 만한 일이 아닌 듯했다.

낮은 랭크일 때는 기본적으로 솔로일까. 의뢰 성공시의 승격 치는 전원에게 들어가는 모양이고, 낮은 랭크 때에는 파티로 의뢰를 여럿 받아다가 나누어서 하는 방법이 주류일지도 모르겠다.

"일단은 간단해 보이는 것부터…."

하지만 왜 애완동물 찾기가 E일까…. 아, 도시가 넓어서 그런가.

내친 김에 말하자면 '찾을 때까지' 라는 게 힘들게 보였다. 죽었을 가능성도 있으니까. 하지만 '용돈을 털어서' 란 말이지. 분명 사랑스러운 소녀일 게 틀림없군. 누가 가 주지 않으면 불쌍하겠어….

"드래곤과 싸우는 건 없어?" "S랭크에 있군. 이거다." "정말?! …못 읽겠어." "북쪽에 무리에서 떨어져 나온 용 한 마리가 정착했다고 되어 있군." "이길 수 있을까?" "그만두는 편이 낫다. 용은 강하니까." "그래. 하지만 토벌 같은 게 좋은데…." "토벌 일은 C랭크부터로군." "C랭크부터밖에 없어?" "그런 모양이다." "처음에는 고블린 같은 거랑 싸운다고 들은 적 있는데?" "이 대륙에 그런 약한 마족은 없다."

에리스는 루이젤드가 읽어 주는 의뢰내용에 무시무시한 소리를 해댔다.

루이젤드는 에리스를 잘 돌봐주네.

"어이, 푸후후, 데, 데드엔드 **여러분**. 거기는, 후후, 조금, 크크큭, 랭크가 높은 거 아닌가?"

아까 웃던 녀석들 중 하나가 히죽거리면서 두 사람에게 다가왔다.

말 머리를 한 우락부락 근육의 마초맨. 분명히 아까 싸움을 중재해 준 녀석이다.

나는 재빨리 이동하여 두 사람과 말 머리 사이를 가로막았다.

"시끄러! 틀림없이 F나 E를 받을 거야!"

"어이, 어이, 화내지 말라고. 충고 좀 해 줄까 하는 건데."

"뭐라고?"

"봐, 이 의뢰 말이야. 잃어버린 애완동물 찾기."

좌악 떼어낸 것은 아까 내가 보았던 그것이었다.

"이건 도시가 너무 넓어서 어려울 거라 생각했어."

"어이어이어이어이, 네 형님은 '데드엔드', 스펠드족이지?"

"그래서 뭐 어쨌다고!"

"이마에 붙은 눈은 장식인가? 넓다고 해도 그 눈이 있으면 하루도 안 걸리지 않겠어?"

음, 그렇군. 듣고 보니 분명히 그렇다. 생물을 찾는 일이라면 루이젤드가 있으면 간단하다.

설령 상대가 고양이라도 그라면… 아니, 뭐가 충고야?

우리를 가짜라고 생각하고 부채질 할 뿐이잖아.

"시끄러! 냅둬!"

그렇게 쳐내기는 했지만, 잃어버린 애완동물 찾기는 루이젤드의 능력을 잘 살릴 수 있다.

머릿속 한구석에 넣어 두는 편이 좋겠지.

"형님! 가죠!"

"음? 의뢰는 안 받아도 되나?"

"됐습다! 이런 상태로 의뢰를 받아도 좋은 일 없으니까요!"

어찌 되었든 오늘은 정찰과 등록만 할 생각이었다. 의뢰는 어떤 것이 있나 보러 왔을 뿐이다. 본격적인 활동은 내일부터다.

"가죠."

우리가 모험가 길드를 나가자, 길드 안에 남은 이들에게서 또 폭소가 일었다.

"어이, 어이, 의뢰도 안 받고 돌아가냐!"

"역시나 데드엔드는 여유로군!"

"캬하하하하하!"

루이젤드는 곤혹스러운 표정을 지었다. '정말로 이걸로 괜찮은가?' 라는 의미겠지.

이거면 된다. 일단은 성공이다. 데드엔드의 이름을 듣고 경계나 긴장이 아니라 웃음이 일었다. 이상적이라고는 할 수 없을지도 모르지만 틀림없이 한 걸음 전진했다.

적어도 나는 그렇게 확신했다.

이렇게 우리는 모험가가 되었다.

제8화 모험가의 숙소

모험가 길드에서 나오니 주위가 이상하게 어두웠다.

아직 하늘은 밝은데 시내만 묘하게 어두웠다. 이 도시가 크레이터 밑에 있기 때문에 그렇다고 깨달은 건 몇 초 뒤였다. 높은 벽이 있기 때문에 일찍부터 그림자가 드리워졌다.

금방 완전히 어두워지겠지.

"이른 숙소를 찾죠."

그렇게 제안하자 에리스는 의아한 표정을 지었다.

"시외에서 야숙해도 되지 않아?"

"아니, 그런 말씀 마시고요. 시내니까 느긋하게 쉬고 싶지 않나요?"

"그래?"

루이젤드는 아무래도 좋다는 얼굴이었다.

야숙할 때의 불침번은 계속 루이젤드가 맡은 적도 많았다. 그는 반쯤 잠든 채로도 다가오는 상대를 알아차린다. 밤중에 무슨 파열음이 들려서 깨어 보니 루이젤드가 마물과 싸우는 소리였다는 건 심장에 안 좋다.

자, 숙소를 찾자. 배도 고프고.

뭘 사가는 것도 좋겠지만, 지난번에 만든 육포가 아직 남아 있었다. 여기선 식비를 아끼기 위해서라도 그걸로 참을까…. 그렇다곤 해도 배는 고프고, 다리를 푹 쉬면서 잘 먹고 싶은 기분이었다.

"루데우스! 저거 봐!"

에리스의 흥분한 목소리. 뭘 보여주는 건가 싶어서 고개를 들자, 크레이터 내벽이 희미하게 빛나고 있었다. 해가 지는 것에 따라 빛이 강해졌다.

"와아! 대단해! 이런 거 처음 봤어!"

해가 완전히 지자, 크레이터 내벽은 돌과 흙으로 된 시내를 밝게 비추었다.

마치 조명을 받은 유원지 같았다.

"헤에, 분명히 이건 대단하네요."

생전에 심야에도 어두워지지 않는 장소에 살았던 내 감상은 아무래도 약했다.

하지만 환상적인 풍경이라는 사실은 인정할 수밖에 없겠군. 하지만 왜 빛나는 걸까?

"저건 마조석魔照石이군."

"아, 알고 있었나, 라이ㅇ…!"

"라이ㅇ? 누구지…? 몇 대째 검신 중에 그런 이름이 있었던 것 같은데…?"

당연하지만 그 농담은 통하지 않았다. 이 세계에 그런 농담을 할 녀석이 없다는 걸 생각하니 다소 서글펐다.

"죄송해요. 제가 아는 사람 중에 그런 이름에 뭐든지 다 아는 사람이 있었거든요. 박식한 사람이라서 조금 헷갈렸습니다."

"그런가."

그는 내 머리를 쓰다듬어 주었다. 마치 죽은 아버지를 그리워하는 아이를 달래는 듯한 모습이었다. 딱히 라이ㅇ이 아버지의 이름인 것도 아니거든요? 아버지의 이름은 파울 어쩌고 하는 사람입니다. 아버지로서는 나름 괜찮지만, 인간으로서는 좀 글러먹은.

"그런데 마조석이란 건?"

"마석의 일종이다."

"어떤 효과인가요?"

"낮 동안에 햇빛을 모았다가 어두워지면 저렇게 빛나지. 물론 빛을 모은 시간의 절반도 빛나지 않지만."

솔라 충전인가.

아슬라 왕국에서는 못 봤다. 편리하니까 더 쓰면 좋을 텐데.

"밤에 불빛이 있다면 더 돌아다녀도 좋지 않나요?"

"아니, 저건 꽤나 희귀한 돌이다."

"어? 그럼 저기에 있는 건?"

시내를 밝힐 정도의 양이 있는 모양인데.

"마계대제가 살아 있을 때에 모아들였다는 모양이다. 봐라."

그러면서 루이젤드가 가리킨 곳에서는 반파된 성의 모습이 빛 속에서 희미하게 떠올랐다.

"저 성을 아름답게 보이기 위해서 말이지."

"무시무시한 생각을 다 하네요."

마계대제의 모습이 뭉게뭉게 떠올랐다. 본디지 패션을 갖춘 에리스가 '나를 아름답게 보이기 위해 빛이 필요해!'라고 외치고 있었다.

"도둑맞거나 하지 않을까요?"

"일단 금지되었다고 하는데, 자세하게는 모른다."

뭐, 루이젤드도 시내에 들어오는 건 처음이라고 그랬고. 빛나는 위치가 꽤 높기도 하니까 날아가지 않는 한 그리 쉽게 가지러 갈 수 없다.

"당시에는 너무 멋대로인 거 아니냐는 말이 꽤 있었다나 본데, 지금은 이렇게 도움이 되고 있다."

"의외로 사람들을 위해 모은 걸지도 모르겠네요."

"설마. 마계대제는 타락에 퇴폐적이기로 유명하다."

타락에 퇴폐적이라. 살아 있다면 꼭 만나보고 싶다.

분명 서큐버스처럼 야하고 노출 많은 누님일 게 틀림없다.

"사실은 소설보다 기이하군요."

"그건 인간족 특유의 표현인가?"

"그렇죠. 스펠드족도 사실은 마음 착한 종족이잖아요."

또 내 머리를 쓰다듬는 루이젤드. 이 나이에 누가 머리를 쓰다듬어 주는 것도 그렇다 싶지만, 한 번 이렇게 생각해 보면 어떨까. 실제 연령 560대 중반의 남자가 정신연령 40대 중반의 남자의 머리를 쓰다듬는 상황을.

잘 모르겠거든 0을 하나 떼어 보자.

56세 남자가 4세 남자의 머리를 쓰다듬는 상황. 흐뭇하다는 생각 안 드나?

"나 저 성에 가 보고 싶어!"

에리스가 어둠 속에 빛나는 칠흑의 마성(반파)을 가리키면서 말했지만 나는 거절했다.

"오늘은 안 됩니다. 먼저 숙소에 가죠."

"뭐야. 잠깐 정도는 괜찮잖아!"

볼을 불룩거리는 에리스. 그걸 보니 잠깐 정도는 괜찮지 않나 하는 생각이 들었지만, 그렇게 오랫동안 계속 빛나는 것도 아니라고 루이젤드가 말했다.

성에 도착할 즈음에 꺼지면 재미없겠지.

"최근 조금 지친 거 같아서요. 얼른 숙소로 가죠."

"어? 괜찮아?"

익숙지 않은 여행에 지친 것도 있지만, 몸이 좀 무거운 듯했다.

실제로는 마물과의 전투로 움직였으니까 문제없지만, 평소보다 피로가 일찍 쌓이는 듯했다. 정신적 피로일까.

"괜찮아요. 조금뿐이니까요."

"그래…? 그럼 참을게."

참는단 말이지. 예전의 에리스에게서는 나오지 않을 말이었다.

에리스는 분명히 성장했구나. 그렇게 생각하면서 숙소로 이동했다.

늑대의 발톱 여관.

방이 열두 개. 1박에 석전 다섯 닢.

건물은 낡았지만, 초심자 모험가를 위한 가게라는 자세로 양

심적인 가격.

석전을 하나 더 지불하면 아침식사가 나온다.

모험가로서 파티를 짜고 2인 이상이 한 방에 묵으면 식사가 무료가 된다.

초심자용이라는 의미로 침대가 많아도 가격은 동일.

입구는 주점 겸 로비이고, 자리는 결코 많지 않지만 테이블석과 카운터석이 주르륵 있었다. 테이블에는 초심자용이라는 말처럼 세 명의 젊은 모험가가 있었다.

젊다고 해도 나이는 지금의 나보다 위. 에리스와 비슷한 정도. 전원 소년이었다.

그들은 우리를 아무렇지도 않게 바라보았다.

"어쩔 거지?"

루이젤드가 여기서도 연기를 할 거냐는 시선으로 질문을 던졌다.

"그만두죠."

나는 잠시 생각하다고 고개를 내저었다.

"숙소에서도 신경 쓰는 건 싫거든요."

이 여관에 얼마나 머무를지는 모르겠지만, 그들은 아직 어린 애다. 묵을 장소가 똑같다면 좋든 싫든 루이젤드의 사람 됨됨이를 보게 되겠지.

"파티로 세 명. 일단 사흘."

"그래. 식사는 어쩔 거지?"

붙임성 없는 점원이었다.

"식사도 부탁합니다."

일단 사흘 분의 요금을 지불했다. 식비가 굳는 건 좋군.

남은 돈은 철전 하나, 고철전 셋, 석전 둘이니까, 석전으로 환산하면 132닢.

"너, 너도 신참이야?"

방에 대한 설명 같은 걸 주인에게 듣고 있는데, 소년들이 에리스에게 말을 붙였다. 이마에 뿔이 난 녀석이었다. 백발머리였고 백 보 양보하면 미남이라고도 할 수 있겠지.

다른 두 사람은… 뭐, 미소년이겠지. 조금 거친 느낌이 들지만 떡 벌어진 체격으로 자랄 듯한 팔 네 개짜리 소년과 입이 부리고 머리에 깃털이 난 소년.

음, 그래, 미소년이라고 못 할 것도 없다. 타입은 각기 다르지만.

제일 처음의 녀석이 '노멀'이라면 나머지 둘은 '격투'와 '비행'이겠지.

"우, 우리도 그래. 같이 식사라도 어때?"

헌팅이냐. 꼬맹이가 폼 잡고 있네. 하지만 목소리가 좀 떨리잖아.

미소가 절로 나오기는 했다.

"의뢰를 받는 요령 같은 걸 들을 수도 있겠고."

"…흥."

휙 고개를 돌리는 에리스.

역시나 에리스! 헌팅 같은 건 무시가 최고지요!

뭐, 말을 모르니까 그렇겠지만.

"잠깐이면 돼. 그쪽 동생도 같이."

"……."

슬슬 도우러 갈까 싶었는데, 에리스는 슬쩍 시선을 돌려서 그들에게서 멀어지려고 했다. 그 기술이라면 알지. 에드나 씨가 가르친 예의작법.

'상대하고 싶지 않은 귀족을 피하는 법—초보편' 이다!

어쩔래, 거기 뿔난 소년. 신사라면 여기서 눈치채고 물러나야 하는 법이다.

"무시하지 마."

뿔난 소년은 신사가 아니었다. 짜증이 났는지 에리스의 후드 끝을 붙잡고 휙 잡아당겼다.

에리스는 뒤에서 붙잡힌 상황이었지만 넘어지지 않았다. 하반신이 잘 단련되었기 때문이다.

그렇다고 뿔난 소년도 끌려간 건 아니었다. 모험가로 나선 걸 보면 나름 힘에 자신이 있을지도 모르지.

양쪽의 힘은 그 중간에 대미지를 주었다.

찌익 하고, 싸구려 후드의 끝이 기분 나쁜 소리를 내며 찢어졌다.

"…어?"

에리스가 그 소리를 듣고 찢어진 부분을 보았다.

후드의 바느질 부분에 난 작고 작은 상처를 보았다.

—빠직.

나는 분명히 들었다. 에리스의 뭔가가 끊어지는 소리를.

"뭐 하는 거야!"

여관을 뒤흔들 정도의 새된 소리가 시작 신호였다.

돌아보면서 보레아스 펀치.

사울로스에게 배우고 길레느의 훈련을 받아 완성된 턴 펀치는 소년의 안면에 정확하게 들어갔다. 소년의 목은 뼈가 부러진 게 아닐까 싶을 정도로 휙 돌아갔다. 빙빙 돌면서 넘어지더니 뒤통수를 바닥에 부딪쳐서 단방에 정신을 잃었다.

풋내기인 나라도 상당한 파괴력을 가졌다고 알 만한 펀치였다. 혹시 여기에 흉악 사형수가 있었으면 '저런 펀치가!'라고 중얼거렸겠지. 억지스러운 헌팅의 말로, 꼴좋다.

그도 여기에 반성했으면 두 번 다시 에리스에게 말을 붙이는 위험한 짓을 하지 않겠지.

교훈이다. 자, 나머지 둘과 싸움이 날 테니까 이쯤에서 끼어들까.

"날 누구라고 생각하는 거야! 주제란 걸 알아!"

하지만 에리스는 일격으로 끝내지 않았다.

보레아스 킥, 사울로스에게 배우고 길레느의 훈련을 받아 완성된 앞차기는 다른 소년의 명치를 정확하게 가격했다.

"끄으으…!"

팔 네 개 달린 소년은 부들거리면서 무릎을 꿇었고, 거기에 무릎차기가 추가타로 들어갔다.

그 소년은 턱을 걷어차여서 그대로 날아갔다.

"어? 어? 어어?"

마지막 한 명, 날개 달린 소년은 아직 사태가 잘 이해되지 않았지만, 그래도 본능적으로 날아오는 에리스에게 맞서려는 건인지 허리춤의 검에 손을 댔다.

검은 좀 지나친 것 아닌가 싶어서 나는 다급히 마술을 써서 끼어들려고 했다.

하지만 에리스 쪽이 몇 배는 지나쳤다. 그녀는 날개 달린 소년이 검을 뽑기 전에 소년의 턱을 향해 정확하게 주먹을 날렸다. 주먹은 날개 달린 소년의 턱을 스치듯이 명중. 날개 달린 소년은 흰자위가 없어야 할 눈동자로 흰자위를 까뒤집고 쓰러졌다.

한순간에 셋을 무력화시켰다.

에리스는 맨 처음에 쓰러진 뿔 달린 소년에게 성큼성큼 다가가서 그 머리를 축구공처럼 걷어찼다.

소년은 단방에 눈을 떴지만, 아무것도 할 수 없어서 그저 몸을 둥글게 말고 버렸다.

에리스는 그런 소년을 몇 번이고, 몇 번이고 집요하게 걷어찼다.

"이건, 루데우스가, 처음으로, 사 준, 옷이란 말이야!"

어머나! 에리스! 그렇게나 나를!

그건 싸구려인데, 빨간 머리는 눈에 띄니까 가리려는 것뿐인데…. 이 아저씨, 심금에 울리는구나!

에리스는 소년을 굴려서 드러눕게 하더니 한쪽 다리를 붙잡고 무시무시한 얼굴로 무시무시한 소리를 했다.

153

"평생 후회하게 해 주겠어! 짓뭉개 주겠어!"

뭘? 뭐가 뭔지는 무서워서 못 묻겠다.

정신을 차린 소년도 그녀가 무슨 소리를 하는 건지 모르지만, 무슨 짓을 하려는 건지는 알았겠지. 살려달라, 미안하다, 그러면서 도망치려고 했다.

하지만 에리스에게는 말이 통하지 않았고, 통했다고 해도 놔줄 생각도 없었다.

에리스는 그렇게 만만한 여자가 아니다. 에리스는 할 때면 철저하게 한다.

그 소년의 말로는 3년 전 도망치지 못했을 때의 내 말로다.

"에리스, 잠깐만요!"

그제야 나는 간신히 제지하러 갈 수 있었다. 너무 갑작스러운 일이라서 아무래도 끼어드는 타이밍이 늦었다.

"진정해요! 에리스 그 이상은 안 돼요!"

"뭐야, 루데우스! 방해하지 마!"

뒤에서 껴안고 막았다. 손에 가슴이 닿았다. 부드러운 감촉이었다.

하지만 그걸 즐길 틈은 없었다. 에리스는 날뛰면서 당장이라도 소년의 그걸 밟아 버리려고 했다.

소년의 뭘? 그게 뭔지는 무서워서 말할 수 없다.

"기우면, 기우면 되니까요! 제가 기울 테니까! 그러니까 용서해 줘요! 그건 너무 불쌍하다고요!"

"뭐야… 흥!"

내가 필사적으로 말하자 에리스는 머리끝까지 화난 표정인 채로 날뛰던 걸 멈추고 씩씩 화를 내면서 루이젤드 쪽으로 걸어 갔다.

루이젤드는 주점 의자에 앉아서 뭔가 흐뭇한 것을 보는 눈으로 구경하고 있었다.

"루이젤드 씨도! 다음부터는 말려 주세요!"

"음? 어린애들 싸움 아닌가?"

"어린애들 싸움을 말리는 것도 보호자의 일입니다!"

명백히 실력이 다르잖아요.

"괜찮습니까?"

"어, 어어, 괘, 괜찮아…."

왠지 동료의식을 느끼면서 나는 쓰러진 소년들에게 힐링을 걸고 부축해 주었다.

"미안해요. 저 여자애는 마신어를 못 하거든요."

"무, 무서웠어…. 왜, 왜 그렇게 화낸 거야?"

"끈질긴 걸 싫어하기도 하고 후드가 소중해서, 일까요?"

"그, 그래…. 미안하다고 전해 주겠어?"

에리스를 보니 후드를 벗어서 찢어진 곳을 노려보며 빠드득 이를 갈고 있었다.

절대로 용서 안 하겠다는 얼굴이다. 저런 얼굴은 오래간만에 보았다. 구체적으로 말하자면, 첫 대면 때 이후로 본 적이 없었다. '?!' 라든가 '빠직빠직' 같은 효과음이 붙을 듯한 얼굴이었다.

"지금 말을 걸었다간 아마 나도 얻어맞을 걸요."

"그, 그래, 예쁘긴 한데 무섭네."

요즘은 좀 다소곳해졌나 싶었는데, 그러는 척하는 것에 불과했나.

성장했다고 생각했는데 살짝 쇼크.

"그렇죠. 귀엽죠. 그러니까 너무 생각 없이 말 걸지 않는 편이 좋아요."

"으, 응, 그래."

"그리고 혹시 이번 일을 복수하겠다든가, 그런 생각은 안 하는 게 좋아요. 이번에는 불의의 사고였으니까 막았지만 다음에는 목숨을 잃을 테니까요."

단단히 못을 박아두었다.

소년은 잠시 동안 눈을 동그랗게 뜨고 코를 문지르더니 뒤통수에 혹이 없나 확인했지만, 좀 진정이 되었는지 이름을 말하였다.

"…나는 쿠르트. 너는?"

"나는 루데우스 그레이랫. 방금 전의 여자애는 에리스."

서로 통성명을 하고 있자, 멀찍이 서 있던 두 소년도 다가왔다. 쿠르트가 장난치는 바람에 날벼락을 맞은 친구들이다. 팔네 개 달린 덩치 좋은 쪽은 '바치로우', 새 같은 쪽은 '가블린'

이라고 했다.

두 사람은 그렇게 이름을 대더니 쿠르트의 양옆으로 이동해서 포즈를 잡았다.

"셋이 모여서 '토쿠라브 마을 악동단'!"

"……."

아●나 엑스클라메이션 같은 포즈를 취하는 세 사람.

나는 솔직히 말해서 촌스럽다 싶었다. 악동단이 다 뭐야. 폭력단이냐. 토쿠라브 마을은 어디에 붙어 있어?

"이제 곧 D랭크로 올라갈 것 같으니까 슬슬 여마술사가 필요하다 싶어서 말을 붙어봤어."

"여마술사?"

그런 게 어디에 있어? 여기에 마술사라면 나밖에 없는데.

딱히 마술사 같은 차림을 한 건 아니고… 음? 마술사 같은 차림?

"혹시 후드를 쓴 에리스를 보고 마술사라고 생각했나요?"

"응. 아니, 후드를 썼으면 마술사잖아?"

"검을 가지고 있는데요?"

"어? 어, 진짜다."

검은 눈에 들어오지 않았던 모양이다. 분명 그는 자기 좋을 대로밖에 보지 않는 타입이다.

"너는 마술사구나. 치유 마술을 쓸 수 있다니 대단하네."

"뭐, 일단은."

"두 사람 함께 어때?"

악동단에 내가? 웃기는 소리. 그보다 에리스에게 그렇게 당하고도 반성이 없나?

"내가 들어가면 저기 저 사람도 같이 들어가게 되는데요."

루이젤드는 에리스에게 뭐라고 말하고 있고, 에리스는 울컥한 얼굴이면서도 얌전히 고개를 끄덕였다.

"어? 저 사람도 파티야?"

"그렇죠. 이름은 루이젤드."

"루이젤드…? 파티 이름은?"

"'데드엔드'."

그 단어에 그들은 '엥?'이라는 얼굴을 했다. 왜 이름을 그렇게 붙였냐는 눈치였다.

"그런 이름으로 괜찮아?"

"본인의 허가는 받았습니다."

"그건 또 뭐야?"

농담 같은 진실이다.

"뭐, 괜찮겠죠. 그런고로 나도 에리스도 그쪽이랑은 같이 못 갑니다."

이 녀석들과 파티를 짜도 좋을 거 없겠고. 나는 모험가 놀이를 하고 싶은 게 아니다.

"그래. 하지만 후회는 마. 우리는 이 도시에서 유명해질 거니까. 나중에 파티에 넣어달라고 해도 소용없다?"

유명이라…. 아니, 하지만 그런 걸까. 도시에서 모험가로 데뷔. 장래에 희망을 건 젊은이.

아까 모험가 길드에서도 이런 젊은이는 흐뭇한 시선으로 받아들여졌겠지.

"흥, 에리스를 상대로 아무것도 못 하고 당한 주제에 무슨 소릴."

"아, 아까는 방심해서 그래."

"마대륙의 평원에서 같은 소릴 할 수 있을까요?"

"큭…."

말빨로 눌러 버렸다. 실로 기분 좋다.

역시나 사바나의 사자는 설득력이 다르군.

그런 대화 끝에 나는 '토쿠라브 마을 악동단' 과 헤어졌다.

식사를 마치고 방으로 들어가 보니 모피 침대 세 개가 나란히 놓여 있었다.

"휴우…."

나는 말없이 침대에 앉았다.

지쳤다. 오늘도 힘들었다.

몸이 다소 좋지 않은 것도 있지만, 사람과 만나거나 웃기거나 바보짓을 하거나 하는 건 정신적으로 힘들다. 설사 그게 연기라도 말이다.

"……."

에리스는 창밖을 보고 있었다.

거기에는 서서히 어두워져가는 도시 풍경이 있었다.

반쯤 무너진 성은 환상적이었지만, 용케 풍경을 신경 쓸 여유가 있구나 싶었다.

생각해야만 할 것은 많지만 전부 나한테 떠넘기는 건가. 팔자 좋군.

아니, 부정적인 생각은 말자. 그녀가 생각하지 않는 건 날 신뢰해 주기 때문이다. 그 증거로 별로 고집도 부리지 않잖아.

'괜한 고집은 안 부리지만 싸움은 하지.'

드러누워서 천장을 바라보며 생각했다. 이제부터 어떻게 한다.

필요한 거라면 일단은 돈이다.

이 여관은 3인분으로 석전 15닢. 최소 하루에 그 이상을 벌어야만 한다.

하지만 의뢰를 보기론 F랭크의 시세는 석전 다섯 닢 안팎. E랭크라도 고철전 한 닢 안팎이다.

한 명이라면 하루에 F랭크 일을 하나 이상 하면 숙박비를 벌고, 랭크의 상승에 따라서 받는 금액이 늘어나니까 돈이 모인다. F~E랭크는 기본적으로 시내의 일이지만, D랭크 이상이 되면 채취 의뢰도 늘어난다. F~E랭크에서 돈을 모으면서 장비를 사서 D랭크 일을 받는다―는 시스템이겠지.

잘 만들어졌기는 한데 우리는 세 명이다.

'하루에 점심밥값, 소모품 비용도 넣어서 생각하면 석전 스무 닢. 최소한 하루에 일을 하나 이상 처리한다고 하면 석전 10에

서 15. 현재 소지금을 석전으로 환산하면 132닢.'

2주일 이상 못 버틴다. 순식간에 없어진다.

우리는 하루에 두 건에서 세 건 이상의 일을 하지 않으면 채산이 맞지 않는다.

나눠서 한다면 하루에 석전 20닢 정도의 일을 할 수 있겠지만, 루이젤드를 혼자 놔뒀을 경우 정체가 들통날지도 모른다. 에리스는 말이 안 통하니까 의뢰를 수행하기도 힘들겠지. 게다가 성격이 급하니까 일하러 갔다가 싸움이 날지도 모른다. 애초에 따로 일을 해서는 루이젤드를 선전할 수 없다.

랭크가 오르면 돈 문제는 해결된다.

전투 계열 의뢰라면 루이젤드나 에리스의 장기 분야. 금방 궤도에 오르겠지. 그렇다고 해도 토벌은 기본적으로 C랭크부터. 2주일 이내에 D랭크로 오르면 어떻게든 되겠지만, 그러려면 하루에 한 건의 의뢰를 수행하는 것만으로는 무리겠지.

의뢰를 몇 번 처리하면 랭크가 오르는지는 못 물었지만, 적어도 능력이 있다고 마구 올라가는 건 아닌 모양이고 수수하게 의뢰를 처리해야만 하겠지.

또 내 몸 상태도 온전치 않았다.

괜찮겠지 싶지만, 나나 에리스가 치료할 수 없는 병에 걸릴 가능성도 있다.

게다가 또 어떤 때에 돈을 쓸지 알 수 없었다.

루이젤드 몫의 염료도 정기적으로 보충할 필요가 있다.

옷도 지금 입은 것 단벌만으로 지낼 수는 없었다. 애초부터 고급이었으니까 튼튼하고 마술을 이용하면 세탁도 쉽게 되지만, 마술을 이용하여 말리면 천이 제법 상하고 앞으로도 찢어질지 모른다. 얼른 옷을 더 구하고 싶었다.

비누도 필요했다. 나도 에리스도 최근 뜨거운 물을 적신 천으로 몸을 닦은 정도였다.

그 외에도 생활용품이 앞으로 많이 필요하겠지.

아무래도 돈은 필요하다.

그래, 빚을 질까? 이 도시에도 찾아보면 금융업자 정도는 있겠고.

아니, 빚은 가능한 한 지기 싫다. 적어도 갚을 여력이 생기기 전에는.

아예 '아쿠아 하티아'를 팔아?

아니, 그건 최후의 수단이다. 에리스가 생일에 선물로 준 것을 그리 간단히 처분할 순 없지.

'설마 돈 때문에 고민하게 될 줄이야….'

생전에 돈 문제를 말하려는 부모님 앞에서 방바닥을 내리쳐서 입을 막았던 게 떠올렸다.

위장이 쓰라릴 만한 광경이다. 두 번 다시 떠올리고 싶지 않았다. 또 몇 년 전에 2인분의 학비를 내달라고 말했을 때의 파울로의 얼굴도 떠올랐다. 돈 문제를 다소 가볍게 보고 있었다.

'반성보다 먼저 돈을 벌자.'

어떻게 해야 효율 좋게 벌 수 있을까.

매일 의뢰를 수행하는 게 제일 좋을까.

아니, 의뢰를 수행하는 것보다 평원에 나가서 마물이라도 사냥하는 편이 나을지 모른다. 모험가에 너무 목을 맬 필요는 없다.

하지만 그래선 '데드엔드'의 이름을 퍼뜨릴 수 없다. '데드엔드'를 퍼뜨리려면 모험가 랭크를 올리는 편이 좋다. 그건 분명 앞으로도 도움이 된다. 마물에게 얻은 소재의 매매도 길드를 통해서 하는 편이 값을 잘 받고.

하지만 그런 짓을 할 여유는 있을까? 루이젤드 문제는 제쳐두고라도 일단 돈을 모아서 생활의 기반을 만든 뒤로 해야 하지 않을까?

'생각이 빙빙 돌아….'

돈을 번다, 루이젤드의 평판을 올린다. 두 가지를 동시에 해야만 하는 게 힘들다.

'뭔가… 좋은 방법이 있으면 좋겠는데.'

아무런 생각도 떠오르지 않는 채로 나는 조용히 잠에 빠졌다.

꿈. 하얀 장소였다. 아무것도 없는 장소.

동시에 둔중하고 비굴한 마음이 끓어올랐다.

또인가 싶어서 한숨을 내쉬었다.

정신을 차리고 보니 눈앞에 외설적인 녀석이 서 있었다.

이번에는 또 뭐야. 짜증을 내면서 모자이크 녀석에게 물어보았다.

가능하다면 짧게 끝내줬으면 싶은데.

"이번에도 쌀쌀맞네. 루이젤드의 협력을 얻은 덕분에 도시까지 왔잖아?"

분명히 그렇지. 하지만 루이젤드의 성격을 생각하면 혹시 우리가 도망쳤어도 몰래 지켜줬겠지.

"그를 꽤나 신뢰하네. 그런데 왜 나를 믿어 주지 않지?"

모르겠어? 신이랍시고 말하는 주제에?

"글쎄, 그보다 다음 조언이야."

예이, 예이, 알았어. 짧게 끝내줘.

모자이크 자식의 목소리를 듣는 것도 싫지만, 이 감각도 싫다. 루데우스가 꿈의 기억으로 흐려지고, 망해먹을 니트족의 감각이 되살아나는 이 감각 말이다. 어차피 결국 듣게 될 거라면 얼른 듣는 편이 낫다.

"비굴하네."

어차피 네 손바닥 위에서 춤추는 꼴이 되잖아?

"그렇지 않아. 어떻게 움직일지는 네게 달렸지."

인사치레는 됐으니까 얼른 이야기나 해.

"그래⋯. 루데우스, 애완동물을 찾는 의뢰를 받거라⋯. 그걸로 당신의 불안은 해소될 것이리니⋯."

이리니⋯ 이리니⋯ 이리니⋯.

메아리를 들으면서 내 의식은 흐려졌다.

★　　★　　★

밤중에 눈을 떴다.

안 좋은 꿈을 꾸었다. 솔직히 그런 식의 전달은 말았으면 싶다. 자기 좋을 타이밍에 튀어나오고 말이지. 그 녀석은 틀림없이 사악한 신이다. 인간의 마음 중 약한 부분을 후비는 데에 능숙한 신이다. 사신 못코○*다.

"휴우…."

한숨을 한 차례 내쉬고 왼쪽을 보았다.

루이젤드는 자고 있었다. 왜인지 침대가 아니라 방구석에서 창을 껴안은 모습으로.

오른쪽을 보니 에리스는 깨어 있었다.

침대에 앉아서 무릎을 껴안고, 완전히 어두워진 창밖을 바라보고 있었다.

나는 조용히 일어서서 그녀의 옆에 앉아 창밖을 바라보았다. 이 세계도 달은 하나다.

"잠이 안 오나요?"

"…응."

에리스는 창밖을 보면서 고개를 끄덕였다.

"있잖아, 루데우스."

※사신 못코스 : 플스2용 게임 〈제노사가 에피소드 2〉 한정판에 수록된 코스모스의 피규어가 워낙 조악하게 만들어지는 바람에 그걸 야유하여 팬들이 붙인 별명.

"예."

"우리, 돌아갈 수 있을까…?"

불안해하는 목소리.

"그건…."

나는 내 어리석음을 부끄러워했다.

그녀는 여태까지와 같다고만 생각했다. 전혀 불안해하지 않고 이 상황을, 모험을 순수하게 즐거워한다고 생각했다.

아니었다. 그녀도 불안했다.

내가 그걸 눈치채지 못하도록 행동하였다.

스트레스도 쌓였겠지.

그러니까 그런 싸움을 했다. 나는 그것도 알아차리지 못했다.

"돌아갈 수 있어요."

가만히 어깨를 껴안아주자 그녀의 머리가 내 어깨에 얹혔다. 에리스는 최근 며칠 동안 제대로 목욕도 하지 못했다. 희미하게 풍기는 향기도 이전에 맡았던 것과 전혀 달랐다.

하지만 싫지 않았다. 싫지 않았기에 내 감정도 흔들렸다.

참자, 참아…. 돌아갈 때까지는 둔감남이다.

실피 때와는 상황이 다르다. 지금은 참지 않으면 안 되는 이유가 있다. 갖다 붙인 이유지만, 불안을 느끼는 그녀의 빈틈을 파고드는 비겁한 짓은 하기 싫었다.

"루데우스, 너한테 맡겨도 되는 거지?"

"안심하세요. 어떻게든 돌아가지요."

아아, 얌전할 때의 에리스는 귀엽다. 사울로스 할아버지의 마

음도 알겠다.

그야 어리광을 받아주고 싶어지겠지. 그러고 보면 다른 사람들은 어떻게 되었을까. 그 빛은 피트아령을 뒤덮었다. 그렇다면….

아니, 지금은 생각하지 말자. 우리 일만 해도 빠듯하다.

"열심히 해 보죠. 에리스도 눈 좀 붙여요. 내일부터 바빠질 거니까요."

나는 에리스의 머리에 가볍게 손을 올리듯이 쓰다듬어주고 내 침대로 돌아오다가 루이젤드와 눈이 마주쳤다. 듣고 있었나.

조금 창피했지만 그는 곧 눈을 감았다.

보고도 못 본 척해 줄 모양이다. 아아, 좋은 사람이구나. 파울로였으면 분명 덮어놓고 놀리려고 들었을 텐데.

역시 이 사람 문제를 뒷전으로 미루면 안 된다.

하지만 파울로라. 걱정하고 있겠지. 무사히 살아 있다는 편지를 보내야겠다. 닿을지는 모르겠지만….

'애완동물 찾기라….'

인신이 무슨 생각을 하는지는 모르지만, 이번만큼은 아무 생각 없이 따라 볼까.

불안이 소용돌이치는 가운데, 모험가 생활 첫 날은 조용히 막을 내렸다.

제9화 인간의 생명과 첫 일

리카리스 시 2번지, 키리브 주택.

거기는 단층 건물로, 옆으로 긴 건물에 네 개의 입구가 붙어 있었다.

사는 사람들은 결코 유복하다고 할 수 없지만, 슬럼이라고 할 만큼 가난에 허덕이는 것도 아니라 마대륙의 일반층이었다.

그런 장소에 세 개의 그림자가 있었다. 작은 그림자가 둘, 큰 그림자가 하나.

그들은 방약무인하게 성큼성큼 길을 걸어서 누구의 제지도 받지 않고 주택의 어느 방 앞에 섰다.

"안녕하세요. 모험가 길드에서 왔습니다."

어린 소년이 드높게 말하며 노크하였다.

수상쩍다. 요즘 모험가 중에 이렇게 정중하게 말하는 녀석은 없다.

모험가란 기본적으로 야만스러운 놈들이다.

하지만 그 부드러운 목소리에 그 방의 주민은 깜빡 속은 모양이었다.

문이 끼익 소리를 내며 열리고, 거기서 나온 것은 대략 일곱 살 정도 되는, 도마뱀처럼 긴 꼬리와 끝이 양 갈래로 갈라진 혀가 특징적인 호우가족이었다.

세 사람을 보고 눈을 동그랗게 뜬 그녀에게 소년은 부드럽게 말을 건넸다.

"안녕하세요. 여기가 메이셀 씨 댁이 맞습니까?"

"예, 저, 저기?"

"아, 인사가 늦었군요. 저는 '데드엔드'의 루데우스라고 합니다, 예."

"데, 데드엔드?"

소녀―메이셸도 데드엔드의 이름이라면 알았다.

데드엔드, 400년 전 라플라스 전쟁에서 수많은 무공을 세우고 아군마저도 유린한 악마, 스펠드족. 그중에서도 가장 강하고 흉악하다는 개체.

만나면 죽는다고 하며, 마주친 이는 누구든 '필사적으로 도망치지 않았으면 죽었다'고 말하는, 마대륙의 공포의 대명사였다.

어떤 마물이라도 쓰러뜨린다고 허언하는 강인한 모험가들도 데드엔드의 이름을 들으면 겁에 질린다. 데드엔드의 특징은 메이셸도 알았다. 이런 꼬맹이가 아니다.

"오늘은 애완동물 탐색이라는 의뢰를 받았습니다. 자세한 이야기를 들으려고 찾아뵈었습니다만, 시간 좀 내주실 수 있겠습니까?"

데드엔드. 무시무시한 이름이다. 뒤에 있는 두 사람은 조금 무섭지만, 이 정중한 어조의 소년을 보니 두려움도 흐려졌다. 그리고 그들은 모험가로, 의뢰를 받으러 왔다고 했다.

"우리 집 미이를 찾아주세요."

"예, 이름은 미이라고 하는군요. 귀여운 이름이네요."

"제가 붙였어요."

"호오, 그거 좋은 네이밍 센스로군요."

그런 말에 메이셀은 기분이 좋아졌다.

"그래서 미이라는 건 어떤 분입니까?"

메이셀은 애완동물의 외견, 사흘 전부터 행방불명이라는 것, 돌아오지 않는다는 것, 평소에는 부르면 오는데 오지 않는다는 것, 먹이를 안 주었으니까 배가 고플 거라는 등의 이야기를 해 주었다.

그 나이 탓에 아무래도 종잡기 어려운 내용이었다.

일반적인 어른이라면 그 말에 짜증을 내며 도중에 걷어치웠을지도 모른다. 하지만 소년은 빙긋빙긋 웃으면서 들어주었다. 열심히 말하는 소녀의 말에 일일이 고개를 끄덕이면서.

"알겠습니다. 그럼 찾아보지요. 데드엔드에게 맡겨 주세요!"

소년은 처억 엄지를 세웠다. 왜인지 모르지만, 뒤의 두 사람도 그러고 있었다. 메이셀은 잘은 모르겠지만 흉내내서 엄지를 세웠다.

그걸 확인한 뒤 소년은 상쾌한 얼굴로 발길을 돌렸다. 후드를 쓴 여자도 그 옆에 따라갔고, 제일 큰 남자는 웅크려 앉아 소녀의 머리에 손을 얹었다.

"반드시 찾아 오지. 안심하고 기다려다오."

얼굴에 세로로 난 상처. 이마의 보석. 그리고 반점무늬의 파란 머리. 무서운 얼굴이었다.

하지만 머리에 얹힌 손에는 온기가 있었다. 소녀는 고개를 끄덕였다.

"부, 부탁드릴게요."

"그래, 맡겨다오."

떠나가는 세 사람. 그 세 사람의 뒷모습을 바라보면서 메이셀은 커다란 사람에게 물었다.

"저기, 이름이 어떻게 되나요?"

"루이젤드다."

그는 짧게 말하더니 곧 등을 돌려서 걸어갔다. 메이셀은 얼굴을 붉히며 루이젤드의 이름을 입 안에서 중얼거렸다.

★ 루데우스 시점 ★

의뢰주와의 만남에서 나는 확실한 반응을 느꼈다.

생전에 곧잘 우리 집에 온 방문판매원 흉내를 내봤는데, 잘 통한 모양이다.

모험가에게는 비웃음을 사도 괜찮지만, 의뢰주에게는 좋은 사람이라고 여겨져야만 한다. 의뢰인에게는 온건한 태도로 이야기한다.

"그런 연기도 할 수 있나. 제법이군."

가슴을 쓸어내리는데 루이젤드가 말을 붙여왔다.

"아뇨, 루이젤드 씨야말로 마지막에 그거, 좋았어요."

"마지막에 그거? 무슨 소리지?"

"그 애의 머리에 손을 올리고 뭐라고 말했잖아요."

그건 완전히 애드리브였다.

무슨 말을 하는지 몰라 가슴을 졸였는데, 내가 생각했던 이상으로 좋은 성과를 내었다.

"아, 그거 말인가. 뭐가 좋지?"

뭐고 자시고, 그 소녀는 얼굴을 붉히고 상기된 얼굴로 루이젤드를 바라보았다.

내가 그런 시선을 받았으면 이성 정도는 날아갔겠지.

하지만 아이를 좋아하는 루이젤드니까, 진지하게 그런 말을 했다간 울컥한 표정으로 내 언동을 나무라겠지.

"헤헤, 그 여자, 완전히 형님한테 뻑 갔던데요, 쿠헤헤헤."

그러니까 장난 같은 어조로 말하며 루이젤드의 다리를 팔꿈치로 툭툭 찔렀다.

루이젤드는 쓴웃음을 지으면서 자신 없는 눈치로 말했다.

"그건 아니겠지."

"에헤헤헤, 형님이 마음만 먹으면 그런 계집애 하나쯤은… 아야!"

뒤에서 머리를 한 대 얻어맞았다. 돌아보니 에리스가 입을 삐죽거리고 있었다.

"이상하게 웃지 마! 연기였잖아?"

아무래도 내가 저속한 언동을 하는 게 마음에 안 들었던 모양이다.

에리스는 유괴 사건 이후로 그런 걸 싫어한다.

성채도시 로아의 시내에서도 도적 같은 차림새의 사람을 볼 때마다 얼굴을 찌푸렸다.

농담으로 한 거였는데, 에리스의 성미에 거슬렸던 모양이다.

"미안해요."

"알겠어? 그레이랫 가문이 품위 없이 웃으면 안 되니까."

그 말에 나는 자칫 폭소를 터뜨릴 뻔했다.

들으셨습니까, 마님? 에리스가 품위라고 말합니다. 문을 걸어 차지 않으면 성이 안 차던 아가씨가 이렇게나 고상하게 성장했 다니요.

하지만 그런 말을 할 거면 어제처럼 갑자기 발끈해서 싸우지 말았으면 하네요.

아니, 사울로스랑 비교하면 갑자기 발끈해서 상대를 때리는 정도는 그래도 품위 있는 편에 들어가나. 설마.

…아슬라 귀족이 생각하는 품위라는 게 어느 정도인지 모르 겠다.

"그런데 그 애완동물은 찾을 수 있을까요?"

모르겠기에 화제를 돌렸다.

들은 바로는 그 애완동물이란 건 고양이인 모양이다.

검정색에 어렸을 때부터 계속 같이 있었다고 했다.

크기는 제법 되었다. 소녀가 두 팔을 벌리며 크기를 표현하였 다. 그 말을 그대로 믿는다면 시바견 정도 크기일까. 고양이치 곤 아주 크다.

"물론이다. 찾겠다고 약속했으니까."

루이젤드는 딱 잘라 말했다.

든든하게도 그는 그대로 선두에 서서 걸었다. 발길이 거침없었지만, 나는 조금 불안했다.

아무리 루이젤드가 생체 레이더를 가졌다고 해도 시내에서 동물 한 마리를 찾는 건 간단하지 않다.

"작전은 있나요?"

"동물의 움직임은 간단하다. 봐라."

루이젤드가 가리킨 곳에는 희미하지만 흙 위에 동물의 발자국이 남아 있었다.

우와, 전혀 몰랐어.

"이걸 쫓아가면 찾을 수 있나요?"

"아니, 이건 다른 녀석이겠지. 들었던 설명보다 발이 작다."

분명히 이 사이즈로는 보통 고양이 정도겠지. 소녀의 표현은 과장이라고 생각하지만.

"흐음."

"우리가 찾는 사냥감의 영역에 다른 녀석이 끼어들고 있다."

"그런가요?"

"틀림없다. 냄새가 흐려지고 있으니까."

냄새? 혹시 영역 마킹용 냄새를 이 남자는 구분하는 걸까?

"이쪽이다."

루이젤드는 혼자 뭔가 납득하면서 뒷골목 안쪽으로 들어갔다.

나는 말없이 뒤를 따랐다.

잘은 모르겠지만, 명탐정의 뒤를 따라가는 조수는 이런 기분일까. 압도적인 추적술로 범인을 몰아붙이고 공포를 살린 유도 심문과 마계식 바리츠*로 자백을 강요. 어떤 사건도 스피드 해결. 명탐정 루이젤드, 여기에 등장.

"찾았다, 아마도 이 녀석이겠지."

루이젤드는 뒷골목 구석을 가리키며 그렇게 말했다. 뭘 찾은 거고 뭐가 아마도인지 나로서는 전혀 알 수 없었다. 적어도 고양이 발자국 같은 건 남아 있지 않았다.

"이쪽이다."

루이젤드는 뒷골목을 성큼성큼 걸어갔다.

전혀 주저 없는 발걸음으로 좁은 골목 안으로 척척 들어갔다.

그야말로 고양이가 다닐 만큼 좁은 뒷골목이었다.

"봐라. 여기서 다툰 흔적이 있다."

막다른 길에서 루이젤드의 발이 멎었다. 보라고 해도 내게는 그런 흔적이 보이지 않았다.

딱히 핏자국이 남아 있는 것도 아니고, 지면이 어떻게 된 것도 아니었다.

"이쪽이다."

루이젤드가 앞장섰다. 나와 에리스는 따라갈 뿐. 참으로 편한 일이구나.

골목을 빠져나가고 대로를 가로질러서 또 골목을 빠져나가 뒷골목으로, 그리고 또 골목으로.

※바리츠 : 영국인 에드워드 윌리엄 바턴라이트가 1899년에 일본 무술을 가르치는 도장을 영국에 차렸다. 자신의 이름인 바턴(barton)과 유술(jujitsu)를 합쳐서 바리츠(baritsu)로 명명된 이 무술은 셜록 홈즈가 작중에서 사용하는 무술로 알려졌다.

미로 같은 장소를 척척 나아갔다. 어느 골목을 빠져나가자 주위 풍경이 변했다.

방금 전보다도 더 황량한 분위기로 변했다. 건물은 무너지고 외벽은 벗겨지며 조악해졌다.

험악한 눈매로 우리를 노려보는 자. 길바닥에서 드러누운 자. 더러운 옷차림의 아이도 많았다.

슬럼이다. 갑작스럽게 이런 곳으로 나왔다.

지름길로 어떻게 들어온 느낌이었다. 순식간에 내 안에서 경계 레벨이 올랐다.

"에리스. 언제든지 검을 뽑을 수 있게 해 두세요."

"…왜?"

"만일을 위해서요. 또 엇갈리는 상대와 뒤를 조심해요."

"으, 응, 알았어…!"

에리스에게 그렇게 말해 두었다.

루이젤드도 있으니 어지간한 일은 없겠지만, 남에게 맡겨만 두다가 실수를 하면 좋은 꼴 못 본다.

자기 몸은 자기가 지켜야만 한다.

그렇게 생각하며 나는 품안의 돈꾸러미를 꾹 움켜쥐었다. 대단한 돈이 들어 있는 것도 아니지만, 소매치기라도 당하면 안 된다.

"…칫."

때때로 불한당이 루이젤드를 노려보았지만, 루이젤드가 꽤나 사납게 맞서 노려보자 곧바로 혀를 차고 눈을 돌렸다.

이런 동네면 오히려 모험가보다도 강자에 대한 경계가 뛰어날지 모르겠다.

"정말로 이런 곳에 있나요?"

"글쎄."

루이젤드의 대답은 왠지 미덥지 않았다. 망설임 없이 걷고 있지 않았나?

아니, 말이 없을 뿐이지, 루이젤드는 분명 뭔가를 발견한 게 틀림없다.

그렇게 믿자.

한동안 걸어가자 루이젤드는 어느 건물 앞에서 발을 멈추었다.

"여기다."

시선 끝에는 밑으로 내려가는 계단이 있고 그 끝에는 문.

록밴드들이 모이는 지하주점 같은 느낌이었다.

물론 록이나 팝 뮤직이 들리는 것도 아니고, 스킨헤드에 선글라스를 한 문지기가 드나드는 사람들을 지켜보는 것도 아니었다.

대신 떠도는 것은 동물 냄새. 애완동물 가게 근처를 지날 때처럼, 뭐라고 형용할 수 없는 동물의 냄새가 났다.

그리고 하나 더. 범죄의 냄새도 났다.

"안에 몇 명 있나요?"

"사람은 하나도 없다. 생물은 많지만."

"그럼 들어가죠."

아무도 없다면 딱히 망설일 것 없었다. 나는 계단을 내려가서 문에 손을 대었다.

잠겨 있었지만 흙 마술로 해제.

일단 주위를 둘러보아 아무도 지켜보지 않는 것을 확인하고 얼른 안에 들어간 뒤 만일을 위해 안에서 다시금 문을 잠갔다. 완전히 도둑 같군.

안에는 어두운 복도가 이어지고 있었다.

"에리스는 뒤를 경계해 주세요."

"알았어."

누가 들어오면 루이젤드가 알아차리겠지만 일단은.

우리는 루이젤드를 선두로 하여 안쪽으로 들어갔다.

복도 안쪽에는 문이 하나. 그 문 안에는 작은 방이 있고 또 문이 하나. 문 두 개를 지나가자 동물이 사납게 으르렁대는 소리가 귓전을 때렸다.

제일 안쪽 방에는 우리가 여럿 있었다.

비좁게 놓인 우리. 그 안에는 수많은 동물이 갇혀 있었다.

개나 고양이, 본 적도 없는 동물까지. 학교 교실 정도 크기의 방에 그것들이 가득했다.

"…뭐야, 이거?"

에리스가 겁먹은 목소리로 말했다.

나는 '이 방은 대체 뭐지?'라고 의문스럽게 생각하는 동시에 여기에 동물이 모여 있다면 우리가 찾는 애완동물도 있을지 모른다고 생각하였다.

"루이젤드 씨, 우리가 찾는 고양이는 있나요?"

"있다. 저 녀석이다."

즉답이었다. 그가 가리킨 곳을 보니… 흑표범 같은 게 들어 있었다.

크다. 진짜로 크다. 소녀가 두 팔을 벌린 사이즈의 두 배 정도는 되었다.

"저, 정말로 이 녀석인가요?"

"틀림없다. 목걸이를 봐라."

흑표범의 목걸이에는 분명히 '미이'라고 적혀 있었다.

"진짜로 미이네요."

…아무튼 의뢰는 달성했다. 이 흑표범을 우리에서 꺼내어 소녀에게 가져가면 끝난다.

하지만 다른 동물은 어떻게 한다?

딱 보기에 목걸이라든가 발목고리를 단 동물도 많았다. 개중에는 '미이'처럼 이름이 적힌 것도 있었다. 아무리 봐도 애완동물이겠지.

방구석에는 로프나 재갈 같은 것이 아무렇게나 떨어져 있었다.

로프에서 연상되는 말이라고 하자면 '붙잡는다'다.

남의 고급 애완동물을 유괴해서 다른 곳에 비싸게 판다. 그런 장사도 있을 법하다.

이 세계에 그런 쪽의 법률이 있다고는 생각할 수 없지만, 좋은 짓이 아니라는 건 틀림없겠지.

말하자면 도둑질이니까.

"음."

루이젤드가 입구 쪽으로 고개를 돌렸다. 에리스도 비슷한 반응을 보였다.

"누가 들어왔다."

나는 동물소리가 시끄러워서 알 수 없었다.

루이젤드는 모를까, 에리스가 용케 알았네.

자, 어떻게 한다. 입구에서 여기까지 시간은 별로 걸리지 않는다. 도망칠까. 아니, 도망칠 길이 없다. 외길이다.

"일단 붙잡을까요."

대화라는 선택지는 버렸다.

우리는 불법침입자다. 여기는 범죄 현장이라고 생각하지만, 정당한 이유가 있을 가능성도 버릴 수 없다.

일단 구속하고서 좋은 녀석이면 대화로 입막음을 하고, 나쁜 녀석이면 때려눕혀서 입막음을 하자.

몇 분 뒤.

나는 방구석에 굴러다니는 세 명의 남녀를 내려다보고 있었다. 남자 둘에 여자 하나.

나는 전원에게 흙 마술로 수갑을 채우고 물을 뿌려서 깨웠다.

남자 하나가 시끄럽게 아우성치길래 근처에 떨어진 천으로 재갈을 물렸다.

나머지 두 사람은 조용했다. 하지만 일단 전원에게 재갈을 물렸다. 평등하게 말이지.

"…흠."

갑작스럽게 솟구친 의문.

자, 왜 이렇게 되었지? 나는 E랭크의 일을 맡았을 텐네.

잃어버린 고양이 찾기.

루이젤드가 맡기라고 하길래 맡겼더니 어느 틈에 슬럼으로 들어왔다.

그 슬럼에 있는 건물에 들어왔더니 동물이 잔뜩 붙잡혀 있고, 어느 틈에 왜인지 사람을 구속하였다. 잡아야 하는 건 사람이 아닌데 말이지.

이렇게 된 것도 모두 인신 때문이겠지. 그 녀석은 이렇게 될 것을 예견하고 있었다.

일이 귀찮게 되었다. 애완동물 탐색 일 같은 건 맡지 않는 게 나았을 것을.

일단 구속한 세 사람을 관찰해 보자.

남자 A

오렌지색 피부를 가졌다. 눈에 흰 부분이 없고 겹눈. 조금 기분 나쁘다. 매미처럼 앵앵대며 시끄럽던 남자다. 야만적이라고 해야 할까, 싸움에 능숙할 듯한 이미지이다.

록시 사전에서 본 것 같은데, 도저히 종족명이 떠오르지 않았다.

타액에 독성이 있다고 하기에 키스할 때는 어떻게 하는 건지 의문스러웠던 게 기억났다.

남자 B

도마뱀 같은 얼굴이다. 문지기와는 다소 형태나 무늬가 다르다. 도마뱀의 얼굴은 아무래도 표정을 읽기 어렵다. 하지만 눈에서 흘러나오는 지성의 빛은 경계할 만하였다.

여자 A

이쪽도 겹눈, 벌 같은 얼굴에 왠지 모르게 겁먹은 눈치였다.

역시 기분 나쁘지만, 몸매가 에로하니까 플러스 마이너스 제로.

자, 그들을 이렇게 내려다보기만 해선 아무것도 안 된다.

이야기를… 아니, 그게 아니지. '심문'을 하려면 누가 좋을까. 기분 좋게 정보를 토할 법한 건 누구일까. 남자일까, 여자일까.

여자는 겁에 질린 모습이었다. 살짝 위협하면 의외로 뭐든지 떠벌릴지도 모른다.

아니, 여자는 거짓말을 하니까. 자기가 살기 위해서 지리멸렬하게 얼토당토않은 거짓말을 한다. 세상의 모든 여자가 그런 건 아니겠지만, 적어도 누나는 그런 인간이었다. 나는 그런 거짓말을 들으면 분노가 앞서서 이야기의 진실을 알 수 없게 되는 타입이다.

그러니까 여자는 제외하자.

그럼 남자 중에서 고를까. 남자 A는 어떨까. 셋 중에서 제일 튼실한 몸에 얼굴에 상처가 있고 싸움을 제일 잘 한다고 써 붙인 듯한 그는 흥분한 기색이었다. 머리는 별로 안 좋겠지. 아까부터 '뭐야, 이 자식들'이라든가 '이 수갑 풀란 말이야' 같은 소리를 하였다.

남자 B는 어떨까. 안색은 잘 모르겠지만, 그는 우리를 잘 관찰하고 있었다. 결코 바보는 아니겠지. 바보가 아니라면 이런 상황이 되었을 때의 거짓말도 생각하겠지.

나는 남자 A를 택했다.

흥분하여 냉정을 잃은 그라면 조금 도발하거나 유도하면 필요한 정보를 죄다 불 것 같았다.

뭐, 안 되더라도 두 명이 남아 있으니까.

"묻고 싶은 게 몇 가지 있습니다."

"……."

남자 A의 재갈을 풀자 그는 나를 노려보았다. 하지만 아무 말도 하지 않았다.

"얌전히 말해 준다면 난폭한 짓은, 푸왓?!"

갑자기 걷어차였다. 웅크려 앉았던 나는 버틸 수도 없어서 그대로 뒤로 날아갔다.

빙그르 일회전. 뒤통수가 벽에 부딪쳐서 눈앞에 별이 날아다녔다.

아프다. 제길. 하지만 정말로 머리 나쁜 녀석이군. 이런 상황에서 자길 붙잡은 상대를 걷어차다니.

상대를 화나게 하면 어떻게 되는지 따윈 생각 않는 걸까.

"어?! 자, 잠깐! 그만둬!"

에리스의 외침. 나는 벌떡 일어났다. 남자 A가 에리스에게 무슨 짓을 하나 싶었다.

내가 생각하는 사이에 수갑을 풀고 루이젤드의 눈을 피해서 에리스를 인질로….

"어…?!"

내 눈에 들어온 것은 남자 A의 목을 꿰뚫은 창이었다.

루이젤드가 남자 A를 찌른 것이다. 에리스는 그걸 보고 눈을 동그랗게 떴다.

옆으로 비틀 듯이 창을 뽑자 피가 튀었다.

쉬익 하고 벽에 붉은 반점이 생겼다. 남자 A는 반동으로 빙글 회전하다가 엎어졌다. 그 목에서는 계속해서 피가 흘러나왔다. 등에까지 피가 배어들었다. 지면에 퍼지는 붉은 웅덩이. 확 피어오르는 피냄새.

남자는 한 차례 몸을 경련하더니 움직이지 않게 되었다.

죽었다. 남자는 한 마디도 못 하고 죽었다. 루이젤드에게 죽었다.

"어, 어… 왜 죽였어요?"

내 목소리는 떨리고 있었다. 사람이 죽는 모습을 보는 게 처음은 아니었다. 길레느도 나를 돕기 위해 사람을 죽였다. 하지만 그거랑은 뭔가가 달랐다.

왠지 몸이 떨렸다. 왜인지 마음은 겁에 질렸다.

'뭐지, 난 뭘 두려워 하는 거지?'

사람이 죽는 걸?

웃기는 소리. 이 세계에서는 누가 죽는 건 일상다반사다. 그런 건 알고 있다.

머리로는 알고 있어도 실제로 보는 건 처음이니까 다른가?

그럼 왜 길레느가 유괴범을 죽였을 때에는 아무렇지도 않았지?

"어린애를 걷어찼으니까."

루이젤드는 담담히 말했다. 당연하다는 듯한 어조였다.

아, 그런가. 알았다. 나는 사람이 죽는 것에 겁먹은 게 아니다.

내가 걷어차였다는, 단지 그 이유만으로 숨 쉬듯이 상대를 죽인 루이젤드에게 겁먹은 것이다.

록시도 말하지 않았던가.

'인간족과 마족은 상식이 다른 부분도 많으니 어떤 말이 계기가 되어 폭발할지 모릅니다.'

그래. 혹시 루이젤드의 창끝이 나를 향하면 어떻게 되지?

이 남자는 강하다. 길레느, 혹은 그 이상으로 강하다.

내 마술로 이길 수 있을까? 대항은 할 수 있겠지. 근접전투를 특기로 삼는 자를 상대하는 시뮬레이션이라면 몇 차례나 거듭

했다. 파울로, 길레느, 에리스, 내 주위에 있는 사람은 모두 근접전투의 전문가였다. 루이젤드는 그중에서도 아마 제일 강하다.

그러니까 자신 있게 '이길 수 있다' 고 말할 수는 없다. 하지만 죽일 생각으로 싸운다면 몇 가지 수는 있다. 하지만 혹시 에리스를 향한다면? 내가 지켜낼 수 있을까?

무리다.

"주, 죽이면 안 돼요!"

"왜지? 악인인데?"

내가 다급히 말하자 루이젤드는 눈을 동그랗게 떴다. 도저히 이해할 수 없다는 얼굴이었다.

"그건…."

어떻게 설명하면 좋지? 나는 루이젤드가 어쩌길 바라지?

애초에 왜 죽이면 안 되지?

일반적인 도덕심은 내게 없었다. 니트족이었을 무렵에는 '사람을 죽이면 안 된다' 는 말을 비웃었다. 부모가 죽었을 때도 그랬다. 이제부터 큰일 났다고 생각하면서도 '그런 건 알 바 없다. 그보다 할 일 많다' 라며 야겜이나 하고 살았다.

그런 내가 말해 봤자 수박 겉핥기인 싸구려밖에 안 되겠지.

"죽이면 안 되는 이유는 있습니다."

나는 동요했다. 자각해. 나는 지금 흥분했어.

자각한 상태로 생각해. 일단 왜 나는 떨고 있지? 무섭기 때문이다. 여태까지 착한 남자라고 생각했던 루이젤드가 간단히 사람을 죽였다. 스펠드족은 모두가 오해할 뿐이지 마음 착한 종족이라고만 생각했는데, 아니었다.

종족이 어떤지는 모르지만, 적어도 루이젤드는 아니다. 라플라스 전쟁 시대부터 계속 적을 죽여 왔다. 이번에도 그런 케이스의 일종이겠지. 그리고 나나 에리스에게 그 창날을 들이댈 가능성도 전혀 없다고 잘라 말할 수 없다.

나는 루이젤드가 인정하는 청렴결백한 인간이 아니다. 언젠가, 어느 순간 그의 성미를 건드릴 날이 오겠지. 그래서 그가 화내는 건 좋다. 사고방식이 다르니까 의견이 차이나는 것도 어쩔 수 없다. 싸움도 할 수 있겠지.

하지만 죽고 죽이는 싸움까지 할 생각은 없었다. 어떤 상황이라도 목숨이 오가는 상황으로 전개하지 않도록 지금 이 단계에서 루이젤드에게 확실히 말해두어야 하지 않을까.

"알겠나요, 루이젤드 씨. 잘 들으세요."

하지만 아직 할 말을 찾지 못했다. 어떻게 말하지?

뭐라고 하면 설명할 수 있지? 우리만큼은 죽이지 말아달라고 애원해?

웃기는 소리.

나는 얼마 전에 그에게 함께 싸우는 전사라고 말했었다. 그의 비호 밑에 있는 게 아니라 동료에 들어갔다. 애원은 안 된다.

덮어놓고 안 된다는 것도 좋지 않다. 루이젤드 본인이 납득하지 않으면 의미가 없다.

생각해. 나는 뭘 위해 루이젤드와 함께 있지? 스펠드족의 악명을 어떻게든 하기 위해서다. 루이젤드가 사람을 죽이면 스펠드족의 인상이 나빠진다. 이건 틀림없다. 그러니까 다른 모험가와 싸우지 않기 위해서라고 하는 거야. 스펠드족의 인상은 최악이다.

아무리 착한 짓을 해서 인식을 고쳐도 눈앞에서 스펠드족이 살인을 저지르면 분명 여태까지의 일이 물거품이 되고 루이젤드의 인상은 땅에 떨어진다.

그러니까 죽이면 안 된다. 스펠드족이 무섭다는 인식을 다른 사람이 가지면 안 된다.

"루이젤드 씨가 사람을 죽이면 스펠드족의 악명이 퍼집니다."

"……그게 악인이라도 말인가?"

"누구를 죽였는가가 아닙니다. 누가 죽였는가입니다."

생각하면서, 말을 고르면서 신중하게 말했다.

"모르겠군."

"스펠드족이 사람을 죽이는 것은 다른 이들과는 의미가 다릅니다. 마물에게 죽은 것과 비슷합니다."

루이젤드는 살짝 울컥한 얼굴을 했다. 종족을 험담하는 걸로 들렸을지도 모른다.

"…모르겠군. 왜 그렇게 되지?"

"스펠드족은 무시무시한 종족으로 여겨집니다. 조금이라도 마음에 안 들면 바로 남을 죽이는 악마라고."

지나친 말일까 싶었지만 세간의 인식은 대충 그렇다.

그걸 바꾸려는 것이다.

"스펠드족은 세간에서 말하는 악마가 아니라고, 그렇게 말하는 건 간단합니다. 행동으로 보여주면 많은 사람이 인식을 바꿔주겠죠."

"……."

"하지만 사람을 죽이면 모든 게 물거품이 됩니다. 역시 스펠드족은 악마였다고 생각하겠죠."

"말도 안 되는 소리."

"짚이는 것 없습니까? 여태까지 남을 도와주고 친해졌는데 갑자기 태도를 싹 바꾸던 경우는?"

"……있다."

그렇게 말하면서 내 안에서도 정리가 되었다.

"하지만 사람을 일체 죽이지 않으면…."

"어떻게 되지?"

"스펠드족에게도 이성이 있다고 여기겠지요."

정말로 그럴까? 이 세계에서 사람을 죽이지 않은 정도로 이성이 있다고 여길까?

아니, 지금은 생각하지 마. 나는 틀리지 않았다. 루이젤드는 사람을 너무 많이 죽였다. 스펠드족은 사람을 죽이는 게 당연한 종족이라고 여겨진다. 죽이지 않게 되면 인식을 바꿀 수 있을 것이다.

앞뒤는 맞는다.

"죽이지 마세요. 스펠드족의 명예를 생각한다면 아무도 죽이지 마세요."

죽여도 될 때, 안 될 때. 보통은 그걸 판단해야만 한다. 하지만 이 세계의 판단기준은 나도 모르고, 루이젤드의 판단기준은 아마도 과격하다.

서로 극단이라서 금을 긋기가 어렵다.

그럼 아예 전부 금지하는 편이 간단하다.

"아무도 보지 않는다면 좋지 않은가?"

루이젤드의 말에 나는 머리를 싸쥘 뻔했다. 아무도 보지 않으니까 범죄를 저질러도 된다니 무슨 꼬맹이의 발상도 아니고. 이 녀석, 진짜로 500년이나 산 거 맞아?

"안 본다고 생각해도 사람의 눈은 있지요."

"주위에 아무도 없는데?"

으으, 제길, 그래. 이마의 눈 때문인가.

"지켜보는 사람은 있습니다."

"어디에?"

여기에.

"저와 에리스가 보고 있잖아요."

"음…."

"아무도 죽이지 마세요. 우리도 루이젤드 씨를 두려워하고 싶지 않아요."

"…알았다."

마지막에는 결국 눈물로 설득하는 형태가 되었다. 내 말에 자신이 없어졌다.

하지만 루이젤드는 수긍해 주었다.

"꼭 좀 부탁합니다."

나는 루이젤드에게 고개를 숙였다. 그러면서 눈에 들어온 내 손은 떨리고 있었다.

진정해. 이런 건 보통이야. 자, 심호흡.

"후우… 하아…… 후우… 하아…"

좀처럼 진정이 되지 않았다. 동요가 수습되질 않았다. 에리스는 어쩌고 있지? 겁먹지 않았을까? 살펴보니 에리스는 태연했다.

갑작스러운 일이라서 놀라긴 했지만, 쓰레기는 죽는 게 당연하다는 얼굴을 하고 있었다. 아니, 아무리 그래도 그렇게 심한 생각은 안 하겠지만, 평소처럼 팔짱을 끼고 다리를 떠억 벌린 채 턱을 쳐들고 있었다.

속마음은 어떻든지 평소처럼 하고 있었다.

그런데 내가 동요해서 어쩌자고.

손의 떨림이 멎었다.

"그럼 계속 심문해 볼까요."

피비린내가 충만한 방에서 나는 억지로 미소를 지었다.

제10화 첫 일 완료

자, 심문 시간이다.

남자와 여자, 어느 쪽을 먼저 심문할까.

벌레 같은 눈의 여자 쪽은 딱 보기에도 겁에 질렸다. 필사적으로 신음하면서 우리에게서 도망치려고 하였다. 이렇게 겁먹은 모습을 보니 실로 땡기…는 건 넘어가고.

재갈을 풀면 아무래도 지리멸렬한 말을 할 것 같았다.

심문을 할 거면 더 차분한 쪽을 상대하는 게 나을지도 모르겠군.

도마뱀 남자 쪽.

표정은 다소 알아보기 어려웠다. 도마뱀 얼굴의 변화 같은 건 나로선 알 수 없으니까. 기분 탓인지 창백해 보이기도 했지만, 주위를 잘 관찰하는 것처럼도 보였다.

내 안색, 루이젤드의 안색, 에리스의 안색.

분명 그의 머릿속은 이 자리에서 어떻게 살아남을 수 있을지로 가득하겠지.

일이 이렇게 되니 루이젤드가 하나를 죽여 버린 게 원망스러웠다. 성격 급한 놈이 떠들어 주는 게 제일 편했다.

아예 둘 다 재갈을 벗기고 양쪽에게서 듣는 편이 좋을까? 한쪽을 별실로 이동시키고 따로따로 심문한다. 그리고 나중에 정보를 종합한다.

좋아, 그렇게 가자.

"에리스, 그 여자를 감시해 주세요."

"알았어."

에리스는 힘주어 고개를 끄덕였다.

나는 남자를 데리고 복도로 이동했다. 혼자서는 힘이 달리니까 루이젤드의 도움을 받았다. 복도로 나가서 소리가 닿지 않을 정도의 위치까지 이동한 뒤 깨물리지 않도록 조심해서 재갈을 풀렀다.

"질문에 대답해 주세요."

"대, 대답할게, 대답한 테니까 죽이지 마."

"좋습니다. 대답해 준다면 목숨은 살려주겠습니다."

"히, 히익!"

안심시키려고 빙그레 웃었는데 오히려 겁을 준 모양이다.

냉정한 녀석인 줄 알았는데, 의외로 그것도 아닌가.

"이 건물에 있는 동물은 뭐죠?"

"주, 주워 왔어."

"헤에~ 그거 대단하네! 그럼… 어디서 주워 왔습니까?"

"아니, 그건…."

이리저리 시선이 움직이며 나와 루이젤드의 안색을 엿보았다.

아직 거짓말을 할 정신이 남았나.

"저, 저기서…."

제대로 된 거짓말도 나오지 않았다. 똑똑하게 생긴 얼굴인데, 그렇게 똑똑하지 않은 걸지도 모르겠다.

"아하! 이 도시에는 동물이 많이 떨어져 있으니까요! ……야, 내가 꼬맹이라고 바보로 보이냐?"

살짝 겁을 줘 보았다.

"그, 그건 아냐."

글렀네. 아무래도 이 몸으로는 겁을 줘도 얼빠진 느낌이 드는 모양이다.

열 살이니까 어쩔 수 없지. 살짝 을러 볼까.

"익스플로전."

손가락을 따악 한 번 튕기자, 남자의 눈앞에 작은 폭발이 일었다.

"으뜨뜨!"

남자의 코끝이 탔다.

"뭐, 뭐야, 뭐 한 거야?!"

그렇게 묻지만 무시.

"너 말이야, 머리를 좀 더 굴려서 대답하는 게 어때? 죽긴 싫을 거 아냐?"

죽어 버린 남자가 떠올랐을까, 남자가 부르르 몸을 떨었다.

그리고 나는 떠올렸다. 방금 전의 대화는 마신어였다고. 이놈들이 알아듣는 말로 스펠드족이네 뭐네 떠들었다.

뭐, 좋아. 알아 버렸다면 이용할 수밖에.

"어이, 알겠지? 저기 저 남자는 머리를 파랗게 물들이긴 했지만 틀림없는 진짜배기 '데드엔드'야. 나도 생긴 것만큼 어린 것도 아냐."

"지, 진짜…?"

"우리는 너희랑 동류야. 솔직하게 말해봐. 혹시나 살려줄지도 모르잖아?"

195

그런 방향으로 이야기를 이끌어 보기로 했다.

"하지만… 히익!"

남자는 힐끔 루이젤드를 보다가 곧바로 시선을 돌렸다.

시선이 마주친 걸지도 모르겠다.

"말해 봐. 여기서, 뭘, 했지?"

"애, 애완동물을 훔쳤다가…."

"호오, 훔쳤다가?"

"수색요청이 나오면, 찾아낸 척하고 돌려주는 거야."

"그렇군."

이건 분명 진짜겠지. 확증은 없지만, 행동에 앞뒤가 맞아서 납득할 수 있었다.

이번에는 가련한 소녀의 수색요청이었지만, 개중에는 '돈 많은 마담의 크리스틴을 찾아달라' 같은 의뢰도 있겠지.

길드의 보수는 랭크별로 상하한이 결정되는 모양인데, 그와는 별도로 의뢰주가 특별보수를 내 줄지도 모른다.

운이 좋으면 애완동물 수색으로도 돈 좀 만질 수 있겠지.

"그럼 수색요청이 안 나오면 어떻게 하는데?"

"얼마 동안 기다렸다가 그냥 풀어줘…."

"헤에, 애완동물 가게에 파는 게 돈 되지 않나?"

"흥! 그런 짓을 하면 꼬리가 잡히잖아."

남자가 뻔뻔하게 코웃음을 친 순간, 루이젤드가 창부리로 지면을 쿵 찔렀다.

남자가 꿈틀 몸을 떨었다.

역시나 루이젤드. 이 녀석이 기가 산 순간 입장을 떠올릴 수 있도록 적절하게 겁주는 타이밍이 아주 나이스!

"꽤나 꼼꼼하게 노네."

"그, 그렇지."

"나라면 붙잡은 동물을 팔텐데. 해체해서 푸줏간에 말이야. 그거라면 꼬리도 잡히지 않잖아?"

마물의 고기를 맛있게 먹는 이 세계라면 가축이 아니더라도 팔리겠고.

아, 도마뱀 남자가 왠지 '믿기지 않는다' 는 얼굴을 했다.

뭐야! 그레이트 토터스 고기나 애완동물 거북 고기나 다를 게 없잖아!

"루데우스, 넌 이 녀석들도 그렇게 해서 푸줏간에 팔아치울 생각인가?"

돌아보니 루이젤드가 무시무시한 소리를 하였다.

아하, 이 도마뱀 남자도 비슷한 상상을 했나.

"그것도 괜찮을지 모르겠네요…."

살짝 위협했더니 도마뱀 남자의 얼굴이 굳어졌다.

아, 이 표정은 알겠다. 그립다. 생전에 곧잘 그런 표정을 하게 했지.

"루데우스…."

루이젤드 씨, 뒤에서 노려보는 건 그만하세요.

시선이 느껴집니다. 농담이에요. 안 할 거니까요.

"뭐, 우리는 고양이 한 마리를 찾으러 왔을 뿐이야. 딱히 정의의 사도 행세를 할 생각은 없어. 그러니까 아무것도 못 본 걸로 하고 물러가 줄 수도 있어.”

“저, 정말로?”

“하지만 너희는 루이젤드가 진짜 스펠드족이라는 걸 알아버렸는데 어떻게 한다?”

“아, 아무한테도 말 안 할게! 그리고 시내에 데드엔드가 있다고 말해 봤자 아무도 안 믿을 거잖아?”

“아니, 믿을걸. 안 좋은 소문은 퍼지는 법이야.”

안 좋은 거짓말은 특히나 말이지. 그렇게 생각해야 손해 보지 않는다.

“나로서는 너희들 전원을 죽여서 입을 막아 버리는 게 제일 편하지 않을까?”

“그, 그만둬…. 뭐든지 할 테니까 목숨만큼은…!”

뭐든지 하겠다는 말이 나왔군. 위협은 이 정도면 될까.

하지만 어떻게 한다. 그들은 애완동물 유괴범, 즉 악당이다. 그렇기는 해도 말을 들어 봤을 때 그리 대단할 것도 없는 자잘한 악당이란 느낌이었다. 내버려둬도 큰일은 안 되겠지.

하지만 루이젤드가 사람을 죽이는 장면을 목격하였다. 이걸로 루이젤드 인기인 작전에 장해물이 될 가능성이 생겼다. 우환은 끊어두고 싶었다.

하지만 죽이는 건 안 된다. 방금 전에 루이젤드에게 사람을 죽이지 말라고 했고.

시내 위병에게 신고하는 건 어떨까.

아니, 그들은 기껏해야 애완동물 유괴범이다. 경찰에게 데려가도 큰 죄는 안 될지 모른다. 기껏해야 벌금이나 좀 물고 오히려 우리에게 원한을 품을 가능성도 있다. 지금은 태도가 얌전하지만, 어디 가기 전과 다녀온 뒤가 다르다고 하지.

가능하면 눈이 닿는 곳에 두고서 정기적으로 위협하고 싶었다.

적어도 이놈들이 안전하다는 걸 알 때까지는.

하지만 거기에는 리스크가 따른다. 계속 위협했다간 우리에게 제대로 원한을 품을 가능성도 있다. 안 그래도 이쪽은 저쪽을 한 명 죽였다. 지금은 공포의 대상이지만, 언젠가 원한의 대상이 될 게 틀림없다.

죽이는 것도, 경찰에게 신고하는 것도 다 안 된다.

그럼 한 패로 삼을까. 수중에 두고 돈벌이와 랭크업을 거들게 한다. 시내에서의 정보 수집이나 각종 잡일. 뭣하면 애완동물을 훔치는 비지니스를 우리가 물려받아도 좋다.

하지만 이건 루이젤드가 별로 좋아하지 않겠지.

루이젤드의 생각에 그들은 죽여도 되는 레벨의 악당이니 함께 행동하고 싶진 않겠지.

흐음.

각각의 리스크와 리턴을 정리해 볼까.

1. 살해한다.

리스크 : 루이젤드가 혼란스러워 한다. + 문제가 일어나면 뭐

든지 죽여서 끝내는 나쁜 버릇이 붙을 것 같다.

리턴 : 우환을 끊을 수 있다. + 그들의 금전을 빼앗을 수 있다.

2. 위병에게 신고한다.

리스크 : 원한을 살 가능성이 남는다.

리턴 : 어쩌면 약간의 명성을 얻을지도 모른다.

3. 방치한다.

리스크 : 원한을 살 가능성이 남는다.

리턴 : 딱히 없다.

4. 한패로 삼는다.

리스크 : 동료가 좋아하지 않는다. + 악행에 가담했다고 여겨질 가능성.

리턴 : 그들을 가까이 두고 감시할 수 있다. + 일손이 늘어난다.

1은 앞으로를 위해서도 별로 좋을 것 같지 않았다.

내가 딱히 정의의 사도는 아니지만, 일이 귀찮아졌다고 죽여버리는 건 생각을 포기한 짓이다. 언젠가 크게 대가를 치를 것 같았다.

2와 3은 로 리스크 로 리턴이다.

원한을 사더라도 루이젤드가 있으면 찾아내는 건 간단하겠지만, 결국은 죽이게 되겠지. 두 번 고생이다.

역시 4인가.

루이젤드의 기분은 언짢아지겠지만, 우리에게는 시급히 돈이 필요하다는 절실한 문제도 있다.

그래, 돈이다. 우리는 지금 돈이 필요하다. 돈을 벌려면 일손이 많은 게 좋다.

그들의 애완동물 유괴 비지니스를 돕는 것도 좋고, 그들을 파티로 끌어넣으면 F랭크의 일도 나누어 받을 수 있다. 랭크업은 중요하다. 하다못해 C랭크 이상의 의뢰를 받을 수 있으면 우리 사정도 안정되겠지.

…음?

"그러고 보니 의뢰를 받아 애완동물을 돌려주겠다고 했으면 너희들 모험가야?"

"그, 그래."

아무래도 그들은 모험가였던 모양이다.

"랭크는?"

"D, D야."

게다가 랭크는 우리보다 높은 모양이다.

"D인데 E랭크 일을 하고 있어?"

"그래, C로 올라갈 수도 있지만, E랭크의 애완동물 수색 쪽이 수입이 안정적이야."

C랭크로 올라가면 E랭크 일을 받을 수 없기에 D랭크에 남은

채 E랭크 일로 안정적으로 벌려는 녀석도 있다는 건가.

그들의 경우는 사기나 마찬가지지만.

우리라면 얼른 C로 올라가서 B랭크의 토벌 의뢰를 받으러 갈 텐데, 전투 쪽이 서툰 모험가도 있겠지. 흠, 아예 그들에게 C랭크 일을 받아오게 해서 그걸 거드는 것도 좋겠군. 보수를 똑같이 나누면 돈 문제는 해결할 수 있다.

아니, 그러면 우리 길드 랭크가 안 올라가나.

"아…."

그때 내 뇌리에 전류가 흘렀다.

그래. 좋은 생각이 떠올랐다.

"너희들… 아까 녀석 없이 이 일을 계속할 수 있어?"

"아, 아니, 이제 이런 일은 그만 두려고…."

"솔직하게 말해."

"계속할 수 있어! 처음엔 우리 둘이서 했는데, 그 녀석이 나타나서 자기 몫도 내놓으라고 협박했어!"

정말인가. 그거 운이 좋았군….

3분의 1에서 정답을 찍었던 것이다. 이것도 인신이 도운 걸까.

"좋아, 그럼 우리랑 손을 잡자."

그렇게 말하자 루이젤드가 뒤에서 소리쳤다.

"손을 잡는다고?! 무슨 소리지!"

"루이젤드 씨, 잠깐만 조용히 있어 주시겠어요?"

"뭐?!"

"안 좋게는 안 할 테니까요."

"……."

돌아보니 루이젤드는 역시나 언짢은 얼굴을 하고 있었다. 좋은 생각이다 싶지만, 역시 그만 둘까?

하지만 이 방법은 완벽하다. 돈은 모이고 랭크도 오르고 루이젤드의 평판도 오른다.

모든 걸 만족시키는 완벽한 작전…일 터이다.

나는 도마뱀 남자 쪽을 다시금 돌아보았다.

"아까 뭐든지 하겠다고 했지?"

"모, 목숨만 살려준다면 도, 돈도 줄게."

"돈은 필요 없어. 대신 랭크를 하나 올려줘."

"뭐?"

나는 설명했다.

"잘 들어. 우리는 보다시피 전원이 전투 계열이야. 애완동물 수색도 힘들진 않지만, 가능하면 토벌 쪽이 효율 좋지."

"그, 그렇겠지…. 아니, 왜 이런 일을?"

"사정이 있어서 이제 막 모험가가 되었어."

"어, 어어…."

"뭐, 그런 이야기는 넘어가고."

이야기가 샜기에 본론으로 되돌렸다.

"그래서 말이지, 우리는 전투 쪽 의뢰를 받고 싶은데, 랭크가 낮아서 받을 수가 없어. 반대로 너희는 전투 쪽 일을 받을 수 있지. 여기까지는 알겠지?"

"그, 그래."

"그러니까 일을 교환하자."

일을 교환한다는 말에 도마뱀 남자가 고개를 갸웃거렸다.

"무, 무슨 소리야?"

"너희는 C나 B랭크의 전투 쪽 일을 받아. 우리는 랭크를 올리기 위해서 애완동물 수색 일을 받지. 그리고 우리는 너희 일을, 너희는 우리 일을 하는 거야."

"자, 잠깐만 기다려. 받은 일을 다른 파티가 보고하면…."

"멍청아! 보고는 받은 쪽이 해야지."

"아."

남자 B도 간신히 이해한 모양이었다.

우리 : E랭크의 일을 받아서 B랭크의 일을 한다. E랭크를 보고하고 보수를 받는다.

이 녀석들 : B랭크의 일을 받아서 E랭크의 일을 한다. B랭크를 보고하고 보수를 받는다.

이런 형태다. 마지막으로 보수를 교환한다.

길드 규약으로는 문제가 있을지도 모르지만, 낮은 랭크의 의뢰를 높은 랭크가 거들어줄 수도 있다고 들었다. 그 반대를 할 뿐이니까 부정은 아니다.

"우리는 돈도 랭크도 필요해. 너희는 안정된 생활이 필요하지. 기브 앤드 테이크야. 뭣하면 B랭크 의뢰의 보수 중 어느 정도는 너희 몫으로 떼어줄 수도 있어."

"B, B랭크 의뢰의 보수를…."

도마뱀 남자가 꿀꺽 침을 삼켰다.

B랭크의 보수는 크다.

당근과 채찍. 때리기만 해선 배신할 수 있다. 이 녀석들에게
도 이익을 준다.

우리와 손을 잡으면 이익이 된다고 생각하게 해야지.

"하지만 한 가지 조건이 있어."

"조, 조건?"

"그래, '데드엔드'의 소문을 퍼뜨리는 거야."

"퍼뜨리다니… 모르는 녀석은 없는데?"

그렇겠지.

"좋은 소문 말이야. 우리가 착한 녀석이라고, 거짓말이든 뭐
든 좋으니까 선전해. 뭣하면 너희가 F랭크의 일을 하고 '데드엔
드'라고 말해도 좋아."

"왜, 왜 그런 짓을…?"

왜냐고? 루이젤드의 과거를 길게 떠들면 믿어 줄까?

아니, 무리겠지. 이 녀석은 방금 전에 눈앞에서 루이젤드에게
동료를 잃었다.

별로 좋은 동료는 아니었던 모양이지만, 이 녀석의 머릿속에
스펠드족이 무섭다는 감정이 각인되었다.

"모르는 편이 좋은 일도 있는 법이야."

"…아, 알았어."

적당히 말했을 뿐인데 알아들었나 보다.

"우리는 너희 이름을 퍼뜨리면 되는 거지?"

"그래. 물론 안 좋은 상황에선 쓰지 마라? 우리 중에는 땅 끝까지라도 쫓아가는 녀석이 있으니까."

남자는 루이젤드 쪽을 보고 고개를 끄덕였다.

"우리 뱅크가 오를 때까지 친하게 지내자고."

"그, 그래."

"내일 아침, 모험가 길드에서 집합이다. 늦지 마라."

나는 그의 등을 한 대 짝 하고 때렸다.

일단 여자 쪽도 심문해서 남자가 했던 말을 확인했다.

그들은 애완동물 수색의 전문가로, 예전부터 그런 일을 생업으로 삼았던 모양이다.

어느 날 분명히 미아로 보이는 동물을 보호했다가, 혹시 미리 확보해 놓으면 찾는 수고가 줄지 않겠냐는 데에 생각이 미쳤다.

그리고 그게 점점 더 나아가서 애완동물 유괴라는 방향이 되었던 것이다.

처음에는 둘이서 자잘하게 했는데, 어느 날 동물을 붙잡았다가 남자 A에게 들켰다.

남자 A는 경호를 해주겠노라면서 억지로 파티에 들어오더니 그대로 리더 행세를 하며 사업을 확장시켰다고 했다. 수고비라면서 여자를 침대로 끌어들이고, 자기 몫도 많이 떼어갔다는 이야기였다.

그러니까 그 녀석을 죽인 건 별로 원망하지 않는다고 했다. 적어도 여자 쪽은.

정말로 운이 좋았다.

참고로 도마뱀 남자의 이름은 재릴. 벌레 여자의 이름은 베스켈이라고 했다.

나는 그들과 간단히 이야기를 마치고 수갑을 풀어 주었다.

고양이를 데리고 건물에서 나오자 루이젤드가 노려보았다.

"어이, 그게 뭐냐!"

"뭐냐니, 뭐가 말인가요?"

루이젤드에게 멱살을 잡혀서 허공에 떠올랐다.

"시치미 떼지 마! 그 녀석들은 악당이다! 그런데 손을 잡는다고?!"

루이젤드는 진짜로 화내고 있었다.

진짜로 얼굴이 무섭다. 그 얼굴에 이 녀석이 방금 전에 사람을 죽였다는 게 떠올랐다.

"부, 분명히 악당이지만 쪼잔한 악당이에요. 그들은 그렇게 못된 짓을 하지 않았어요."

"악행에 크고 작은 건 없다. 악당은 악당이다!"

이렇게 될 건 알고 있었다. 그런데 왠지 다리가 떨렸다.

목소리가 떨렸다. 눈시울에 눈물이 맺혔다.

"하, 하지만, 이 생각은 일석이조…."

"…그게 뭐가 어쨌다고!"

루이젤드는 납득할 수 없는 모양이었다.

이런. 공포로 머리가 돌질 않는다. 딱딱 부딪치는 이빨 소리만이 내 머리를 지배했다.

"악당은 배신한다!"

루이젤드가 노려보면서 소리쳤다.

배신. 그 가능성은 고려하였다.

하지만 놈들에게도 이득이 있는 이야기다. 꽤나 위협했으니까 당분간은 괜찮겠지.

"그런 놈들과 손을 잡다니, 무슨 생각이지!"

그 말에 망설였다.

그래. 꼭 손을 잡을 필요도 없었다.

시간을 더 들이면 된다. 돈이 부족해질 것 같거든 평원에 나가서 마물을 사냥하며 조금씩 의뢰를 받고 차근차근 랭크를 올리면 된다.

그래도 된다. 꼭 그런 놈들을 쓰지 않아도 어떻게든 된다.

살짝 돌아갈 뿐. 그것뿐이다.

역시 그만둘까? 지금 당장 돌아가서 그놈들을 다 죽여 버려? 피바다에서 렛츠 해수욕?

고민스러웠다. 나는 옳은 판단을 했을까?

"루이젤드!"

고민을 중단한 것은 고함소리였다.

귓가를 때리는 소리와 함께 루이젤드의 몸이 흔들렸다.

"루데우스한테서 손 떼!"

에리스가 루이젤드의 엉덩이를 걷어차고 있었다. 몇 번이고, 몇 번이고.

"뭐가 불만이야!"

에리스의 고함소리가 고막을 찌르르 뒤흔들었다.

주위 사람들이 무슨 일인가 하고 쳐다보았다.

"악당과 손을 잡는 게 내키지 않는다."

"내키지 않는다는 이유만으로 불평해?! 전부 나랑 널 위해서 그러는 거야!"

루이젤드가 눈을 치떴다. 내 몸이 쿵 하고 지면에 떨어졌다.

그러자 에리스도 걷어차는 걸 그만두었지만, 고함을 지르는 건 멈추지 않았다.

"애초에 동물을 유괴한 정도가 뭐 어쨌다고!"

"그게 아니다. 어린애를 걷어차는 녀석은…."

"걷어차는 정도는 나도 할 수 있어!"

"…하지만 악은 악이다."

"너도 옛날에 못된 짓 많이 했잖아?!"

루이젤드가 경악했다.

에리스 씨. 편들어 주는 건 기쁘지만요, 너무 그런 핵심적인 부분을 헤집는 건 좋지 않거든요?

"루데우스는 대단하니까! 맡겨두면 다 잘 풀릴 테니까! 그러니까 조용히 따라!"

"……."

"싫은 일이 좀 있었다고 불평하지 마!"

"아니."

"불평할 거면 돌아가! 나랑 루데우스 둘이서도 할 수 있으니까!"

에리스의 필사적인 표정에 루이젤드는 눈에 띄게 허둥거렸다.

"…알았다. 미안하다."

결국 루이젤드는 내게 사과했다.

에리스의 기백에 눌린 느낌이었다.

결코 납득하진 않았겠지.

"아, 아뇨, 괜찮아요…."

그렇기는 해도 허들이 꽤나 올라간 느낌이었다.

고민 중이라고는 말할 수 없는 분위기였다. 그놈들과 손을 잡는 건 경솔했을지도 모른다.

하지만 이렇게 되니 의견을 바꿀 수 없어졌다. 불안하긴 하지만 이제 할 수밖에 없다.

처음에 명안이라고 생각했던 스스로를 믿을 수밖에 없다.

나 자신만큼 못 믿을 것도 없지만….

고양이를 돌려주자, 의뢰주 메이셀은 크게 기뻐했다.

그녀는 고양이를 본 순간 달려와서 꼭 껴안고 눈물을 흘렸다.

그렇게나 소중히 여겼던 거겠지. 고양이도 얌전한 모습이었다. 고양이라기보다는 흑표범이지만.

"고마워! 저기! 이거!"

그러면서 루이젤드에게 건넨 것은 금속으로 된 카드였다. 표면에는 의뢰 넘버 같은 것과 '완료'라는 글자가 적혀 있었다.

"이건?"

"모험가인데 몰라?!"

소녀는 믿기지 않는다는 얼굴을 하였다.

가, 가르쳐 주는 걸 허가해 줄 수도 있으니까.

"괘, 괜찮다면 가르쳐 주세요."

"있잖아, 이걸 모험가 길드에 가져가면 돈이랑 교환해 준대. 처음에는 완료가 아니야! 하지만 아무것도 없는 데에 손가락을 올리고 완료라고 말하면 그렇게 돼!"

의역 '카드에 손가락을 올리고 완료라고 말하면 카드가 완료 상태가 된다.'

과연. 도난 대책인가. 아니, 하지만 혹시나 다른 사람이 말해도 완료 상태가 되는 거 아닌가?

카드만 훔쳐서 완료하고 돈을 받는다….

아니, 금방 들키겠지. 대비도 했겠고.

"하지만 처음부터 완료라고 되어 있는 것 같은데?"

보통은 의뢰를 완료하는 동시에 카드를 완료 상태로 하지 않을까?

"응! 루이젤드라면 분명 어떻게든 해 줄 테니까 미리 완료로 해 놨어!"

어머나. 이 애 참 귀엽다. 믿는 소녀는 아름다워!

루이젤드는 소녀의 머리를 쓰다듬었다.

"그래…. 믿어 주었군. 고맙다."

"아냐! 아마 중에도 좋은 사람이 있다는 걸 알았으니까!"

악마라는 말을 듣고 루이젤드의 얼굴이 순간 얼어붙는 듯했다.

마음은 알겠지만, 당신의 지금 평판은 대충 그렇습니다.

"그럼 아가씨, '데드엔드'의 루이젤드를 잊지 마시길."

"응! 또 없어지면 부탁할게!"

소녀의 말에 나는 살짝 가슴이 아파왔다.

모험가 길드로 돌아갈 무렵에는 이미 완전히 해가 지고 있었다. 매번 이렇다면 금방 파산이다.

"뭐지! 어이, 그놈들이 돌아왔어!"

"어이, 잃어버린 애완동물은 찾은 거냐?!"

건물에 들어가자 말 머리 녀석이 시비를 걸어왔다. 미노타우루스 비슷하지만 머리가 말. 아주 특징적이라서 기억하고 있었다.

그보다 이 녀석은 계속 길드 안에 있었나?

"어라? 오늘 아침에 봤던 말 머리…. 오늘은 일 없습니까?"

이 사람, 조금 껄끄럽단 말이지. 예전에 날 괴롭혔던 녀석이랑 느낌이 비슷해.

뭐라고 해야 할까, 지금부터 이 녀석을 괴롭힐 테니까 다들 참가해~ 라고 하는 듯해서.

"뭐, 뭐야? 갑자기 정중한 말이나 쓰고 기분 나쁘게…."

어차, 이런. 연기를 잊고 있었다. 얼버무려야지.

"충고를 해 준 선배에게 경의를 표하는 게 당연하지 않습니까?"

"어, 어어, 그런가?"

말 머리는 그 말에 좋아했다. 이 자식, 단순하네.

"덕분에 의뢰도 무사히 달성할 수 있었어요."

"뭐?"

완료라고 적힌 카드를 살랑살랑 흔들자, 말 머리는 진짜로 감탄하는 모습이었다.

"대단한데, 이 도시에서 애완동물을 찾는 건 좀처럼 어려울 텐데?"

그도 그렇겠지. 행방불명 된 이유가 인위적인 거였으니까.

"뭐, '데드엔드'의 루이젤드라면 간단하지요."

"허어…. 가짜 주제에 제법이잖아."

"진짜라고 했잖아!"

마지막에는 연기를 좀 하고 카운터로 향했다. 직원에게 완료카드와 세 사람의 보험가 카드를 내밀자, 잠시 뒤에 모험가 카드와 백 엔 같은 싸구려 동전 하나가 돌아왔다.

돌아와 보니 말 머리가 루이젤드에게 말을 걸고 있었다.

"여어, 어떻게 찾아어? 참고로 삼게 좀 가르쳐 줘 봐."

"사냥의 추적술을 이용했을 뿐이다."

"사냥이라! 너는 무슨 부족이었길래?"

"…스펠드족이다."

"아니, 그 펜던트를 보니 대충 알겠군."

말 머리 남자의 눈은 루이젤드의 가슴팍, 록시의 펜던트를 향하고 있었다.

"나는 노코파라. C랭크야."

"루이젤드다. F랭크다."

"F인 건 안다니까! 뭐, 모르는 게 있거든 뭐든지 물어봐. 선배로서 뭐든지 가르쳐 줄 테니까! 와하하하!"

루이젤드와 말 머리는 즐겁게 대화를 나누었다. 미움 받기 일쑤인 루이젤드가 남과 이야기를 나눈다는 건 좋은 일이지만, 괜한 소리를 하거나 갑작스럽게 화를 내며 공격하지나 않을지 걱정이다. 특히나 어린애 관련해서는 언급하지 말아줬으면 싶다.

걱정이라고 하자면 옆에 앉은 에리스도 걱정이었다. 그녀에게도 이따금씩 말을 붙이는 녀석이 있는 모양인데, 말을 모르니까 대답을 하질 않았다.

"저기, 너 그 검 좋네. 어디서 입수했어?"

"……"

"아니! 무슨 말이든 좀 해 봐."

여전사 하나가 그녀의 무시에 화를 내는 게 보였다.

"무슨 일인가요?"

다급히 사이에 끼어들자 여전사는 "흥, 아무것도 아냐."라고 말하고 가 버렸다.

대신 노코파라가 말을 붙여왔다.

"어이, 꼬맹이, 보수는 확실히 받았냐?"

"예, 고철전 한 닢. 우리의 첫 벌이네요."

"하하, 역시나 얼마 안 되는군."

"어린 소녀의 얼마 안 되는 용돈을 그렇게 말하면 안 되죠."

"푼돈은 푼돈이지."

"금액은 그렇겠죠."

그 어린 소녀가 고양이를 찾기 위해 저금통을 깼다. 그런 광경을 그려 보면 고철전 한 닢이라는 금액이 싸지 않다는 걸 알 수 있겠지.

"당신은 이 가치를 모르겠죠. 저기로 가세요, 쉿쉿."

"뭐야, 차갑게스리. 뭐, 열심히 해 봐라."

노코파라는 손을 흔들면서 길드를 어슬렁대기 시작했다. 이 녀석은 무슨 일을 하는 거지…?

아무튼 이렇게 우리는 첫 의뢰를 마쳤다.

제11화 순조로운 출발

다음날 모험가 길드에 얼굴을 내밀자 도마뱀 남자가 말을 걸었다.

"아, 안녕하세요. 랭크업은 마쳐났습니다."

순간 이 녀석이 누군가 싶었는데, 옆에 벌레 같은 눈을 가진 여자가 서 있었기에 간신히 어제 본 애완동물 유괴범인 걸 깨달았다.

분명히 재릴과 베스켈이었던가. 아무래도 얼굴을 구별하기 어려웠다. 도마뱀 얼굴은 이 도시에 제법 많고, 어제는 별 특색도 없는 옷을 입고 있었는데 오늘은 모험가답게 가죽갑옷을 입은 탓도 있겠지.

양쪽 다 별다를 것 없는 평범한 복장이지만, 그 인상은 확 바뀌었다.

"아, 재릴 씨. 수고하셨습니다."

"왜, 왠지 그 말투, 기분 나쁜데…."

"경어입니다. 안 됩니까?"

"아, 아니."

힐끗 노려보자 재릴은 시선을 돌렸다.

"베스켈 씨도 오늘부터 잘 부탁드립니다."

"아… 예."

베스켈은 여전히 루이젤드를 무서워했다. 루이젤드는 여전히 그들을 노려보고 있으니 어쩔 수 없지.

"그럼 안으로 들어갈까요."

"어, 어어."

재릴은 불안해하면서도 내 말에 고개를 끄덕였다.

모험가 길드에 들어가자 재빨리 우리를 발견한 말 머리가 다가왔다.

"여어!"

"…안녕하세요."

이 녀석, 오늘도 길드에 있나…. 정말로 무슨 일을 하는 거지?

"어어, 오늘은 '피 헌터'와 함께인가."

"여, 여어, 노코파라. 오래간만이야."

아무래도 말 머리와 도마뱀 남자는 구면인 모양이었다.

"여어, 오래간만. 소문 들었어, 재릴. 랭크를 C로 올렸다면서? 괜찮아? C랭크면 애완동물 찾기가 없을 텐데?"

노코파라라는 그렇게 말하더니 우리와 재릴을 교대로 보았다. 그리고 히힝 소리 내어 한 차례 울었다.

"아하, 어쩐지 일찍 찾아온다 했어. 어제 의뢰 '피 헌터'가 도와준 거로군?"

피 헌터는 두 사람의 파티명인 모양이다. 그래, 딱 좋군.

"그렇게 됐어요! 어제 찾는 도중에 알게 되었지요! 노하우를 알려준다고 하네요!"

그런 거짓말을 적당히 떠들었다.

"하하, 겁쟁이 재릴도 드디어 제자를 두었나! 게다가 가짜 스펠드족, 푸후후…!"

딱 좋게 착각해 주었다. 간단하군. 말 머리는 한바탕 웃은 뒤에 재릴의 뒤를 보았다.

"그러고 보면 로우먼이 안 보이네. 어디 갔어?"

"어, 어어…. 로우먼은… 죽었어."

"그래. 그거 아쉽군."

로우먼이라는 건 어제 루이젤드가 죽인 사람의 이름인 모양이다.

그 녀석이 죽었다는 말에도 노코파라는 가볍게 넘길 뿐이었다.

모험가 사이에서는 사람이 죽는 게 그리 대단한 사건이 아닐지도 모른다. 신경을 쓰는 건 나뿐일까. 그러고 보면 재릴과 베스켈도 로우먼을 죽인 것에 대해서는 별로 개의치 않는 느낌이었다.

"하지만 로우먼이 죽었는데 왜 랭크를 올렸어? 너희 파티에선 그 녀석이 제일 셌잖아?"

"그, 그건…."

재릴이 나를 힐끗 보는 것을 보고 노코파라는 히힝, 아니, 하항 소리를 내며 끄덕였다.

"아하, 알았어. 말 안 해도 돼. 그래, 제자 앞에서는 조금이라도 잘난 척하고 싶은 거로군."

노코파라는 혼자서 멋대로 납득하더니 재릴의 등을 팡팡 두들기고 길드 안으로 돌아갔다. 재릴은 살짝 숨을 돌렸다.

하지만 저 녀석은 대체 뭐지? 꼬박꼬박 저렇게 말을 붙이고. 혹시 나를 좋아하나? 아니, 저 녀석의 눈은 루이젤드를 보고 있었다. 즉 호모…는 아닌가.

"자, 의뢰를 보러 갈까요."

길드에 들어가자 신기하다는 눈으로 우리를 바라보는 녀석도 있었다.

지금은 무시다. 일단 제자처럼 행동하는 편이 나으리라는 생각에 이것저것 물으면서 재릴과 함께 D~B쪽 의뢰를 보았다.

"채취와 수집은 어떻게 다른가요?"

"어? 어, 어어. 채취는 식물이 상대고, 수집은 마물 상대가 많을까…."

재릴 선배의 애매모호한 대답. 하지만 분명히 그런 느낌이었다.

생물이 상대라면 수집, 그게 아니라면 채취…라.

"아, 그렇지, 루이젤드 씨."

"뭐지?"

"미안한데요, 한동안은 돈을 모으면서 랭크를 올릴까 해요."

"…왜 나한테 말하지?"

"저번에 말한 그게 나중으로 미뤄지니까요."

재릴과 베스켈에게는 이름을 팔라고 일러뒀지만, 별로 기대는 하지 않았다.

정중한 태도로 의뢰를 받도록 하는 작전도 생각했지만, 기본적으로 이 녀석들의 행동에는 노터치로 갈 작정이다.

노터치라면 그들이 무슨 짓을 하든지 모르는 척 밀고 나간다. 혹시 가령 그들의 범죄행위가 발견되더라도, 혹시 그들이 그걸 루이젤드가 시킨 거라고 주장해도 모험가 랭크는 그쪽이 압도적으로 위고, 루이젤드는 이미 가짜라고 알려졌다. 그들이 비웃음을 살 뿐이다.

"그렇군, 알았다."

루이젤드의 승낙을 받고서 나는 재릴과 상담하면서 몇몇 의뢰를 받았다.

문지기에게 인사를 하고 시외로 나갔다.

이 도시의 주변에는 팩스 코요테, 애시드 울프, 그레이트 토터스, 자이언트 록 터틀 등이 사냥감일 듯하다.

팩스 코요테에게서는 모피, 애시드 울프에게서는 이빨과 꼬리, 그레이트 토터스에게서는 고기, 자이언트 록 터틀에게서는 마석을 얻을 수 있다.

아무튼 이번에 그레이트 토터스는 무시. 고기는 무거우니까.

제일가는 목표는 자이언트 록 터틀이다. 마석은 작아도 제법 괜찮은 가격에 팔 수 있다. 크기 대비 가격 효율이 좋다. 하지만 자이언트 록 터틀은 숫자가 적고 마을 근처에 없었다.

결과적으로 무리 짓고 다니며 전투 한 번으로 많이 사냥할 수 있는 팩스 코요테가 중심이 되는데, 이번에 내가 받은 의뢰도 팩스 코요테의 모피 수집이었다.

물론 한 번에 몇 마리를 사냥한다는 정도다. 탐색과 해체에 드는 시간을 생각하면 애시드 울프도 별 차이 없기에 애시드 울프도 보는 대로 사냥할 생각이었다.

이쪽은 의뢰를 받지 않았지만, 수집은 의뢰를 받기 전에 현물을 모아놔도 된다.

나중에 의뢰를 받거든 매입 카운터에 가져가기만 하면 된다.

팩스 코요테 떼는 많아도 기껏해야 열 마리.

탐색과 해체 시간을 생각하면 하루에 사냥할 수 있는 숫자는 그리 많지 않을 거란 게 당초 생각이었다.

처음에 마주친 팩스 코요테 떼를 해치우고 그 모피를 벗겨내자, 루이젤드는 사체를 한 곳에 모았다. 뭘 하는 건가 의문스럽게 생각했는데.

"바람 마술로 피 냄새를 날릴 수 있나?"

그 말에 납득하였다. 피 냄새로 유인하는 거로군. 시키는 대로 바람 마술로 풍향을 이리저리 바꾸었다.

"자이언트 록 터틀은 못 잡지만, 주위의 팩스 코요테가 모여들 거다."

그 말대로 되었다.

그 날 우리는 100마리 이상의 팩스 코요테를 사냥했다. 이 부근의 팩스 코요테를 싹 다 잡은 게 아닐까 싶을 정도였다.

하지만 고생이었다.

모여든 팩스 코요테들을 계속 사냥하는 루이젤드와 에리스.

그리고 그저 계속해서 사체에서 가죽을 벗겨내는 나.

중노동이었다. 서른 마리가 넘었을 즈음부터 내 팔은 납덩이처럼 무거워졌다. 어깨가 아파오고 피 냄새 때문에 토할 것 같았다. 쓰러뜨린 순간 보석으로 변신하는 식이면 얼마나 좋을까 생각하면서 간신히 버텼지만, 70마리 정도에서 한계가 왔다.

에리스와 교대.

팩스 코요테를 마술로 죽이는 작업은 해체보다 훨씬 편했다. 터뜨리거나 모피에 필요 이상의 흠이 생기지 않도록 마술의 위력을 조금씩 조정하면서 한 마리씩 조심스럽게 죽였다.

역시 나는 이런 두뇌노동 쪽이 좋다고 생각한 찰나, 에리스가 서른 마리 정도에서 두 손 들었다.

역시 그녀는 어깨가 뭉치는 작업이 별로인 모양이었다. 다음에는 루이젤드가 해체해야 하나 생각했지만, 이미 충분할 정도의 모피가 손에 들어왔다. 단번에 다 옮길 수가 없어서 왕복하며 나르게 되었다.

"잠깐. 그 전에 사체에 불을 질러라."

옮기기 전에 루이젤드가 그렇게 말했다.

"불을요? 먹을 건가요?"

"아니, 팩스 코요테는 맛이 없다. 태워서 묻기만 하면 된다."

사체를 방치하면 다른 마물이 먹고서 늘어난다. 단순히 태우기만 해서는 다른 마물이 먹을 테니, 사체를 그대로 땅속 깊이 묻으면 좀비 코요테로 부활한다는 모양이다.

그걸 막기 위해서 태워서 묻는다는 수순을 밟을 필요가 있다나.

모피만 깨끗이 벗긴다 → 일부러 좀비 코요테를 만든다 → 길드에서 토벌 의뢰가 나온다 → 토벌.

이런 황금 연대를 떠올렸지만, 루이젤드가 반대했다. 일부러 마물을 늘리는 행위는 금기라는 모양이다. 그런 로컬 룰은 어디에 좀 써붙여 줬으면 좋겠다.

"하지만 여행 도중에는 그런 짓을 하지 않았던가요?"

"몇 마리 정도라면 문제 없다."

그런가 보다. 어느 정도가 기준인지는 모르지만, 이 정도 되는 사체는 돌림병의 원인이 될지도 모르니까. 딱히 거절할 이유도 없어서 나는 사체를 싸그리 재로 만들어 버렸다.

모든 걸 다 운반했을 무렵에는 해가 지기 시작했다.

오늘 사냥은 이걸로 끝이다. 열심히 일했지. 얼른 숙소로 돌아가서 쉬고 싶었다.

하지만 그렇게 오랫동안 계속되는 해체 작업을 내일도 하는 건가. 내일은 느긋하게 쉬고 싶은데….

"오늘은 많이 벌었네! 내일도 이런 기세로 하자!"

에리스는 쌩쌩했다. 그런 에리스의 앞에서 약한 소리를 할 수도 없지.

사흘 뒤 데드엔드는 벌써부터 E랭크로 올랐다.

"수고하셨습니다."

재릴에게 치하의 말을 건네면서 오늘 사냥으로 번 돈의 1할을 그들에게 건넸다.

"고, 고마워."

1할. 결코 많다고 할 수 없는 금액이었다. 이런 금액으로 그들이 먹고 살 수 있나 싶어서 물어보니 그들은 모험가 일 외에도 이 동네에서 직업이 있다고 했다.

"어떤 일을?"

"애완동물 가게야."

아하, 팔아넘긴 동물을 유괴하나. 그야말로 악덕상인이군.

"너무 못된 짓은 하지 마요."

"알고 있어."

애초에 그가 운영하는 가게는 시내에 있는 주인 없는 동물을 잡아다가 다소 훈련을 시켜서 길들이는 쪽인 모양이다. 그가 속한 루고니아족은 동물을 훈련시키는 게 특기라서 그 조교술은 예로부터 전통으로 이어져 내려오는 것이며, 길가의 들개부터 긍지 높은 수인족의 여전사까지 어떤 상대라도 굴복시킬 수 있다나.

아니, 정말이지 기가 막히는 종족이다 싶었다.

혹시 에리스와 루이젤드가 그 자리에 없었으면 나도 가만히 있지 않았겠지.

꼭 그걸 배우고 싶다고 고개를 숙이면서 제자로 들어갔을 것이다.

뭐, 그건 넘어가고 애완동물 가게는 해로운 동물을 없앤다는 의미도 있는 멋진 일인 모양이다.

"그런 멋진 일이 있는데 왜 동물을 유괴하나요…?"

"처음에는 보호했을 뿐이었어. 그런데 마가 끼어서."

마가 끼고 맛을 들이다 보니 그렇게 되었다는 건가.

"하지만 애완동물 가게랑 모험가를 양립하려면 힘들겠죠?"

"그렇지도 않아. 가게에는 아직 여유가 있으니까."

가게를 여는 건 오후까지, 그리고 밤까지는 의뢰를 처리하는 게 그의 스타일인가 보다.

"뭐, 우리로서는 의뢰만 잘 처리하면 불평 없지만요."

"그건 맡겨줘. 우리도 일단 모험가에 이름을 올린 몸이니까. 데드엔드의 이름도 잘 선전해 줄게."

과연 진짤까.

돈에 다소 여유가 생겨서 평상복과 방어구를 사기로 했다.

일단 적당히 근처 행상에게서 옷을 구입.

에리스는 옷을 금방 골랐다. 그녀는 가볍고 움직이기 편하고 튼튼한 것을 기준으로 삼았기 때문에 별로 멋스러운 느낌이 없는 바지를 냉큼 구입하였다.

상황을 잘 파악한 선택이다 싶었지만, 여자다운 옷도 한 벌 정도 괜찮겠다 싶어서 가게 구석에 있던 핑크색의 하늘거리는 원피스를 권했더니 그녀는 노골적으로 싫은 얼굴을 했다.

"…나더러 저런 걸 입으라고?"

"한 벌 정도는 있어도 좋지 않나요?"

"그럼 루데우스도 남자다운 걸로 사 봐."

그러면서 산적이 입을 만한 모피 조끼를 내게 떠안기려고 했다.

내가 이걸 입으면 에리스가 하늘거리는 원피스를 입는다. 그건 그거대로 괜찮을까 싶어서 순간 고민했지만, 둘이 나란히 선 모습을 상상하고 포기했다.

옷을 산 뒤에는 방어구 가게로 향했다.

지금으로선 에리스도 크게 다치지 않았고, 내가 치유 마술을 쓸 수 있으니까 다소의 부상이라면 금방 낫는다. 그러니까 방어구는 필요 없지 않을까 싶었는데, 루이젤드의 말을 따르면 '네 치유 마술로는 치명상이나 부위 손상을 치료할 수 없고, 에리스는 아직 실전경험이 부족하다. 익숙해져서 방심하다가 치명상을 입는 일도 있다' 라기에 방어구는 필요한 모양이다.

방어구 가게는 제법 그럴싸한 모습이었다.

그렇긴 해도 아슬라에서 본 가게보다 훨씬 멋없는 느낌이었다.

가게에 들어가자 길거리에서 파는 것보다 다소 비싼 물건들이 주르륵 있었다. 행상 쪽이 가격은 싸고 이따금 아주 괜찮은 물건도 있었지만, 제대로 된 가게 쪽이 안정된 품질에 종류도 더 다양했다. 여러 사이즈가 있다는 점도 좋았다. 우리는 어린애 사이즈니까.

"심장을 지키는 방어구니까 가능한 한 좋은 걸…."

지금은 에리스의 가슴바대를 고르고 있다. 여성용 가슴바대는 가슴 사이즈에 따른 종류가 있었다.

"이거면 돼."

에리스는 자기에게 딱 맞는 사이즈의 가죽 가슴바대를 입어 보고 '어때?' 라고 물었다.

가슴을 응시할 수 있는 기회를 놓칠 내가 아니다…. 흠, 성장은 순조로운 모양이군.

"한 치수 큰 걸로 하는 게 좋겠어요."

"왜?"

왜냐고?

"우리는 성장기니까 딱 맞는 걸로 샀다간 금방 안 맞을 테니까요."

그렇게 말하면서 다음 사이즈를 에리스에게 주었다.

"헐렁거리잖아."

"괜찮아요, 괜찮아요."

에리스는 투덜거리면서 각 부위를 지키는 장비를 샀다. 최근 전투 경험으로 그녀도 다치기 쉬운 곳을 알게 되었다. 각종 관절과 급소는 그렇다고 하고 머리는 어떻게 해야 할까. 너무 무거워지면 속도가 죽는다. 그렇다고 해도 머리도 급소다. 뭔가 걸치는 편이 낫겠지.

"이런 투구는 어떨까요?"

세기말 패왕의 동생 같은 풀페이스 헬멧을 제시하자 에리스는 노골적으로 싫은 표정을 하였다.

"멋없어."

일축. 요즘 젊은이는 이런 센스를 모르는 모양이다.

그 뒤에 투구를 몇 개 씨 보았지만, 무겁네, 멋없네, 냄새나네, 시야를 가리네 하는 이유로 결국 터번 같은 것으로 결정을 내렸다. 사이사이에 철판을 넣은 것이었다. 쇠 터번이라고 해야 할까.

참고로 후드는 눈에 띄는 빨간 머리를 숨기기 위해 썼을 뿐이지, 방어구라는 의미는 없었다.

"이 정도겠네. 어때, 루데우스! 모험가로 보여?"

로인에게 받은 커틀라스 같은 검을 허리에 차고 경장비를 갖춘 에리스는 빙그르 돌았다.

솔직히 코스프레 같다. 가슴바대 사이즈가 안 맞는 게 특히나.

"잘 어울리네요, 아가씨. 어디를 어떻게 봐도 역전의 전사예요."

"그래? 우후후."

에리스는 허리에 손을 대고 스스로를 내려다보면서 헤죽헤죽 웃었다. 나는 에리스가 웃는 동안에 장비 일체를 철전 한 닢까지 에누리해서 구입. 장비 일체가 되면 역시나 비싸군.

"다음은 루데우스야!"

"저는 필요 없지 않을까요?"

"안 돼! 로브 사야지! 로브! 마법사다운 걸로!"

자기는 검사고, 소꿉친구 마법사와 함께 모험. 에리스는 그런 모험가를 동경했던 모양이다.

밤에는 잠 못 드는 날도 있는 모양이지만, 낮 동안의 에리스는 실로 뻔뻔했다.

뭐, 좋아. 어울려 줄까.

"아저씨, 제 몸에 맞는 로브가 있나요?"

그렇게 묻자 방어구 가게 주인은 말없이 선반 하나를 열어 주었다.

"호빗용이다."

거기에는 색색의 로브가 있었다. 하나 같이 미묘하게 디자인이 달랐다. 색깔은 다섯 종류. 적색, 황색, 청색, 녹색, 회색. 색들이 꽤나 짙었다.

"색이 다르면 뭐가 다른가요?"

"천에 마물의 털을 넣은 거지. 내성도 약간 붙는다."

"적색은 불, 황색은 흙… 회색은?"

"그냥 천이다."

아하. 그러니까 회색만 반값이군. 다른 색도 조금씩 가격이 달랐다. 소재 문제일까.

"루데우스는 청색이야!"

"글쎄요…."

근거리전이면 폭풍으로 나도 날아갈 수 있고.

적색이나 녹색이 좋을지도 모르겠다. 여우일까, 너구리일까.

"꼬맹아, 무슨 마술을 쓰지?"

"공격 마술을 모든 종류 다 쓸 수 있습니다."

"허어, 대단한데. 어리게 보이는데… 그럼 가격은 조금 나가지만."

아저씨가 그린 말과 함께 꺼내준 것은 조금 진한 회색, 쥐색이라고 해야 할 것이었다.

"매키 랫의 가죽으로 만든 거지."

"○키 마우스?"

"마우스가 아니라 랫이다."

내 두뇌에는 빨간 반바지를 입은 검은 그 녀석이 떠올랐지만 얼른 지워 버렸다.

손에 들어본 느낌으로는 천 같은데, 그런 생물일까.

"여기에는 어떤 효과가?"

"마력내성은 없지만 튼튼하지."

한 번 입어 보았다.

"헐렁하네요. 더 작은 건 없나요?"

"그게 제일 작은 거다."

"어린애용은 없나요?"

"그런 거 없다."

노멀 슈트를 처음 입어본 유도가 같은 대화를 하면서. 뭐, 성장기니까 이거면 좋을지도 모르겠다. 재료도 좋았다. 튼튼하다는 말처럼 방어력도 조금 될 듯했다. 게다가 쥐색이란 것도 좋지. 이름으로 말한다고 하잖아.

"뭐, 이걸로 할까요?"

"마음에 들었나? 고철전 여덟 닢이다."

"그럼 그걸…."

가능한 한 깎아서 고철전 여섯 닢으로 구입했다.

내친 김에 에리스의 것과는 색깔이 다른 터번을 두 개 더 구입. 나와 루이젤드용이다. 여차할 때에 루이젤드의 이마에 있는 보석을 숨길 수 있도록…. 왜 내 것도 샀냐고?

내 것만 없는 건 싫잖아.

우리가 장을 보는 동안, 루이젤드에게는 베스켈을 감시해달라고 했다.

그들을 기대하는 건 아니지만, 그들의 행동에 따라서 우리의 평판이 땅에 떨어질 가능성도 있다. 그래서 루이젤드를 정찰로 보냈는데, '그렇게 걱정이면 처음부터 그런 놈들과 손잡지 않으면 된다' 는 말을 들었다.

옳으신 말씀입니다. 하지만 그 덕분에 금전적으로 여유가 생겼다. 지금으로서는 손해가 아니겠지.

결론부터 말하자면 그들은 착실히 일하는 모양이었다. F랭크의 일을 싫어하지 않고 헌신적으로.

베스켈은 오늘 해충 구제의 의뢰를 받았다.

부엌에 생식하는 기분 나쁜 그걸 퇴치하는 의뢰다.

그녀의 종족은 즈메바족이라고 해서 타액에 독성이 있다. 그 타액에는 유인력이 있어서 타액을 섭취한 벌레는 사망, 혹은 마비되어서 움직일 수 없어지고 즈메바족의 먹이가 된다.

즉 해충 구제는 그녀의 독무대다.

의뢰주는 노파였다.

진짜 성격 삐딱하게 생기고 입을 삐딱하게 다문 노파였다. 루이젤드는 그 노파에게서 조금이라도 마음에 안 들면 쫓아내려는 기운을 느꼈다고 했다.

하지만 베스켈은 딱히 충돌하지도 않고 재빨리 해충을 전멸시켰다는 모양이다. 루이젤드가 확인한 바로는 진짜로 집 안에 한 마리도 남지 않았다나. 그 뒤에 그녀는 집의 틈새를 무슨 실 같은 것으로 메워서 침입 경로를 봉쇄했다.

"고마워, 베스켈. 그것들 때문에 고생했거든."

"아뇨, 무슨 일이 있으면 또 '데드엔드의 루이젤드'에게 맡겨주세요."

"'데드엔드의 루이젤드'? 그게 지금 파티 이름인가?"

"대충 비슷해요."

베스켈은 그런 대화를 하고, 마지막에는 타액으로 만든 미끼를 몇 개 노파에게 준 뒤 헤어졌다.

의뢰 완료. 모험가 길드에서 우리와 만나서 보수를 주고받았다.

"착실하게 일하는 모양이네요."

"…그래."

내 생각 이상으로 그녀의 솜씨는 완벽했다. 노파와도 알던 사이인 모양이고, 애프터케어도 확실했다. 닥치는 대로 흉내만 내는 나보다는 훨씬 이미지가 좋겠지.

"그들은 근본부터 악당인 것도 아닌 모양이에요."

"그렇군."

뭐, 나도 의심했지만… 항상 하던 일에 데드엔드의 이름을 댈 뿐이라면 그들의 부담도 없겠지. 편하게 돈을 번다는 의식을 가져 주는 건 나쁘지 않다.

배신할 가능성도 낮아지니까.

"악행을 했다는 사실은 지워지지 않는다."

"하지만 지금은 노력하고 있어요. 루이젤드 씨와 마찬가지로요."

"음…."

범죄자라고 못된 짓만 하는 건 아니다. 그들도, 나도, 루이젤드도. 하지 말라고 하지도 않았는데 그 뒤로 애완동물 유괴도 하지 않고.

물론 이제 겨우 사흘이다. 악행을 들켜서 죽을 뻔했던 기억이 흐려지기에는 너무 일렀다.

"지금만 얌전한 걸지도 몰라요. 앞으로도 종종 감시하는 편이 좋겠죠."

그렇게 말하자 루이젤드는 눈썹을 찌푸렸다.

"너는… 손을 잡은 상대를 신용하지 않는가?"

"당연하죠. 제가 이 도시에서 신용하는 건 에리스와 루이젤드 씨뿐이에요."

"…그런가."

루이젤드는 내 머리에 손을 뻗으려다가 그만두었다. 나는 루이젤드를 신용하지만, 루이젤드는 나를 이제 신용하지 않는 것처럼 느껴졌다.

뭐, 지금은 그래도 좋아. 내 목적은 에리스와 함께 아슬라 왕국으로 돌아가는 거다. 내친 김에 스펠드족의 명예도 회복하지만, 루이젤드의 신용을 얻는 것은 목적에 없다.

"갈까요."

우리는 여관을 향해 마조석의 불빛 속을 느긋하게 걸어갔다.

모험가 생활의 시작은 순조롭다고 할 수 있었다.

제12화 아이와 전사

3주가 지나고 우리는 D랭크로 올랐다.

그 속도가 제법 빠르다 싶어서 조사해 보았더니, 승격 조건은 다음과 같다는 게 판명되었다.

F→E로는 F급 일을 10번 하든가, E급 일을 다섯 번 연속으로 한다.

E→D로는 F급 일을 50번 하든가, E급 일을 25번 하든가, D급 일을 10번 연속으로 한다.

그 이후로도 숫자만 보면 제법 되지만 비슷한 느낌이었다.

또 실패가 이어지면 강등이 있다. 자기보다 낮은 랭크의 일은 5번 연속 실패하면 강등. 같은 랭크라면 10번 연속 실패로 강등. 자기보다 높은 랭크의 일이라면 실패해도 강등은 없지만, 다섯 번 연속 실패면 더 이상 받을 수 없다.

재릴과 베스켈이 둘이서 매일 F, E랭크의 일을 해 주었으니까 이렇게 간단히 올릴 수 있었다.

현재는 D랭크. 즉 C랭크의 일을 받을 수 있다. C랭크 의뢰는 간단하니까 금방이라도 C랭크로 올라갈 수 있다.

슬슬 두 사람과의 계약을 끊어도 좋을지 모른다. 그들은 더 이상 애완동물 유괴를 하지 않는 모양이지만, 의뢰 교환이 어떤 악영향을 미칠지는 알 수 없었다.

돈도 좀 모였으니 그들과 결별하고 이 도시를 뜨기에 좋은 타이밍일지도 모른다.

하지만 C랭크로 올라갈 때까지는 이용하기로 했다. 지금으로서는 문제없겠고, 안정되게 수입이 들어오는 상황을 포기하는 건 아까웠다. 돈은 많으면 많을수록 좋으니까.

현재 소지금은 녹광전 한 닢, 철전 7닢, 고철전 14닢, 석전 35닢. 석전으로 환산하면 1,875닢.

1,875엔. 전 재산으로도 아슬라 대동화 두 닢이 안 된다.

아니, 다른 대륙의 물가를 생각하는 건 그만두자. C랭크로 올라가는 대로 두 사람과 결별하고 이 도시를 떠나는 방향으로 가자.

그런 가운데 이런 의뢰를 발견했다.

B

● 일 : 정체 모를 마물의 수색, 토벌

● 보수 : 고철전 다섯 닢 (토벌로 철전 두 닢)

● 일의 내용 : 마물의 수색, 토벌

● 장소 : 남쪽 숲 (석화의 숲)

● 기간 : 다음 월말

● 기한 : 조급히

● 의뢰주의 이름 : 행상 벨베로

● 비고 : 숲 안쪽에서 꿈틀대는 그림자를 보았다.
　　　　정체를 밝혀내고 위험하거든 정리해 줘.

나는 재릴과 함께 턱에 손을 대고 고민했다.

정체 모를 마물. 왠지 애매모호한 의뢰다. 사실은 없을지도 모르고, 가령 있다고 해도 어떻게 그 마물이라고 증명하면 좋을까. 하지만 철전 두 닢이라는 보수는 좋았다. 쓰러뜨리지 않아도 고철전 다섯 닢은 나쁘지 않았다.

"이게 마음에 걸리나?"

"보수가 좋긴 한데 왠지 수상해서."

재릴도 그 말에 고개를 끄덕였다.

"이런 의뢰는 보수를 못 받는 경우도 있으니까. 그만두는 편이 나아."

그런 일은 이전에 한 차례 있었다.

그건 2주일 전. 애시드 울프를 모아달라는 의뢰를 받고 평소처럼 애시드 울프의 이빨과 꼬리를 규정대로 모아왔더니 필요한 건 애시드 울프의 전신이었다는 말을 들었다. 의뢰 내용에는 그런 내용이 자세히 적혀 있지 않았지만, 우리는 위약금을 치를 수밖에 없었다.

돌이켜보면 굴욕적인 일이었다.

그렇게 되지 않기 위해서라도 받지 않는 게 좋겠지만… 나는 돈에 눈이 멀었다.

"아, 하지만 철전 두 닢…. 한 번 정도 더 '공부'하는 것도 좋을지도."

"너도 질릴 줄 모르는군."

"이런 경우 위약금은 고철전 다섯 닢 쪽이 적용되겠죠?"

"그래. 괄호 쪽은 특별보수 같은 거니까."

참고로 노코파라가 루이젤드에게 집적대거나 다른 모험가가 에리스에게 집적대는 등 시끄러워서, 두 사람은 밖에서 기다리기로 했다. 베스켈도 모험가 길드에는 얼굴을 내밀지 않았다.

날 막는 사람은 없었다.

"뭐, 석화의 숲이라면 아무것도 없더라도 팔 만한 건 손에 들어올 테니까 너희라면 위약금 정도는 회수할 수 있겠지. 괜찮지 않을까?"

"좋아. 그럼 그쪽도 힘내요."

나중에 돌이켜봐도 이 무렵의 나는 아무래도 판단력이 둔해져 있었다.

익숙해지는 바람에 교만함이 생겨났다. 일이 순조로웠기에 리스크를 경시하였고 조급하게 이익을 추구하였다. 더 잘 판단할 수 있었다고 생각하는 반면 그때는 그 이상 어떻게 할 수 없었다는 생각도 들었다.

석화의 숲.

거리는 리카리스 시에서 꼬박 하루. 가도변에 있는 숲으로, 끝이 뾰족한 뼈 같은 나무가 대량으로 자라서 마치 숲이 석화된 것처럼 보였다.

다음 도시까지 가려면 숲을 통과하는 쪽이 지름길이지만, 아몬드 아나콘다나 엑시큐셔너 같은 B랭크급의 위험한 마물도 서식하기 때문에 여길 통과하는 건 급한 행상인, 그것도 실력 있는 경호원을 여럿 고용했을 때 정도였다.

이 세계에서 숲은 예외 없이 위험하지만, 마대륙의 숲은 각별하게 위험했다.

그런 숲의 입구.

거기에는 세 파티가 모여 있었다.

B랭크 파티 '슈퍼 블레이즈'.

D랭크 파티 '토쿠라브 마을 악동단'.

그리고 D랭크 파티 '데드엔드'.

현재 각 파티의 리더가 얼굴을 맞대고 있었다.

숲 같은 곳의 입구에서 파티가 맞닥뜨리면 일단 이야기를 나누는 게 모험가의 상식이라는 모양이다.

무시하고 싶었지만 숲 안에서 맞닥뜨리는 것도 귀찮으니까 일단 이야기를 나눠보기로 했다.

"어이, 그래서 너희는 뭐야?"

짜증내는 얼굴로 입을 열자마자 그런 말을 한 것은 '슈퍼 블레이즈'의 리더인 블레이즈였다.

본 적이 있는 얼굴이었다. 분명히 첫날에 우리를 비웃었던 돼지다. 어차, 이건 악담이 아니야.

얼굴이 돼지인 것이다. 에리스에게 더러운 시선을 보내던 문지기와 같은 종족이겠지. 종족명이 뭐였더라…. 나는 속으로 오크라고 불렀다.

그들은 다종다양한 종족으로 구성된 6인 파티였다. 마대륙에서 C랭크로 올라가려면 주위 마물을 사냥할 실력이 필요하니까, 전원이 실력이 뒷받침되는 베테랑이겠지.

"우리는 의뢰를 받아 왔어!"

'토쿠라브 마을 악동단' 리더인 쿠르트는 울컥한 얼굴로 말했다.

"우리도 그렇습니다."

'데드엔드'의 리더도 동감이라는 듯이 끄덕였다. 뭐, 내 얘기지만.

D랭크 두 사람의 말을 듣고 블레이즈가 칫 소리 내어 혀를 찼다.

"부킹인가. 왠지 안 좋은 예감이 드는데…."

블레이즈가 짜증스럽게 목덜미를 긁적였다.

"부, 부킹이라는 게 뭐야?"

"뭐?!"

쿠르트가 조심스럽게 묻자 돼지가 갑자기 화를 냈다.

"자자, 진정해요, 진정. 저희는 초심자니까, 가르침을 좀 부탁드리겠습니다."

내가 두 손을 비비면서 굽실대자, 블레이즈는 지면에 퉤 하고 침을 뱉었다.

"같은 시기에 서로 다른 녀석이 의뢰를 냈는데 길드가 그걸 제대로 처리 못 해서 동시에 통과시켜 준 거야."

과연, 더블부킹인가. 의뢰자는 셋, 의뢰가 셋. 각기 다른 거라고 생각했는데 사실은 똑같았다는 느낌인가. 있을 법한 이야기다.

일단 다른 이들의 의뢰 내용을 들어보았다.

블레이즈의 의뢰 '석화의 숲에 출현한 화이트팡 코브라의 토벌'.

쿠르트의 의뢰 '석화의 숲에서 목격된 정체 모를 알의 채취'.

루데우스의 의뢰 '정체 모를 마물의 수색'.

"수색? 어라? D랭크에 그런 의뢰가 있었나?"

쿠르트의 의문에는 물론 대답할 말을 생각해 놓았다.

"C랭크 의뢰입니다. 쿠르트가 길드에서 나간 뒤에 나붙었어요."

"그래…. 그쪽이 좋았으려나…."

투덜대는 쿠르트를 무시하고 나는 생각했다. 의뢰 내용은 서로 조금씩 겹친 듯했다.

일단 이 숲에 화이트팡 코브라는 없는데 토벌 의뢰가 나왔다는 소리는 발견되었다는 뜻이다. 즉 정체 모를 마물도 화이트팡 코브라이고, 정체 모를 알도 화이트팡 코브라의 알일 가능성도 있다.

물론 정체 모를 시리즈가 화이트팡 코브라가 아닐 가능성도 있다.

블레이즈는 더블부킹이라고 단정했지만 아직 이른 판단이었다.

"그렇기는 해도 어떻게 이런 일이?"

"몰라. 가끔씩 있어."

뭐, 그것도 어쩔 수 없나. 컴퓨터 관리도 아니고.

"그래서? 이런 경우는 어떻게 하면?"

"어떻게고 뭐고 있냐. 빠른 놈이 이기는 거지."

블레이즈의 말에 쿠르트가 경악하여 외쳤다.

"어! 너희가 먼저 마물을 쓰러뜨리면 우리 의뢰는 어떻게 되는데!"

"앙? 알의 채취였던가? 알을 찾으면 깨야지. 화이트팡 코브라가 번식이라도 하면 큰일이야."

블레이즈는 쿠르트를 실실 비웃었다.

"어이, 루데우스. 너도 뭐라고 좀 해! 이 녀석들이 먼저 쓰러뜨리면 우리의 의뢰가…!"

쿠르트는 나한테 화살을 돌렸다. 분명히 그들이 먼저 마물을 쓰러뜨리면 우리의 수색 의뢰도 실패….

아니, 우리는 수색이 임무다. 화이트팡 코브라가 있었습니다, 라고 보고하면 그걸로 완료가 될 분위기이긴 하다. 그게 안 된다면 숲에서 마물을 사냥해서 돌아가면 위약금을 치를 수도 있겠지.

"아직 더블 부킹이라고 결정난 건 아니지요? 화이트팡 코브라가 아닌 다른 마물도 있을지 모릅니다."

내가 그렇게 말하자 블레이즈는 짜증스러운 표정을 했다.

"그러니까 같이 찾아보자고? 우리더러 애나 보라는 소리냐?"

그 말에 쿠르트가 발끈했다.

"누가 너희 신세를 지겠다고 말이나 했어?"

"아니, 우리 보호를 받고 싶은 거잖아? D랭크면 이 숲은 벅찰 테니까."

아하, 과연. 우리에 쿠르트네까지 두 파티가 B랭크인 블레이즈의 뒤를 쫄래쫄래 따라다니면서 편하게 의뢰를 달성하는 게 배 아픈가. 블레이즈 쪽의 부담이 늘어날 뿐이니까.

물론 나도 같이 행동하는 건 싫었다. 루이젤드가 창으로 싸우는 모습을 보이고 싶지 않았다. 그는 너무 강하니까 진짜 스펠드족이라고 들킬 가능성도 있다. …여기선 쿠르트의 말에 편승하도록 할까.

"그렇군요. 실로 불쾌합니다. 도우미 같은 건 필요 없습니다. '데드엔드'는 단독으로 행동하도록 하겠습니다."

나는 일방적으로 그렇게 말하고 대화의 자리에서 물러났다.

루이젤드와 에리스에게로 돌아왔다.

"무슨 일이야?"

기다리다가 지친 눈치로 에리스가 물었다.

"의뢰 내용이 겹쳤습니다."

"그럼 어떻게 해? 양보하는 거야?"

"설마요, 선착순이지요."

"그래, 팔이 근질거리네."

에리스는 의욕이 넘치는 눈치였다. 그녀는 최근 모험가답지 않은 사냥에 싫증이 난 눈치였다. 그건 완전히 '작업'이니까.

그러는 사이에 블레이즈와 쿠르트도 이야기를 마친 모양인지, 쿠르트는 남은 둘에게 짧게 말하고 숲으로 들어갔다. '슈퍼 블레이즈'도 그들과 다른 방향으로 들어갔다.

"그럼 우리는 어떻게 해?"

"그렇군요. 평소처럼 루이젤드가 수색을 맡아서 문제의 정체모를 마물이란 것을 찾는 방향으로 갈까요?"

그렇게 제안했지만 루이젤드가 고개를 내저었다.

"잠깐."

"왜 그러나요?"

"저 애들 셋이 걱정된다."

애들 셋. 악동단을 말하겠지.

"그들의 실력으로는 이 숲에서 살아남을 수 없다."

"그 말은?"

"도와주자."

그런 건가 보다.

"…하지만 같이 행동하다간 스펠드족이라고 들켜요."

"괜찮다."

내가 괜찮지 않은데요.

"스펠드족이라고 들키면 일이 많이 귀찮아져요."

"그럼 그들이 죽게 내버려두란 말인가?"

"그런 말은 아니에요. 뒤에서 쫓아가다가 여차하면 도와주죠."

어쩔 수 없지. 작전 변경이다. 철전 두 닢은 포기하고 은혜를 팔아두기로 하자.

하지만 안이하게 도와줘도 괜찮을까? 마물에게 습격받는 순간을 도와주면 스펠드족이라고 들킬 가능성이 커진다. 우리가 목숨을 구해 줘도 편견어린 눈을 하지는 않았으면 싶은데… 하지만 데드엔드의 존재는 마대륙에서 특별하다.

어떻게 될지 모른다.

여차하면 재릴의 경우처럼 동료로 끌어넣는 방향으로 갈까….

그런고로 쿠르트 일행을 미행하기로 했다.

의기양양하게 숲 안으로 들어가는 쿠르트 일행을 보고 루이젤드는 눈썹을 찌푸렸다.

"왜 그러나요?"

"저 녀석들, 숲에 처음 들어가는 건가?"

"글쎄요, 저는 모르겠는데요."

"너무 안일하군."

그런 걱정대로 쿠르트 일행은 적을 탐지할 수 없어서 엑시큐셔너와 딱 맞닥뜨렸다.

엑시큐셔너는 인간형의 마물로, 생전에 모험가였던 자의 좀비다.

그런 좀비가 왜인지 거대한 검과 두꺼운 전신 갑옷으로 무장하고 있었다.

갑옷이 무거운 만큼 움직임은 그리 빠르지 않지만, 일단 터프하고 검술을 쓸 줄 안다.

기본적으로 혼자 다니고 그렇게 큰 사이즈도 아닌데 랭크 B.

강적이다.

더군다나 검과 방패는 죽으면 소멸하기 때문에 돈도 안 된다.

그런 마물과 마주친 쿠르트 일행은 그 즉시 전력도주.

"도우러 간다!"

"아뇨, 아직이에요."

튀어나가려는 루이젤드를 나는 제지했다.

"왜지!"

"아직 위기가 아닙니다."

엑시큐셔너는 갑옷 차림과 어울리지 않게 재빠르지만, 그래도 전력으로 도망치는 쿠르트 일행을 쫓아갈 정도는 아니었다.

차츰 거리가 벌어져서 그대로 가면 따돌릴 수 있으려나 싶은 때에 쿠르트 일행의 운이 바닥났다.

그들이 도망친 곳에 있던 것은 아몬드 아나콘다.

3~5마리 정도로 무리짓는 마물로, 몸에 아몬드 같은 무늬가 있다. 길이는 3미터 정도. 이빨에는 강력한 독이 있고 움직임도 민첩. 터프하고 숫자도 많기에 B. 강적이다.

석화의 숲을 대표하는, 만나고 싶지 않은 마물 톱 3에게 둘러싸인 쿠르트 일행은 우는 건지 웃는 건지 모를 얼굴을 하였다.

아마도 강한 적과 마주쳐도 도망치면 되겠거니 생각했겠지. 실제로 엑시큐셔너에게서 도망칠 수 있을 듯했다.

이렇게 된 것은 그들의 생각이 부족했기 때문이다. 실력에 맞는 장소가 아니니까 포기하면 좋았을 것. 하지만 더 어려운 곳에 도전하고 싶다는 마음은 이해한다.

"도우러 간다!"

"아뇨, 조금만 더 기다려요."

당장 도우러 가려는 루이젤드를 제지했다.

아슬아슬한 위기 상황을 연출한다. 위기가 되면 될수록 더욱 큰 은혜를 지워줄 수 있다.

잔뜩 다쳤을 때 치유 마술을 걸면 된다. 크크크, 내 작전은 완벽했다.

"아!"

에리스의 외침. 몸이 두 동강 나서 하늘을 나는 새 소년.

일격이었다.

그는 엑시큐셔너의 공격을 버텨낼 수 없어서 일격에 즉사했다.

내 사악한 미소가 굳었다. 그리고 내 착각을 깨달았다. 그들은 이미 아슬아슬한 위기였다. 생각이 짧은 건 내 쪽이었다.

"그러니까 말했잖아!"

루이젤드의 짜증 어린 목소리.

내가 즉각 '스톤 캐논'을 엑시큐셔너에게 날리는 동시에 루이젤드와 에리스도 튀어나갔다.

내 마술을 맞고도 엑시큐셔너는 살아 있었다. 스톤 투렌트를 일격에 해치운 스톤 캐논을 맞고도 서 있었다.

너무 단단하다고 생각했지만, 잘 보니 오른손만이 날아간 모습이었다. 너무 당황하는 바람에 조준이 빗나갔던 것이다. 그놈은 왼손으로 검을 주워서 이쪽을 향해 달려왔다.

멀리서 보고 느린 줄 알았는데, 이렇게 달려오는 모습은 무거워 보이는 외견에서 상상도 할 수 없을 정도로 빨랐다.

나는 냉정하게 녀석의 발치에 부드러운 진흙탕을 설치했다. 한쪽 다리가 푹 빠져서 앞으로 쓰러지는 엑시큐셔너.

그 머리 위에 거대한 바위를 만들어서 기세 좋게 찍어 버렸다.

그 무렵 루이젤느와 에리스도 아몬드 아나콘다를 전멸시키고 있었다.

그 뒤 쿠르트는 새파란 얼굴로 덜덜 떨면서도 거듭 우리에게 고개를 숙였다.

"…헉헉…. 진짜… 헉헉… 고마워, 너, 너희들, 가…강하구나…."

바위에 깔린 엑시큐셔너. 머리가 깨끗하게 잘려서 죽은 아몬드 아나콘다. 이 정도라면 간단하다. 간단한데도 구해낼 수 없었다.

"아니, 돕는 게 늦어서… 미안해."

쿠르트의 눈에는 동경의 빛이 깃들기 시작했다.

나는 가슴이 아파 와서 시선을 돌렸다. 그렇게 돌린 곳에는 몸이 반으로 갈라져서 죽은 소년이 있었다. 부리가 달린 얼굴. 분명히 가블린인가 하는 이름이었던가. 내가 괜한 생각을 하지 않았으면 죽을 일 없었겠지.

그렇게 생각하는데 루이젤드가 내 멱살을 잡았다. 그는 사체를 턱짓하면서 말했다.

"저건 네 탓이다."

사정없이 내 마음을 후볐다.

"예…."

"세 명 다 살릴 수 있었다!"

알고 있다. 알고 있어. 나도 이럴 생각은 없었어.

그저 답답한 마음뿐이었다. 이런 결과를 바란 게 아니었다.

반성이라면 하고 있다. 후회도 하고 있다. 그런데 왜 이런 책망을 들어야 하는 걸까.

"나도 열심히 하고 있어! 제일 큰 성과를 낼 타이밍을 노렸어! 왜 그렇게 꾸지람을 들어야 하는데!"

"죽었으니까!"

정확한 대답이 돌아왔다.

"크으…."

뭐라 돌려줄 말이 없었다. 내가 죽인 거나 마찬가지였다.

"……."

에리스도 오늘은 말이 없었다.

그녀도 생각하는 바가 있는지 가블린의 사체를 조용히 지켜보았다.

이미 나로서는 할 말이 없었다. 나는 실패하였다. 인간의 생사가 걸린 장면에서 내 이익을 우선하다가 때를 놓쳐 버렸다.

"어, 어이, 싸우지들 마."

결국 쿠르트가 싸움을 멈췄다.

"너는 관계없어. 이 녀석 문제다."

루이젤드는 무시하려고 했지만 쿠르트도 물러나지 않았다.

"관계없지만 알아. 우리가 싸우는 걸 보고 도울지 말지로 의견이 갈라진 거지?!"

아니. 실제로는 갈라진 게 아니라 내가 독단으로 무시하는 꼴이 된 거야.

"분명히 너희는 셀지도 모르지만, 만에 하나도 있어. 게다가 우리를 도와줄 만한 이유도 없었잖아!"

루이젤드의 머리칼이 곤두서는가 싶었다.

"그런 게 아니다! 아이를 구하는 건 어른의 책무다!"

그 말에 쿠르트가 울컥하는 게 느껴졌다.

"우리는 아이가 아냐! 모험가야! 루데우스는 리더로서 정확하게 판단했어!"

"으으…."

루이젤드는 입을 다물었지만, 나는 내 판단이 옳다고 생각하지 않았다.

"하지만 네 동료가 죽었잖아?"

"그건 알아! 분명히 우리도 앞으로 계속 이렇게 셋이서 있을 수 있다고 생각했어! 하지만 누군가가 죽을 것도 분명히 각오했다고! 모험가라면 나이가 적든 많든 다들 그런 각오가 있어!"

가슴이 욱신거렸다. 나한테는 그런 각오가 없다. 모험가라는 직업을 어디까지나 돈벌이를 위한 수단으로밖에 보지 않았다.

"도와준 건 고마워! 하지만 우리 멤버는 어디까지나 우리 문제…. 아니, 의뢰 난이도를 잘못 판단한 내 책임이야."

쿠르트의 말을 풋내 나는 싸구려 정의감이라고 해야 할까.

아니면 사회의 쓴맛을 모르는 애송이의 생각이라고 해야 할까.

하지만 거기에는 필사적인 느낌이 있었다.

최근의 내게는 분명히 부족한 것이었다. 소지금과 길드의 랭크만 생각하며 의뢰를 게임 감각으로 처리했던 내게는 그런 필사적인 마음이 없었다.

"거기 너… 쿠르트라고 했나. 애 취급해서 미안했다. 너희는 이미 한 명의 전사다."

루이젤드는 쿠르트의 말에 뭔가 납득한 듯했다.

"그리고 루데우스, 미안했다."

나를 지면에 내려놓고 사죄했다. 이번 일에서 루이젤드가 사과할 만한 것은 없었다.

"사과하지 마세요. 제가 미스를 저질렀다는 사실은 지울 수 없으니까요."

"아니, 미스가 아니다. 너는 이들의 전사로서의 긍지를 지키려고 했다. 곧바로 도우려고 했던 내 생각이 짧았다."

"아뇨…."

그런 생각은 추호도 하지 않았다.

"그 싸구려 악당 2인조 때도 그랬지…."

루이젤드는 혼자서 멋대로 납득하였다.

나는 납득하지 않았다. 이번 사건은 반성해야만 하는 것 중 하나다. 당장이라도 내가 잘못한 점을 밝혀내고 다음에 비슷한 미스를 저지르지 않도록 정리해야만 했다.

그렇게 생각하는 반면 '멋대로 그렇게 착각해 주다니 좋았어, 결과가 좋으면 만사 오케이잖아'라는 얕은 생각도 있었다.

스스로가 싫어졌다.

쿠르트 일행은 그대로 사체를 수습하여 돌아가겠다고 했다.

우리는 하다못해 숲 입구까지 호위해 주었다. 루이젤드라면 도시까지 데려다주겠다고 할 줄 알았는데, 그러지 않았다. 그는 쿠르트 일행을 전사로 인정한 것이다.

"한 명 빠졌으니 도시까지 못 돌아갈지도 몰라. 하지만 죽을 각오는 했어."

그렇게 말한 그의 뒷모습이 서글퍼 보여서 에리스가 무심코 달려가, "힘내!"라고 한 마디 해 주었을 정도였다.

말은 통하지 않았지만, 쿠르트도 에리스의 표정을 보고 무슨 말을 하려는 건지 안 모양이었다.

"고마워…. 어어, 이거였나?"

"엇!"

그러더니 에리스의 손을 잡고 그 엄지 밑동 부분에 키스를 했다.

그리고 히죽히죽 웃으면서 가 버렸다.

에리스는 굳어진 모습이었다. 나도 어째야 좋을지 몰랐다. 에리스는 갑자기 몸을 확 돌려서 나를 보았다. 그리고 키스를 받은 부분을 갑옷 구석에 북북 문질렀다.

"아, 아니라니까!"

에리스는 왠지 필사적인 얼굴이었다. 키스라고 해도 가죽장갑 위니까 그렇게 필사적으로 그럴 것도 없을 텐데.

"이, 이거, 이제 안 쓸 거니까!"

에리스는 장갑을 벗더니 숲 안쪽으로 휙 내던졌다. 어이, 장갑도 공짜가 아냐.

"장비품을 내던지지 마!"

"새 걸 살 돈이 아깝잖아요!"

루이젤드와 나의 질책이 겹쳤다. 반사적인 말이었지만, 이럴 때도 돈 이야기를 하다니. 으음….

"시끄러!"

에리스는 울상을 하고 발을 굴렀다. 이런 에리스는 오래간만에 보았구만.

손등에 키스하는 것에 어떤 의미가 있을까.

"루데우스! 자!"

그러면서 그녀가 내 눈앞에 손을 내밀자 반사적으로 핥았다.

"!"

에리스의 얼굴이 새빨갛게 물들고, 나는 주먹으로 얻어맞았다.

의식이 날아갈 정도로 힘이 들어간 주먹이었다. 목뼈가 부러지나 싶었다. 이 펀치면 세계를 손에 쥘 수 있다고 생각하면서 나는 무참하게 지면에 나뒹굴었다.

뭘 하는 게 좋았을까?

얻어맞아 지면에 쓰러져 있자, 에리스는 내가 핥은 부분을 물끄러미 보더니 낼름 혀로 핥는 게 보였다. 그리고 순식간에 얼굴을 새빨갛게 물들이며 옷자락으로 손을 북북 닦았다.

"미, 미안, 루데우스. 하지만 핥으면 안 돼!"

그 모습이 귀여웠기에 나는 모든 것을 용서했다. 그러는 가운데 실패로 우울해졌던 기분도 다소 나아졌다.

숲을 걸으면서 루이젤드에 대해 생각했다.

아이를 좋아하는 정의한. 내 인식에서 루이젤드는 그런 느낌이었는데, 오늘 '전사' 라는 키워드가 부상했다.

"루이젤드 씨에게 전사란 뭡니까?"

"전사는 아이를 지키고 동료를 아끼는 사람이다."

즉답이었다. 하지만 그 말에 나는 간신히 여태까지 루이젤드가 화냈던 이유를 알 수 있었다. 그는 생각 없는 정의한이 아니다. 전사에게 긍지를 요구할 뿐이다.

"전사는 아이를 해쳐선 안 된다.

전사는 아이를 지켜야만 한다.

전사는 동료를 저버려선 안 된다.

전사는 동료를 지켜야만 한다."

그의 안에는 이런 생각들이 있다. 그러니까 나를 걷어찼던 애완동물 유괴범을 악당으로 단정하였다. 그리고 그 원수도 갚으려 하지 않고 목숨을 구걸한 두 사람도 전사로 볼 수 없는 악당이라고 단정하였다.

쿠르트도 그렇다. 처음에는 그의 파티를 아이로밖에 보지 않았다.

아이를 저버린 나는 악당이란 소리다.

하지만 방금 전의 대화로 생각을 바꾸었다. 아이에서 전사로 인식을 정정했다. 그것으로 내 행동은 용서받았다. 오히려 그를 전사로 보지 않았다면서 그는 반성했다.

그가 아이와 전사를 어떤 식으로 구분하는지는 잘 모르겠다.

에리스는 아무래도 아이로 보는 모양인데. 나는 어느 쪽일까?

물어봐야 할까, 묻지 말아야 할까.

"싸우고 있군."

고민하는데 루이젤드가 경계하면서 말했다.

"아까 그… 블레이즈 파티인가요?"

"그래."

블레이즈 파티인 모양이다.

루이젤드의 이마의 눈이 어떤 식으로 보는지는 모르지만, 터번을 감았어도 보이며 개체 식별도 가능한 모양이었다.

편리하군. 나도 있으면 좋겠다.

"도울까요?"

"필요 없겠지."

역시나 B랭크 정도 되면 루이젤드도 전사로 보는 모양이었다.

숲 앞쪽에는 커다란 뱀 한 마리가 똬리를 틀고 있었다. 그리고 그 주위에는 사체 네 구가 있었다.

"…어?"

죽었는데요….

필요 없다는 게 그런 의미였나. 하지만 블레이즈의 사체는 없었다. 도망쳤을까.

"분명히 6인 파티였지요…. 나머지 둘은?"

"죽었다."

전멸한 모양이다. 합장.

"하지만 저 마물은?"

블레이즈 파티를 전멸시킨 마물은 컸다.

"저건 레드후드 코브라로군."

저 붉은 뱀은 나와 에리스가 손을 잡고 에워싸도 모자랄 정도로 굵은 동체, 10미터는 될 듯한 길이에 위협하듯이 목 부분을 펼치고 있었다.

몸 중간이 불룩하니 컸다. 저 중 하나는 아마도 돼지고기겠지. 아니, 하얀 뱀이라고 하지 않았어?

"이 숲에 레드후드 코브라가 있다니. 게다가 크군."

"보통은 없나요?"

"보통은. 하지만 드물게 발생한다."

레드후드 코브라란 화이트팡 코브라의 상위종이다. 화이트팡 코브라보다도 몸이 거대하면서 민첩성은 대폭 웃돈다. 불에 내성을 가진 단단한 비늘로 온몸을 뒤덮고, 날카로운 이빨에는 맹독이 있다. 뭘 섭취해서 변이하는 건지는 알 수 없다나 본데, 화이트팡 코브라가 있는 곳에 아주 드물게 발생한다.

화이트팡 코브라는 B랭크지만, 레드후드 코브라는 A랭크에 필적하는 강석이다.

B랭크 파티로는 도저히 못 당해낸다고 했다.

그 몬스터는 식사에 열중해서 아무래도 이쪽을 알아차리지 못한 듯했다. 당장이라도 세 번째 먹잇감에 덤벼들려는 기색이었다.

"해치울 거지?"

에리스가 자신만만하게 검을 뽑았다.

"해치울까?"

루이젤드가 내게 물었다.

"…제가 결정해도 되나요?"

"맡기지."

"그럼 누가 결정하는데?"

두 사람 다 내게 맡겼다. 잠깐 생각해 보자. 의뢰 내용은 정체 모를 마물의 발견이나 토벌.

아무튼 화이트팡 코브라나 레드후드 코브라가 그 정체 모를 마물이 틀림없는 모양이다.

이 숲에는 사람이 더 없는 모양이고, 그럴듯한 걸 발견한 현재 돌아가기만 해도 의뢰는 성공이다. 하지만 쓰러뜨리면 철전 두 닢의 보수. 가능하다면 쓰러뜨리고 싶다. 물론 일단 목숨이 붙어 있고 봐야 한다는 말도 있다.

방금 전에 눈앞에서 한 명이 죽었다.

지면 죽는다. 위험한 다리는 건너고 싶지 않았다.

"뭣하면 내가 혼자서 쓰러뜨리고 와도 좋다."

고민하는데 루이젤드가 그렇게 제안했다.

"루이젤드 씨, 혼자서 해치울 수 있나요?"

"그래, 나 혼자서 충분하다."

든든하기 짝이 없는 말. K 어쩌구 씨 같은 말이다.

"그럼 에리스를 지키면서도 되나요?"

"평소랑 같지. 문제없다."

A랭크를 상대로 이런 여유. 뭐, 루이젤드가 이렇게 말한다면 괜찮겠지. 좋아.

"그럼 해치우죠."

결정났다.

내가 마술로 원거리 공격을 하고 근거리에서 둘이 싸운다.

평소와 같은 연대라서 평소처럼 바위로 포탄을 만들었다.

이번에는 A랭크가 상대라서 조금 위력을 올렸다.

형태를 쐐기 모양으로 해서 착탄 후에 폭발하도록 내부에 불 마술을 내장. 발사. 포탄은 초고속으로 날아가서 코브라에게 꽂

히고 그대로 대폭발을 일으…켜야 했다.

"뭐야?!"

레드후드 코브라는 쉭 몸을 비틀어서 포탄을 피했다.

회피한 것이다. 우연이 아니다. 레드후드 코브라는 날아오는 포탄을 분명히 **보고서** 피했다. 멀리서 포탄이 폭발했다.

"거짓말이지…."

선제공격에 실패했지만, 우리 특공대는 멈추지 않았다. 루이젤드를 선두로 하고 대각선 뒤에서 에리스가 뒤쫓았다. 평소와는 진형이 달랐다. 평소에는 에리스가 앞이었는데.

"하압!"

"…흠!!"

루이젤드가 단창을 다루어 머리를 공격했다. 평소와 같은 찌르기. 레드후드 코브라는 그 공격을 옆으로 움직여 피하고 그 반동을 이용하여 루이젤드를 물려고 덤볐다. 물리면 단방에 커다란 구멍이 날 듯한 이빨을 루이젤드는 가볍게 창으로 쳐냈다.

동시에 레드후드 코브라의 뒤로 돌아간 에리스가 꼬리를 향해 검을 휘둘렀다.

에리스의 공격은 절단까지는 이르지 못했다. 코브라의 살이나 비늘, 혹은 양쪽이 모두 단단한 탓이었다.

"이야아아아아!"

레드후드 코브라가 에리스 쪽으로 관심을 옮긴 순간, 에리스와 루이젤드가 확 떨어졌다.

한순간의 빈틈을 찌른 내 마술이 레드후드 코브라에게 날아갔다.

흐름은 사전에 결정하였던 대로 평소와 같은 연대 패턴.

"또 빗나갔어?!"

하지만 레드후드 코브라는 또 피했다. 끝을 뾰족하게 만들어서 속도를 올린 포탄은 레드후드 코브라의 옆을 빠져나가서 뒤쪽의 나무를 여러 그루 한꺼번에 부러뜨렸다. 또 보고서 피한 것이다.

맞지 않더라도 문제는 없었다. 뇌와 심장을 집요하게 노리는 루이젤드와 꼬리부터 서서히 베면서 주의를 끄는 에리스의 파상 공격, 그리고 맞았다가는 아픈 정도로 끝나지 않는 마술.

이쪽의 패턴은 단조롭지만, 그리 쉽게 대처할 수 있는 것도 아니었다.

에리스를 집요하게 노리면 돌파구도 열리겠지만, 루이젤드의 관리 능력은 완벽했다. 레드후드 코브라는 나와 에리스를 방치할 수밖에 없는 상황이었다.

루이젤드와 내 공격은 맞지 않더라도 레드후드 코브라를 확실하게 지치게 하고 움직임을 둔하게 만들었다.

그리고 결국 스톤 캐논이 뱀의 동체를 꿰뚫었다.

레드후드 코브라의 해체를 마쳤을 무렵에는 완전히 해가 저물었다.

그 날은 레드후드 코브라의 고기로 저녁식사. 어디에 팔면 좋을지 알 수 없었지만, 일단 이빨을 뽑아내고 껍질을 벗겨서 융단처럼 둘둘 말았다.

쿠르트 일행이 찾는 것인 듯한 알도 발견했지만, 너무 커서 가져갈 수 있을 것 같지 않았다.

여러모로 생각해 보았지만 그냥 깨 버리기로 했다. 마물을 늘리는 행위는 엄금이라는 모양이니까.

블레이즈 일행의 사체는 팔릴 만한 것을 벗겨낸 뒤에 화장해서 묻어 주었다. 이걸 그대로 놔두면 엑시큐셔너가 되는 걸까.

좀비로 되살아난다는 현상이 잘 이해되지 않았다.

'그렇기는 해도 코브라는 강했어.'

나는 방금 전의 전투—레드후드 코브라가 마술을 피하던 것을 떠올렸다.

회피였다. 몇 번이나 피했다.

마지막에 직격탄을 먹이기까지는 스친 적도 거의 없었다.

생각해 보면 엑시큐셔너도 그랬다. 직격이라고 생각했더니 빗나가서 한쪽 팔만 날아가는 결과가 되었다. B랭크 이상의 마물 정도 되면 마술 정도는 회피하는 걸까.

레드후드 코브라는 A랭크라고 했다. 루이젤드의 창도 피했다…지만 그건 조절하면서 싸웠기 때문이겠지. 마음만 먹으면 일격으로 해치웠을 게 틀림없다.

레드후드 코브라가 에리스의 검을 피하지 않았던 것은 위협도가 낮으니까 피할 필요도 없다고 생각했기 때문일까.

하지만 이 세계의 생물은 괴물들이 줄줄이 있군. 인간족도 마술을 흘려낼 수 있는 모양이고, 마물은 총탄을 보고서 피한다. S랭크 마물 정도 되면 스톤 캐논의 직격에도 멀쩡하다는 게 있을 법할지 모른다.

무시무시하군…. 위험한 장소에는 가능한 한 가까이 가지 않도록 하자.

아무튼 이렇게 우리는 의뢰를 달성했다.

그리고 이 의뢰가 리카리스 시에서의 마지막 의뢰였다.

제13화 실패와 혼란과 결의

레드후드 코브라를 토벌하고 길드에 돌아왔다.

평소처럼 재릴과 모험가 길드 밖에서 만나 완료 카드를 교환했다.

그리고 레드후드 코브라의 이빨과 껍질을 건네며 말을 맞추었다.

양이 많았기에 이번에는 베스켈을 포함한 전원이 모험가 길드에 들어갔다. 그러자 언제나 그렇듯이 노코파라가 다가왔다. 이 남자는 진짜로 항상 길드에 있고 항상 말을 붙인다.

"여어, 여어, 꽤나 재미있는 걸 가져왔잖아. 그거 레드후드 코브라의 비늘이지? 어?"

나는 재릴에게 눈짓을 보내어 미리 짠 대로 말하게 했다.

"어, 어어. 운 좋게 말이지, 약해진 놈이랑 마주쳤어."

"헤에~. 너희가 말이지~."

히죽히죽, 뭐 재미있는 거라도 있는 것처럼 노코파라는 재릴을 내려다보았다.

왠지 평소랑 다른 듯한 느낌이었다.

"도중에 '슈퍼 블레이즈' 놈들이 죽어 있더라고. 그놈들이 힘을 빼놨나 봐."

"뭐? 블레이즈… 죽었어?"

"그래."

"음, 레드후드 코브라면 그럴 수도 있지."

노코파라는 재미없다는 듯이 흥 하고 콧방귀를 뀌었다.

"그런데 아무리 약해졌다고 해도 너희 둘이서 레드후드 코브라를….."

"약해졌다기보단 거의 죽어 있었어. 아니, 이미 죽었다고 해도 과언이 아니었지. 정확하게는 죽지 않았지만, 죽은 거나 마찬가지였어."

재빨리 그렇게 말하고 재릴은 서둘러 그 자리를 떴다. 노코파라는 납득하지 못한 얼굴로 표적을 우리 쪽으로 돌렸다.

"너희는 오늘도 애완동물 찾기냐?"

"예, 재릴 스승님의 수색술은 대단해서 오늘도 푼돈을 벌었지요."

"헤에~."

나도 서둘러 그 자리를 뜨려고 했다. 왠지 안 좋은 느낌이 들었다.

하지만 노코파라는 괜히 친한 척 내 어깨에 손을 돌리고 작은 목소리로 말했다.

"그런데 시외에서 어떻게 애완동물을 찾았는데?"

한순간, 무의식중에 내 움직임이 멎었지만 포커페이스를 지켰다고 생각했다.

아직 상정범위다. 우리가 시외로 나가는 걸 들켰을 뿐.

"이번에는 우연히 밖에 있었거든요."

"헤에~. 그럼 뭐야?"

얼버무리는 방향으로 이야기를 진행시켰다. 노코파라는 재릴의 어깨를 덥썩 붙잡았다.

"레드후드 코브라도 우연히 시내에 있었단 소린가?"

과연. 두 사람은 시내에서 목격되었다. 즉 들켰단 소린가.

"흐음, 신기한 일도 다 있네요."

이 패턴은 예상하였다. 빠져나갈 패턴은 얼마든지 있다. 예를 들어 재릴을 미끼로 던져 주면 이 자리를 피할 수 있다. 그가 저 랭크인 우리에게 고난이도의 의뢰를 던져줘서 고생시켰다는 식으로.

하지만 이건 안 된다. 이걸 했다간 내가 루이젤드에게 베일 가능성이 있다.

전사가 할 짓이 아니니까.

"어이, 이제 와서 시치미 떼지 마시지?"

"시치미고 뭐고 우리가 뭘 했단 말인가요?"

"어?"

"우리는 '피 헌터'에게 도움을 받았고 '피 헌터'의 의뢰를 도왔을 뿐인데요?"

시치미 떼는 방향에서 정색하는 방향으로 전환.

길드의 규약을 재확인했지만 우리에게 잘못은 없다.

물론 규약에 없다고 다 오케이인 건 아니다. 세상에는 룰만 지킨다고 다 되는 건 아니다…. 그렇기는 해도 그 정확한 기준신을 나는 모른다. 그러니까 우리는 올바르다는 방향으로 얼버무렸다.

"웃기지 마. 너희 방식을 흉내내는 얼간이가 나오면 어쩔 거야?"

"어쩌다뇨?"

"의뢰를 돈으로 사게 된다고. 모험가 길드의 존재의의가 없어지잖아."

흠. 금전 거래는 하지 않았다…고 주장해도 안 되겠군.

하지만 그래, 의뢰의 매매로 분류되나. 그렇군, 이 녀석은 머리가 좋아. 분명히 우리 같은 방식이 횡행하면 의뢰를 돈으로 매매하는 놈들도 나올지 모른다.

예를 들어 D랭크의 의뢰를 모두 수령해서 다른 D랭크들에게 판다.

판 놈들은 돈도 들어오고 랭크도 오른다. 아무것도 안 했는데 말이다.

물론 그 방식의 경우 안 팔리면 의뢰 실패가 되지만.

"왜 노코파라 씨가 그런 거에 관심을 갖나요? 그쪽에게는 폐를 끼치지 않았을 텐데요?"

"알겠냐? 그런 태도로 나오면 너희가 택할 길은 두 가지다…. 재릴, 너도 잘 들어."

그는 내 멱살을 잡고 들어올렸다. 뒤에서 루이젤드와 에리스가 표정에 노기를 띠었다.

일단 지금은 스톱. 이야기는 끝나지 않았다.

"헤헤헤…."

말 머리 남자의 표정은 이해하기 어려웠다. 하지만 거기에 비열한 웃음이 있다는 것만큼 알았다.

"모험가 자격이 중요하다면 매달 철전 두 닢을 나한테 가져와."

어머나, 깔끔하네. 이 세계에 와서 처음으로 이런 인간을 만난 듯싶었다. 최근에는 이놈이고 저놈이고 어중간하게 착한 면과 못된 면이 있었으니까. 이런 식으로 못된 면만 보여주는 상대는 편해서 좋지. 괜히 신경을 더 쓸 것도 없으니까.

하지만 노코파라는 이러려고 계속 길드에 있었나.

이 녀석은 길드 안에서 부정을 저지르는 녀석을 감시하는 것이다. 그리고 찾아내서 이렇게 협박한다. 편한 장사다. 이 녀석을 신고하면 그냥 끝날 문제일까…. 아니 그러면 신고한 쪽의 부정도 발각되나.

"너희들 꽤 버는 모양이니까, 히히, 간단하지?"

"며, 몇 가지, 질문해도 될까요?"

동요하는 척하면서 나는 냉정하게 이야기를 이끌었다.

"음?"

"역시 이번의 이건, 의뢰의 매매로 분류…되는 건가요?"

"음, 들키면 벌금 및 모험가 자격 박탈이다. 그럼 안 되겠지?"

"안 되죠. 안 되고말고요."

신정해, 아직 허둥거릴 사태는 아냐. 이런 상황도 **예상해뒀어**.

괜찮아. 아직 괜찮아.

"아, 아무튼 지금은 가진 돈이 없으니까, 재릴 씨랑 같이, 보고를 하고 와도 될까요?"

"그래. 하지만 도망치긴 없다?"

"물론이지요, 나리～."

역시 이 녀석은 머리가 별로구나. 그렇게 생각하면서 나는 카운터로 향했다.

"어, 어이…. 어쩌지? 어떻게 해?!"

"진정해요. 태연하게 있으세요."

동요하는 재릴을 적당히 상대하면서 베스켈에게 손짓했다. 완료 카드를 건네고 보수를 받았다. 그와 동시에 '피 헌터'를 해산시키고 재릴과 베스켈을 '데드엔드'에 가입시켰다.

의미 없는 조치일지도 모른다. 모험가 길드가 얼마나 장부를 꼼꼼하게 관리하는지 모르니까.

뒤쪽을 보니 루이젤드가 분노한 표정이었다. 그 시선 끝에는 노코파라가 있었다.

이번에 룰 위반을 한 건 틀림없이 우리들이지만, 그걸로 협박하는 행위는 전사답지 않다. 일단 제스처를 취해 루이젤드를 말렸다.

에리스는 상황을 이해하지 못하는 눈치였다. 말을 알아들었으면 제일 먼저 노코파라에게 덤벼드는 건 틀림없이 그녀겠지. 그때는 주먹이 아니라 검으로 베겠고.

"자, 일단 이달치를 내놔."

돌아오자 노코파라는 친한 척 우리 어깨에 팔을 둘렀다. 재릴은 비위를 맞춰주며 방금 받은 철전 두 닢을 건네려고 했지만, 나는 그 손을 붙잡아 막았다.

"그 전에 한 가지."

"뭐야, 얼른 해. 난 성미가 급하다고."

마음속으로 심호흡을 한 차례. 잘 풀리기를 빌자.

"우리가 부정을 저질렀다는 증거, 있겠죠?"

노코파라가 짜증내듯이 혀를 차는 소리가 길드 안에 울렸다.

길드 장부에서 '데드엔드'가 처리한 의뢰를 골라 뽑았다.

길드 직원은 뭣 때문이냐고 묻지 않았다. 노코파라가 이런 걸 요구하는 게 오늘이 처음도 아닌 모양이었다. 그것들을 참고해서 의뢰인들을 찾아가기로 했다.

"뒷골목에서 덮칠 생각일랑은 마라?"

노코파라는 루이젤드와 재릴을 보면서 그렇게 말했다. 루이젤드의 살기는 상당했지만, 그는 무섭지 않은 걸까.

의외로 이런 살기에 익숙한 걸지도 모르겠다.

"내가 죽으면 동료가 길드에 보고할 테니까. 게다가 C랭크인 너희랑 달리 나는 B로 올라갈 수 있는 C니까."

마지막 한 마디는 아무래도 허세겠지. 노코파라도 5대1로 이길 생각은 하지 않을 거다.

아무리 우리를 몰아붙였다고는 해도 그도 죽고 싶지는 않겠지.

그렇다고는 해도 생각이 없군. 나라면 호위 한 명 정도는 붙일 텐데.

"어디, 다 왔군."

제일 처음에는 본 적 없는 민가였다.

노크를 하자 안에서 나온 건 성격 삐딱하게 생긴 노파였다.

매 같은 코에 검은 로브를 걸쳤다.

집 안에서는 달달한 냄새가 풍겼다.

아마도 안에서 네ㅇ네루를 만들고 있었나….

그녀는 우리를 보고 의아한 얼굴을 했지만, 베스켈의 얼굴을 보자 표정을 풀었다.

"어라, 베스켈이잖아. 오늘은 어쩐 일이야? 사람들을 이렇게 데리고 와서, 아, 이게 '데드엔드의 루이젤드'의 멤버인가?"

노코파라는 놀란 얼굴로 우리를 둘러보았고, 노파의 시선이 베스켈의 얼굴을 향한 것을 보고 흥 소리를 내며 히죽히죽 웃었다.

"할멈. 이놈들은 '데드엔드'가 아냐. 당신 속았다고."

"음?"

노파는 노코파라를 흘겨보고 코웃음을 쳤다.

"흥, 어떻게 속았단 말이지?"

"아니, 그야."

"베스켈은 해충들을 다 쫓아내줬어. 역시나 즈메바족. 그 이후로 한 마리도 못 봤거든."

아무래도 여기는 베스켈이 의뢰를 처리한 곳 중 하나인 모양이다.

그러고 보면 루이젤드가 감시했던 이야기 중에 그런 것도 있었지.

"일을 깔끔하게 했으면 나는 진짜 '데드엔드'라도 상관없어."

그 말에 충격을 받은 것은 노코파라만이 아니었다.

루이젤드 본인도 놀란 얼굴이었다.

"하, 하지만!"

"어차피 살날도 얼마 안 남았어. 마지막에 어디 그런 거랑도 한 번 만나보고 싶구만."

노코파라는 눈을 껌뻑이면서 짜증난 표정으로 베스켈을 돌아보았다.

"베스켈! 너 모험가 카드 꺼내 봐!"

베스켈은 놀란 얼굴을 하다가 히죽 웃으면서 모험가 카드를 꺼냈다.

거기에는 파티명 '데드엔드'라고 기록된 카드가 있었다.

"뭐! 제, 제길, 이 자식들이…!"

이미 '피 헌터'는 존재하지 않았다. 조사하면 길드 장부에 남아 있겠지.

더 자세하게 조사하면 규약 중 어딘가에 걸리는 게 있을지도 모른다.

하지만 노코파라는 거기까지 머리가 돌지 않았던 모양이다.

"제길! 다음!"

길드로 돌아가지 않는 모습에 나는 히죽히죽 웃으면서 노코파라를 따라갔다.

수십 건의 의뢰인을 만나면서 노코파라는 벌건 색을 넘어서 시퍼런 얼굴이 되었다.

"제길, 어떻게 된 거야?"

어느 의뢰인이고 재릴과 베스켈을 '데드엔드'로 인식하고 있었다.

그리고 모험가 카드도 '데드엔드'.

결국 우리의 최초 의뢰인인 소녀를 찾아왔는데, 소녀가 환호성을 올리며 루이젤드의 다리에 달라붙는다는 기쁜 해프닝도 있었다.

"노코파라 씨, 미안하지만 증거가 없으면 우리도 그쪽에게 돈을 낼 수 없겠네요."

"빌어먹을."

아니, 반대로 그를 길드에 제소할 수도 있겠지. 의뢰를 방해했다는 식으로 날조해서.

"크크큭."

무심코 사악한 웃음이 새어나왔다. 이럭저럭 하는 사이에 마지막 의뢰인의 집이 보이기 시작했다.

아니, 늑대의 발톱 여관이었다. 재릴과 베스켈은 우리가 묵는 여관에서도 일했던 모양이다.

역시나 얼굴을 아는 사람이 있으면 얼버무리기 어려울지도 모르지만, 여관 주인과는 나름 친하게 지낸 기억도 없다. 뭐, 여태까지랑 마찬가지로 어떻게든 되겠지.

"마지막에는 저 녀석들이다."

늑대의 발톱 여관 입구에서 나온 두 사람.

그 두 사람을 보고 나는 얼어붙었다.

내 머리가 위험하다고 경종을 울렸다. 에머전시. 갑작스러운 폭격. 적기 습격. 예측 못 한 사태.

내 부족함이, 어리석음이, 여기서 드러났다.

"어, 루데우스, 돌아왔구나…. 수고. 그런데 뭐 그리 일행이 많아?"

쿠르트는 지친 얼굴로 우리를 맞아주었다.

노코파라는 내 초조함을 알아차렸을까, 아니면 처음부터 이럴 생각이었을까.

"여어, 석화의 숲에서 널 구해준 게 '데드엔드'가 틀림없냐?"

현재의 '데드엔드'의 파티 랭크는 D. '피 헌터'가 받은 그 의뢰는 B.

즉 받을 수 없다. 조사하면 꼬리가 잡힌다.

"그야…."

쿠르트는 나와 루이젤드의 얼굴을 보았다. 나는 필사적으로 입 다물어 달라고 고개를 내저었다.

'허세를 부려. 너는 아무 손도 빌리지 않았어. 너와 동료만이 궁지를 빠져나왔어. 그렇지?'

하다못해 쿠르트가 허세를 부려서 '그딴 거 몰라! 우리는 아무의 도움도 받지 않았어!' 라고 변명해 주기를 빌었다. 쿠르트는 그걸 보고 힘주어 끄덕였다.

"당연하지, 이 녀석들만큼 강한 자는 본 적이 없어."

어머나, 정직해라!

쿠르트는 우리가 얼마나 강하고, 어떻게 엑시큐셔너와 아몬드 아나콘다를 없앴는지를 말했다. 꽤나 각색과 과장이 들어간 설명이었다.

"루데우스는 진짜 세. 엑시 뭐시기도 세긴 한데 데드엔드한테는 도저히 안 되더라니까. 엑시 뭐랑 루데우스가 맞짱을 뜨면 어떻게 되는지 알아? 한 방. 진짜 한 방으로 끝. 콰광. 루이젤드 씨도 진짜 장난 아냐. 이쪽에 슉, 저쪽에 슉 하고 움직이는데 아나콘다 쿵! 그렇게 장난 아닌데도 별 거 아니라는 얼굴! 으음, 쩔었어."

그런 느낌의 해설에 노코파라는 히죽거리며 '그래, 그래, 흠, 흠, 그거 대단하네' 식의 추임새를 넣으며 들었다.

그리고 우리를 돌아보았다.

"이상하네. 어이, 시내에서 의뢰를 받은 녀석이 어떻게 석화의 숲에서 사람을 구하지?"

"아니, 저기, 그건 우리가 재릴이랑 같이…."

"재릴도 베스켈도 계~속 시내에 있었지?"

이미 얼버무리기란 무리였다. 이미 노코파라의 머릿속에서는 우리를 몰아넣을 계산이 서 있는 게 틀림없다. 진정해. 아직 수는 있을 거야.

생각해. 일단은 세 가지. 선택지를 떠올려. 좋아, 정리됐다.

1. 노코파라를 죽인다.

동료가 있다는 말을 믿는다면 결코 좋은 방향이 되지 않는다.

하지만 의외로 좋은 방향으로 흘러갈지도 모른다. 모든 건 운에 달렸다. 하책.

2. 재릴에게 모든 죄를 덮어씌운다.

우리는 신인, 그들은 고참이다. 속았다, 우리는 봉이었다, 그렇게 주장하면 통할지도 모른다.

하지만 루이젤드의 신뢰를 잃는다. 동료를 배신해선 안 된다. 하책.

3. 지금은 돈을 지불하고 시기를 봐서 어떻게든 한다.

이것도 결국은 운에 달렸다. 금방 해결책이 발견될지도 모르지만, 노코파라에게 우리의 전투력이 알려지면 도망칠 수 없도록 이중삼중의 책략을 준비할지도 모른다. 시내에서 도망칠 수 없도록, 자신들에게서 도망칠 수 없도록. 하책.

틀렸다. 전부 다 하책이다. 하수의 생각이래야 빤하다.

어쩐다. 제일 편한 긴 2번인데, 이건 아마도 최악의 수일 것이다.

그 자리만 벗어날 뿐이지 결코 미래로 이어지지 않는 수. 그들을 배신하는 것은 루이젤드와의 신뢰 관계가 끊어진다는 소리다. 루이젤드는 내 말을 두 번 다시 신용하지 않는다.

그러니까 2번은 안 된다. 절대로 안 된다.

1번도 안 된다. 의미가 없다. 여태까지 해 온 것이 헛수고가 된다.

아무리 여기가 사람의 죽음에 관대한 마대륙이라도 관계없다.

한 번 하면 같은 일을 같은 방향으로 해결하게 된다. 피로 젖은 길을 갈 생각은 없었다. 나한테 그런 각오는 없었다.

3번은 더 안 된다. 이 녀석들에게 돈을 주는 것은 부정을 인정하는 것. 가장 해선 안 된다. 슬금슬금 뜯어먹히는 가운데 두 겹, 세 겹으로 죄를 덮어쓰게 될지도 모른다. 그 죄를 어떻게 하기 위해 더욱 무리한 요구를 해 올지도 모른다. 혹시 나라면 에리스의 몸 같은 것을 요구하겠지. 그렇게 되면 결국 노코파라를 죽이는 꼴이 된다.

아니, 그래도 3번인가.

아니, 3번을 택할 거면 처음부터 1번이다. 노코파라와 그 동료들을 죽일 수밖에 없다.

죽일 수밖에 없나? 할까…. 할 수밖에 없나…?

나는 사람을 죽일 수 있을까? 어딘가에 있는 다른 녀석들은 어떻게 하지?

루이젤드에게 찾아달라고 할까?

어떻게?

루이젤드라도 누굴 찾으면 좋을지 모른다면 찾을 수 없겠지.

아예 모험가를 그만둬? 자격 같은 건 없어도 살아갈 수 있다.

이 대륙에서 돈을 모으는 방법은 대충 알았다. 하지만 그렇게 넘긴다고 해도 재릴과 베스켈은 어떻게 하지? 조사하면 애완동물 유괴 건도 밝혀질지 모른다.

우리는 돈도 생겼고 이 도시에서 떠나면 된다.

하지만 그들은 다르다. 그들은 이 도시에 살고 있다. 애완동물 유괴를 저질렀다고 밝혀지면 이 도시에서 쫓겨나지 않을까?

그들에게 평원에서 살아남는 기술은 없다. 결국 배신이 되지 않을까?

아니면 도시에서 쫓겨난 그들을 돌봐줘?

무리다. 우리만으로도 빠듯한데. 그런 건 도저히 불가능하다.

…아니, 이 정도 되었으면 각오를 하자.

피로 물든 길을 갈 각오다. 내 목적을 떠올려. 에리스를 무사히 집으로 데려가는 거다.

그걸 위해서라면 루이젤드도, 재릴과 베스켈도 배신할 수 있다.

그 결과 에리스에게 경멸을 사더라도 좋다. 파울로나 록시의 낯을 볼 수 없게 되더라도 좋아!

수성급 마술을 써서 이 도시를 수몰시키고 혼란을 틈타서 에리스를 데리고 도망치자.

모험가 자격은 포기하자. 어떤 악행에 손을 담그더라도 목적을 달성한다.

그렇게 하자….

각오를 다지고 손에 마력을 모았을 때, 문득 깨달았다.

노코파라의 얼굴이 변해 있었다.

"어… 어…."

말 머리가 새파래지고 무릎이 바들바들 떨렸다. 그 시선 끝은 내가 아니라 내 뒤.

돌아보았다.

거기에는 루이젤드의 모습이 있었다. 물에 젖은 루이젤드.

바로 옆에는 여관 뒤에 있을 터인 물병이 굴러다니고 있었다.

"루, 루이젤드 씨?"

눈에 들어온 것은 빛나는 에메랄드그린.

에메랄드그린색 머리칼이 물에 젖어서 빛나고 있었다.

물을 뒤집어쓰는 바람에 청색 염료가 빠진 것이다.

또한 그는 이마를 감추는 터번을 끌렀다. 이마의 붉은 보석이 드러났다.

악마의 전사가 분노한 표정으로 거기 서 있었다.

"스, 스, 스, 스펠드⋯."

노코파라가 엉덩방아를 찧었다.

"내가 '데드엔드' 루이젤드 스펠디아다. 들켜 버렸으니 어쩔 수 없지. 너희를 죄다 죽여 버리겠다."

어색하기 짝이 없는 서툰 연기였다. 하지만 살기만큼은 진짜였다.

"꺄아아아아아아아!"

누군가가 소리쳤다. 골목을 걷던 소년이, 청년이, 노인이 손에 든 것을 내던지고 비명을 지르며 도망쳤다. 그런 가운데 제일 먼저 재릴이 배신했다.

"나는 협박당했을 뿐이야! 몰라! 동료가 아냐!"

큰 소리로 외치며 베스켈과 함께 도망쳤다.

쿠르트는 다리에 힘이 풀린 모습이었다. 얼마 전에 루이젤드에게 큰소리 쳐댄 것이 기억났는지 새파란 얼굴로 소변을 지리고 있었다. 머리칼 색깔이 변한 정도로 이 녀석들은 왜 이리 두려워하는 걸까. 나로서는 도저히 이해할 수 없었다. 아니, 너희들, 여태까지 멀쩡하게 대했잖아.

쿠르트, 너도 아까 루이젤드를 엄청 칭찬했잖아. 장래에 루이젤드처럼 되고 싶다고 말했잖아. 존경의 눈으로 봤잖아.

그런데 머리칼 색깔 좀 봤다고 왜 그렇게 겁먹는데?

에리스를 봐. 무슨 일이 있었는지 몰라도 태연하게 있잖아.

평소처럼 팔짱을 끼고 다리를 어깨 넓이로 벌리고 턱을 당기고 조용히 눈을 부릅뜨고 태연하게 있잖아.

주위에는 도망치는 사람들과 떨면서 주저앉는 사람. 검을 뽑기는 했지만 다리가 바들바들 떨리는 사람.

다양한 사람들이 있었지만 다들 겁먹고 있었다.

이 정도인가.

'데드엔드'의 모습은, 그저 머리칼이 녹색이라는 것의 의미가 이 정도인가.

이 정도로 사람들 안에 공포로 침투해 있는 건가.

흥, 왠지 웃기는군. 내가 해 왔던 건 다 뭘까. 머리칼을 보여준 것만으로 이런 상황이 되는 걸 나 혼자서 애써서 어떻게든 하려고 했단 말인가.

바보 같다. 에리스가 괜찮았으니까, 미굴드족이 괜찮았으니까, 다른 사람도 괜찮을 거라고 생각했어? 헛수고였어.

스펠드족의 악평은 평판이 아니다.

공포의 상징이다.

그걸 고쳐? 헛수고다. 소용없어.

"……."

루이젤드는 아비규환 속에서 천천히 노코파라에게 다가갔다.

"너… 노코파라라고 했나."

멱살을 잡고 들어올렸다. 노코파라의 무거워 보이는 몸이 간단히 허공에 떠올랐다.

"루이젤드 씨! 죽이면 안 돼요!"

이런 상황에서도 나는 아직 그렇게 외쳤다.

죽이면 안 된다. 이런 상황에서 죽이면 데드엔드의 이름에 일생 지워지지 않는 상처가 생긴다.

아니, 이미 무리인가. 이제 와선 늦었나.

이제 와서 그런 소리를 해도 늦었다. 이제 됐어. 해치워 버려, ○서커!

"미, 미안. 서, 설마 진짜일 줄은 몰랐어! 요, 용서, 용서해 줘! 부탁이야!"

"……."

루이젤드의 분노한 표정. 겁먹고 떠는 노코파라.

"저기, 무슨 일이 일어난 거야?!"

갑자기 에리스가 말을 걸어왔다. 나는 천천히 대답했다.

"최악의 사태가 일어났습니다."

"어떻게든 해 봐!"

"제 능력을 벗어났습니다. 죄송합니다."

"루데우스가 어떻게 못 한다면 어쩔 수 없지!"

에리스는 선뜻 포기했다. 나도 이미 포기했다. 더 이상 어떻게 안 된다. 전부 다 내 책임이다.

들키더라도 어떻게든 될 거라고 생각했다. 짧은 생각이었다. 사태가 어떻게 되든 괜찮을 거라고 생각했다. 결국은 다 틀려먹었다.

이렇게 되었으면 내가 할 수 있는 일이라고는 당초 예정대로, 죄다 물에 흘려 버리는 정도다.

수성급 마술로 말이지. 우하하하하.

"사, 살려줘. 나, 나한테는, 배곯은 세 아이가 일곱 명 있어!"

지리멸렬하게 목숨을 구걸하는 노코파라.

아무리 생각해도 헛소리다. 나라면 조금 더 나은 소리를 했겠지.

"…도시에서 나가지. 그러니까 너도 잊어라."

하지만 루이젤드는 선선히 용서했다.

역시나 아이라는 단어가 통한 걸까.

"헤, 헤헤, 헤. 고, 고마워."

살았다 싶어서 노코파라의 얼굴이 풀렸지만, 다음 말에 다시금 얼어붙었다.

"하지만 혹시 다음 도시에 도착했을 때 우리의 모험가 자격이 박탈되기라도 했으면…."

루이젤드는 창끝으로 노코파라의 뺨에 스윽 한 줄기 상처를 내었다.

노코파라의 다리 사이가 흠뻑 젖고 엉덩이 쪽이 불룩 부풀었다.

"내가 시내에 침입 못 할 거라곤 생각하지 마라…."

노코파라는 고개를 끄덕였다.

루이젤드가 손을 놓자, 노코파라는 땅에 떨어지며 철퍽 하고 기분 나쁜 소리를 냈다.

★　　★　　★

　그리고 루이젤드는 도시에서 쫓겨났다.

　모든 죄를 자기가 뒤집어쓰고 도망쳤다.

　정말 너무한 일이었다.

　루이젤드는 혼자서 도망치고 우리는 남겨졌다.

　위병들이 달려와서 사정을 물었고, 나는 루이젤드에겐 잘못이 없다고 항변했다.

　하지만 어린애의 말이니 효과는 빤했다.

　그렇게 말하라는 협박을 당한 것이라고 다들 멋대로 판단하였다.

　루이젤드는 못된 짓을 꾸몄다. 우리는 거기에 이용당했다. 자세히 무슨 못된 짓인지는 모르지만, 운 좋게 최악의 사태를 피할 수 있었다. 그들은 대충 그런 식으로 생각하였다.

　주위 사람들은 나와 에리스를 가엾은 눈으로 바라보았다. 아무것도 모른 채 이용당한 아이로만 바라보았다.

　속이 뒤집어지는 것만 같았다.

　루이젤드가 뭘 했단 말인가. 전부 내가 한 짓 아닌가.

　내 짧은 생각이 일으킨 사태 아닌가.

　우리는 여관으로 돌아와서 바로 짐을 꾸렸다. 그리 양이 많지 않은 짐을 정리해서 여관을 나섰다.

서두르지 않으면 루이젤드가 어디로 갈지도 모른다.

어찌 되었든 우리는 이 도시에 있을 수 없다. 노코파라는 살아 있다. 동료도 있다고 말했다. 우리의 부정도 그대로 남았다. 분위기가 식으면 다음에는 루이젤드의 도움도 없다.

"저기, 루데우스…."

여관을 나설 때 쿠르트가 말을 걸어왔다. 뭐라고 말해야 좋을지 알 수 없었다.

곤혹스러운 표정이었다.

"너 왜 그런 거랑 같이 있었어?"

"그런 거라고 말하지 마. 네 목숨을 구해 준 게 누구지? 그런데 소변이나 지릴 정도로 두려워하기나 하고 갑자기 왜 그래?"

"아니… 그건… 미안…."

아니, 쿠르트에게 화풀이해선 안 된다. 이 녀석은 도와주려고 한 쪽이다.

"미안, 쿠르트. 말이 지나쳤어."

"아니, 괜찮아. 사실이고."

쿠르트는 좋은 녀석이군. 에리스는 두 손을 뒤로 하고 그를 노려보지만.

"쿠르트, 부탁이 있어. 넌 그에게 목숨을 빚졌잖아."

"그래, 뭔데?"

쿠르트는 진지한 얼굴로 끄덕였다.

"루이젤드는 나쁜 사람이 아냐. 옛날 일 때문에 두려움을 사고 있지만 착한 사람이야. 우리가 이 도시를 떠난 뒤에도 그런 소문을 퍼뜨려줘."

"그, 그래. 알았어. 목숨의 은인이니까."

정말로 알기는 할까.

뭐, 구두약속이지만, 어쩌면 해 줄지도 모르지.

모험가 길드에 들러서 재릴과 베스켈을 '데드엔드'에서 탈퇴시켰다.

내친 김에 직원에게 전언을 부탁했다.

"일이 이렇게 되었지만 고마웠다. 감사한다. '그'도 감사하고 있다. 그렇게 전해 주세요."

그 녀석들은 마지막 순간에 배신했다. 하지만 그것도 어쩔 수 없을지 모른다.

결국 그들을 구하려면 그 길밖에 없었다.

마지막 일만 눈감으면 그들에게 신세진 것도 사실이니까.

도시의 출입구로 향하는 도중에 운반용으로 사육되는 도마뱀 같은 파충류를 한 마리 구입했다. 다리가 여섯 개 달렸고 둥그런 눈이 귀여운 도마뱀이었다. 이건 마대륙에서 마차 같은 역할을 한다. 어른 두 사람이 탈 수 있는 종류로 철전 열 닢. 전 재산의 약 절반.

여행을 떠날 때면 이것만큼은 사겠다고 벼르던 것이었다. 마대륙을 이동할 때에는 이 도마뱀의 유무로 큰 차이가 생긴다고 들었다.

가게 주인에게서 다루는 법을 듣고 짐을 실어서 도시 밖으로 향했다.

문에는 병사들이 많이 있었다. 이제부터 루이젤드 퇴치라도 나가는 걸지 모르겠다.

그중에는 아는 얼굴이 있었다. 도마뱀 얼굴과 돼지 얼굴이었다. 그들은 창백한 얼굴이면서도 흥분한 표정이었다.

말을 붙여 보니 방금 전에 '데드엔드'가 나왔으니까 조심하라는 충고를 들었다.

그리고 데드엔드는 악마라는 둥, 시내에서 대체 뭘 하려는 거였을까, 그런 식으로 루이젤드를 본 적도 없는 주제에 억측만으로 악당이라고 도장 찍은 발언이 이어졌다.

"그 사람은 두 달 가까이 시내에 있었지만 아무런 문제도 일으키지 않았어요."

참다못해 그렇게 말했다. 문지기들은 영문 모르겠다는 얼굴을 하였다.

나는 두 사람을 노려보고 한 차례 혀를 찬 뒤에 시외로 나갔다.

마음이 복잡하게 뒤틀렸다.

루이젤드와 다시 만나야만 한다.

그는 아직 근처에 있을까. 아니, 분명히 있겠지.

그의 전사로서의 긍지가 진짜라면 우리를… 아니, 에리스를 저버릴 리가 없다.

"이 정도면 될까."

도시가 보이지 않게 된 정도에서 하늘을 향해 마술로 불꽃을 쏘았다.

꽹음이 울렸다. 열기가 쏟아지고 빛이 퍼졌다. 잠시 동안 기다렸지만 루이젤드는 나타나지 않았다.

"에리스도 루이젤드를 불러 주세요."

에리스가 큰 소리로 루이젤드를 불렀다. 진짜 큰 목소리였다.

잠시 뒤에 나타난 것은 팩스 코요테였다. 성미가 뒤틀린 나는 그놈들에게 화풀이를 했다. 주위 바위밭은 깨끗한 광장이 되고, 팩스 코요테는 완전히 조각났다.

이렇게 산산조각을 내도 좀비로 부활하는 걸까.

흥, 그딴 도시의 시민 따윈 내 알 바가 아냐.

"봐, 루이젤드야."

전투가 끝났을 무렵에 루이젤드가 모습을 보였다.

그는 멋적은 표정을 하고 있었다. 그런 얼굴은 하지 않았으면 싶었다.

"왜 바로 나오지 않았나요? 말없이 사라질 생각이었나요?"

하지만 왜인지 내 입에서 나온 것은 그를 나무라는 어조의 말이었다.

그럴 생각은 없었는데.

"미안."

그는 처음부터 사과하였다. 덕분에 나도 마음이 불편했다.

아무리 생각해도 내가 잘못했다.

기가 살아서 재릴과 베스켈을 동료로 끌어넣고 안이한 방법으로 랭크를 올리려고 하고, 악행이 들켜서 곤란해지더라도 어떻게든 될 거라고 가볍게 생각하다가 그것도 마음대로 안 되어서….

그리고 루이젤드가 뒤처리를 해 주었다. 그가 모든 걸 뒤집어쓰지 않았다면 우리는 저 도시에 계속 속박되었을지도 모른다.

아니, 노코파라는 그런 쪽에서 프로다. 쿠르트 일행이 없더라도 우리를 몰아붙였겠지.

"왜 사과하는 건가요. 사과해야 하는 건 저예요."

참을 수가 없었다.

"아니, 너는 최선을 다했다."

"하지만."

"작전에 실패는 따르는 법이다. 나는 네가 밤낮으로 신경을 갉아먹으면서 이것저것 생각했던 것을 안다."

루이젤드는 가볍게 웃으며 내 머리에 손을 올렸다.

"뭐, 네가 무슨 생각을 하는지 몰랐고, 오늘까지는 그게 좋지 못한 꿍꿍이라고만 생각했다. 그래서 참기 힘들 때도 많았지만."

루이젤드는 에리스를 보고 고개를 끄덕였다.

"너는 어떤 것을 지키려고 필사적이었을 뿐이었지. 방금 전에 네가 녀석을 죽이려고 했을 때, 그 각오를 똑똑히 보았다."

방금 전이라면…. 아, 도시를 수몰시키려고 했을 때 말인가.

"지켜야 할 것이 있는 너는 전사다."

전사라는 말을 듣고 눈물이 나올 뻔했다.

나는 그렇게 대단한 사람이 아니다. 생각 없이 돈벌이에만 눈이 멀었고 손익만을 따졌고, 루이젤드를 버릴 생각까지 하였다.

마지막의 마지막 순간에 의지할 상대를 버리려고 했다.

"루이젤드 씨, 저… 아니, 나는…."

진지한 말로, 나의 말로, 경어 같은 걸로 둘러대지 않는, 나 자신의 말로, 하지만 무슨 말을 하려고 했는지 모르겠다.

"말하지 마라."

루이젤드는 내 말을 가로막았다.

"앞으로는 내 문제를 우선하지 마라."

"예?"

"안심해라. 악평을 회복하지 않더라도 나는 너희를 지키겠다. 믿어라. 아니, 믿어다오."

신용하고 있다. 신뢰도 하고 있다. 하지 않아도 된다.

과연, 분명히 루이젤드의 이름을 파는 행동 자체는 중요하다.

목적을 두 개 가지면 행동도 애매모호해진다. 무리도 하게 된다. 최근 내 정신적인 스트레스는 상당했다. 생각할 수 있는 것도 하지 못했고, 떠올려야 할 것도 떠올리지 못했다. 결과적으로 이번 같은 실패를 불러들였다.

그러니까 하지 않아도 된다.

하지만 납득할 만한 것은 아니었다. 그런 광경을 보고서. 도시 전체가 돌을 던지는 듯한 광경을 보고. 예, 그렇습니까, 그럼 다음부터는 도시 밖에서 기다려 주세요, 그렇게 생각할 수 있을 리가 없다.

"아뇨, 루이젤드 씨의 악평은 반드시 없애겠습니다."

오히려 나는 결의를 새롭게 다졌다.

이건 최소한의 보은이다. 다음에는 잘 해내겠다.

무리를 하지 않고 가능한 한 범위로 해내겠다.

"질릴 줄 모르는 녀석이군. 그렇게 나를 신용할 수 없나?"

"신용하고 있어요. 그러니까 은혜를 갚고 싶은 거잖아요."

나도 예전에는 괴롭힘을 당했던 몸이다.

일단 붉은 딱지에 괴로워하고 수십 년이나 나밖에 없는 세계에서 살았다. 록시가 데리고 나오지 않았더라면 실피나 에리스와 만날 일도 없었다.

루이젤드와 나는 케이스가 다르다. 규모도 전혀 다르다. 그런 건 알고 있다. 하지만 그렇다고 해서 내가 루이젤드를 버릴 이유는 되지 않는다.

록시처럼 자각 없이 할 수 있는 건 아니다. 내가 할 수 있는 건 실패를 거듭하면서 진흙탕 속을 기며 전진하는 것뿐이다.

루이젤드에게는 오히려 민폐일지도 모른다. 또 이번처럼 실수를 저질러서 루이젤드에게 뒤처리를 시키게 될지도 모른다. 그래도 좋다.

아무것도 하지 않는 것보다는 낫다.

"…고집도 센 녀석이군."

"루이젤드 씨보다는 나아요."

"흥. 그럼 잘 부탁한다."

루이젤드는 쓴웃음을 지으며 조용히 끄덕였다.

왜일까. 나는 그때 루이젤드와 진정한 의미로 신뢰 관계를 맺은 것 같았다.

★　　★　　★

다음날 아침, 눈을 뜨자 루이젤드가 스킨헤드가 되어 있었다.

놀라기 이전에 무서웠다.

얼굴의 흉터자국 탓도 있어서 완전히 야쿠자 같았다.

"이번 일로 남들이 내 머리칼을 두려워한다는 걸 알았으니까."

대단한 각오를 느꼈다. 내 상식으로 머리를 미는 것에는 결의와 반성의 의미가 있었다. 이 세계에서는 그런 상식이 없다. 없지만….

이 행동을 보면 나도 머리를 밀어야만 할 것 같았다.

반성에는 행동을.

루이젤드가 했으면 나도 머리를 밀어야 하지 않을까. 아니, 하지만, 그래도….

"저기, 에리스. 저도 저런 식으로 머리를 미는 게 좋을까요?"

"안 돼. 난 루데우스의 머리가 꽤 마음에 드니까."

에리스를 핑계 삼는 한심한 나를 비웃어라.

제14화 여행의 시작

마대륙이라는 말을 들으면 드ㅇ곤 퀘스트 세대인 나로서는 마계라는 단어가 떠오른다.

마왕이 통치하고 마물들의 작은 마을이 있고 사람들이 잇어버린 사당이 있고 강력한 마물이 활보하는 장소 말이다.

하지만 이 세계에서는 다르다. 일단 마왕이 통치하지 않는다.

마왕이 없는 건 아니다. 현재 마왕은 대충 잡아서 서른 명 정도 있고, 각자가 멋대로 적당하게 군림하고 있다.

하지만 통치는 하지 않는다. 어디까지나 마왕이라고 칭하면서 잘난 척하는 것뿐이다.

일단 마왕은 각자 친위대라든지 기사단이라든지 멋진 이름을 붙인 군사력을 가졌다. 리카리스 시를 지키던 위병도 거기에 해당된다. 그들은 모험가와는 별도로 주위의 마물을 퇴치하거나 시내에 있는 범죄자를 체포하면서 독자적으로 자신들이 사는 동네를 지킨다. 군대라기보다는 자경단이라는 의미가 강하겠지.

마왕과 자경단의 관계에 대해서는 잘 모르겠다.

마왕이 임명하는 건지, 아니면 자경단이 멋대로 마왕의 부하라고 자칭하는 건지. 마왕이 전쟁을 하기로 결정하면 그들이 마왕군이 되는 거니까 어떤 계약은 맺었겠지.

현재는 서로 전쟁하는 일도 없이 평화롭지만, 어디까지나 평화로운 건 마왕의 부근뿐이고 마대륙의 태반이 무법지대나 마찬가지였다. 서○크로스와 성○십자릉* 부근은 평화로워도 거기까지 가는 노정에는 무소속의 모히칸이 활보한다는 소리다.

참고로 리카리스 시 부근은 '바디가디'라는 마왕이 군림하였다.

팔이 여섯 개에 검은 피부, 근육이 우락부락한 마초맨인 대마왕이라고 했다. 물론 현재는 방랑 여행에 나서서 행방불명이라나. 실로 프리덤하다.

마대륙에는 강력한 마물이 출몰한다. 모험가 길드에서 가장 랭크가 낮은 토벌 의뢰는 C랭크다. 반대로 말하자면 이 대륙에는 C랭크 이상의 적밖에 없다. 스톤 투렌트가 아슬아슬하게 D랭크인가.

그렇다고는 해도 마족은 애초에 종족의 차원에서 인간족보다 강하다. 게다가 종족별로 특성도 있기 때문에 집단전도 대단히 뛰어나다. B랭크로 올라가는 과정에 벽은 있지만, 마대륙의 B랭크 모험가는 다른 대륙의 모험가보다 질이 뛰어나다.

그 벽을 넘지 못하는 녀석은 노코파라나 재릴처럼 된다. 그렇게 생각하면 루이젤드는 보통이 아니다.

그는 A랭크의 마물이라면 혼자서 해치울 수 있다고 호언장담했다. 질이 높은 B랭크 모험가 6~7명보다 강하니까 '데드엔

※서던크로스, 성제십자릉 : 만화 『북두의 권』에 등장하는 지명.

드'라는 별명도 괜한 것이 아니다.

그런 사람의 신뢰를 얻을 수 있었던 것을 순수하게 기쁘게 생각한다.

리카리스 시를 떠나서 사흘이 지났다.

루이젤드와 신뢰 관계를 맺어 안심한 덕분인지, 최근 내 식욕이 왕성해지기 시작했다.

식량은 그리 넉넉하지 않았다. 우리의 주식은 그레이트 토터스 고기였다. 맛은 별로다. 아니, 맛없다.

그래서 나는 조금 머리를 굴리기로 했다.

구워서 안 된다면 조리법을 바꾸는 것이다.

마술로 만들어낸 흙냄비, 마술로 만들어낸 그레이랫 가문의 맛있는 물, 마술로 만들어낸 강력한 화력의 풍로(인력), 이 세 가지를 사용하여서 삶아 보기로 했다.

물은 귀중하지만, 나라면 무한하게 만들어낼 수 있다. 사실은 압력솥으로 부드럽게 요리하고 싶었지만, 시험 삼아 해 보니까 폭발할 것 같았기에 포기했다.

시간은 걸리지만, 가스비도 물값도 공짜다. 느긋하게 차근차근 애정을 부어가며 삶으면 된다.

흙 마술을 사용한 조리도구는 한 번 쓰고 버릴 수 있으니까 편리하다.

하는 김에 시험 삼아 훈제도 해 보고 싶었지만, 스톤 투렌트 칩으로는 맛있어질 것 같지 않았다.

아무튼 이렇게 하니 그레이트 토터스 고기는 나아졌다.

딱딱하고 맛없던 고기가 부드럽고 맛없는 고기로 변했다.

응, 맛없다. 삶는다고 해도 역시 특유의 냄새는 남아 있고, 맛없는 건 맛없다.

미굴드 마을에서 먹었을 때는 조금 더 맛있었는데, 이건 뭔가 이상했다.

뭐가 부족한 걸까? 그러다가 나는 떠올렸다.

미굴드 마을에서 재배하던 식물이었다. 처음에 보았을 때에는 말라비틀어진 식물이라고 생각했는데, 그게 아니었다. 그건 아마도 향초의 일종이었다. 고기의 냄새를 잡아내어 더 맛있게 하기 위한 그들의 지혜인 것이다.

록시의 '쓰고 맛없다'는 말에 완전히 속아 넘어갔다.

그건 야채지만, 그대로 먹는 게 아니다.

참나, 우리 스승님은 덜렁이라서 큰일이야.

다음 도시에 가거든 그런 향신료를 사 보자. 그 외에도 쓸 만한 식재료가 있다면 이것저것 시험해 보고 싶었다…. 헛수고가 되겠지만.

마대륙에는 기본적으로 식재료가 값비싸다. 식물이 거의 자라지 않는 지역이기 때문인지, 특히나 야채들이 비쌌다. 가느다란 고려인삼 같은 것이 고기 5킬로그램과 물물교환될 정도였다.

그레이트 토터스는 싸다. 주식이라고 할 수 있겠지. 5톤 트럭 이상의 크기를 가진 그 거북은 한 마리만 사냥해도 여러 세대가 며칠이나 먹을 수 있었다.

그렇다고 해도 그걸 도시의 모든 세대에게 나눌 수 있을 리도 없었다. 때로는 팩스 코요테를 먹거나 투렌트에 기생하는 벌레 유충을 먹거나 했다.

역시나 벌레라면 에리스도 꺼리는 눈치였다.

나도 사양이다.

이 대륙의 식문화는 내게 맞지 않았다.

그레이트 토터스 고기는 조리 방식에 따라서 그나마 먹을 만했다. 식문화의 수준이 낮은 가운데에서 맛있는 부류다. 굽기만 하면 맛있다는 루이젤드의 말에도 아슬아슬하게 고개가 끄덕여졌다.

하지만 역시 향신료는 필요했다.

두 사람은 별로 필요 없는 모양이지만, 내게는 필요했다. 즉 내 독단으로 사게 된다. 하지만 독단은 좋지 않다. 우리는 팀이니까.

팀이라면 뭐든지 의논하는 습관을 붙이는 편이 좋겠지.

"전원 집합!"

이제 잠을 청하려고 베개 대용 천 뭉치를 어디에 둘지 망설이는 에리스와 눈을 감고 주위의 적을 찾던 루이젤드를 불러 모았다.

"지금부터 회의를 할까 합니다."

"…회의?"

에리스는 고개를 갸웃거렸다.

"예, 이제부터 여행을 하면서 여러 문제가 일어나리라고 생각합니다. 그때에 셋의 의견이 달라서 다투지 않도록 대략적인 것을 미리 이야기해서 결정하는 겁니다."

"그건…."

에리스는 의아한 표정을 지었다. 역시 그녀는 그런 자세한 일에 참가하기 싫은 걸까. 아예 루이젤드와 둘이서 이야기해도 좋겠지만, 따돌리는 것도 좋지 않다.

그녀는 짐이 아니고, 역시 이런 의논에는 참가시켜야겠지.

"그건 그런 거지? 루데우스가 항상 한 달에 한 번 했던 그거?"

한 달에 한 번? 아, 피트아령에서 가정교사를 맡았던 때에 다른 가정교사들과 했던 직원회의 말인가.

그러고 보면 그런 것도 했지.

"그렇습니다. 그것의 모험가 버전입니다."

에리스는 입을 꾹 다물더니 내 앞에 털썩 앉았다. 진지한 얼굴을 하나 싶었는데, 입가에는 히죽거리는 미소가 드리워져 있었다.

뭘까. 그리 재미있는 것도 아닌데… 뭐, 싫어하는 것보단 낫지.

"거기에는 나도 참가하나?"

루이젤드의 질문. 오히려 네가 참가하지 않으면 어쩌냐고 묻고 싶을 정도였다.

"물론입니다. 전사단을 맡았을 때에는 이런 회의를 하지 않았나요?"

"안 했다. 내가 혼자 전부 결정했다."

보통은 그런 모양이다. 리더의 말을 들으라는 거지.

하지만 나는 민주주의 국가 출신이다.

"오늘부터는 셋이서 이야기를 나누고 셋이서 결정하죠."

"알았다."

루이젤드는 얌전히 고개를 끄덕이고 앉았다. 모닥불 옆에서 우리 셋이 둘러앉았다.

"좋습니다. 그럼 제1회 '데드엔드 작전회의'를 시작하겠습니다. 박수."

짝짝짝, 셋이서 각기 박수를 쳤다.

"루데우스, 왜 박수를 쳐?"

"원래 그러는 겁니다."

"길레느랑 할 때는 안 했잖아."

어떻게 아는 거지? 뭐, 상관없지만.

"기념할 만한 제1회니까 박수를 치는 겁니다."

직원회의 때는 하지 않았지만 오늘은 모험가다. 분위기를 좀 띄워야겠지.

"어흠. 그럼 일단, 지난번에 전 성대한 실패를 하였습니다."

"아니, 그건 너의 실패가 아니라."

"셔럽! 루이젤드 씨, 발언을 할 때는 이야기가 끝난 뒤에 거수해 주세요."

히스테릭한 안경 교사처럼 그렇게 말했다.

"알았다."

"좋습니다."

루이젤드가 기죽은 것처럼 입을 다무는 모습을 보고 나는 말을 이었다.

"실패의 원인은 여러 가지가 있습니다."

정보 수집을 게을리한 것, 돈벌이만 생각한 것, 너무 일석이조를 노린 것, 기타 등등.

뭐, 그것들은 각각 조심한다고 하고.

"예방책으로서 앞으로는 보고, 연락, 상담을 엄밀히 할까 합니다. 이 세 가지는 실로 중요합니다."

"보고, 연락, 상담…이라."

그래, 시금치*는 아주 중요하다. 한 캔 먹는 것만으로 근육질 덩치를 별 하늘 저 너머까지 날려 버린다.

"예, 보고, 연락, 상담입니다. 뭔가를 할 때는 일단 상담!"

"흠. 구체적으로는 뭘 하면 되지?"

"하고 싶은 일이나 문제가 생겼거든 그때마다 물으세요."

실제로 사회에서 상담이란 게 어떤 것인지는 모르겠지만….

뭐, 어려운 건 제쳐두자. 우리가 할 수 있는 일을 하면 된다.

※시금치 : 일본어에서 보고(ほうこく), 연락(れんらく), 상담(そうだん)의 첫 글자를 따면 '시금치(ほうれんそう)'를 뜻하는 말이 된다.

"저도 두 사람에게 묻겠습니다. 그때는 함께 생각해 주세요. 해야 하나, 말아야 하나, 그러면 의외로 상대가 깨닫지 못한 명안이 나올지도 모릅니다."

생각해 보면 나는 루이젤드에게 의논 없이 결정한 적이 많았다. 나는 말로는 그를 신용한다고 했지만, 마음속으로는 그를 신용하지 않았을지도 모르겠다.

"그리고 연락. 뭔가를 깨닫거나 알았거든 소리 내어 주위의 다른 이에게 전해 주세요."

에리스가 왠지 끙끙대면서 고개를 끄덕였다. 이해하긴 한 걸까.

"마지막으로 보고. 도중경과도 중요하지만, 실패했다, 성공했다라고만 해도 좋습니다. 이건 제게 말해 주세요."

일단 리더니까 자각을 갖도록 하자.

"여기까지 해서 질문은?"

"없다. 계속해라."

"질문!"

루이젤드가 고개를 내젓고 에리스가 손을 들었다.

"예, 에리스."

"셋이서 의논을 한다고 해도 루데우스가 결정하는 거지?"

"뭐, 최종적으로는 그렇게 되겠지요."

"그럼 처음부터 루데우스가 전부 다 결정하는 게 좋지 않아?"

"저 혼자서는 생각할 수 있는 범위에 한계가 있습니다."

"하지만 나로선 루데우스가 생각 못 할 만한 걸 떠올릴 수 없어!"

그렇게 말해 주는 건 고맙지만, 분명히 말하자면 나도 안심이 필요하다.

서로 의논해서 '괜찮아. 너라면 할 수 있어' 라는 말을 듣고 싶었다.

"떠오르지 않더라도 에리스의 말이 힌트가 되어서 뭔가 좋은 생각이 날지도 모릅니다."

"그런가….."

에리스는 잘 모르겠다는 얼굴이었다. 뭐, 처음에는 어쩔 수 없겠지.

머리를 쓰는 건 중요하다.

"그럼 일단 앞으로의 방침을 정해 볼까 합니다."

앞으로의 방침. 충분한 준비도 없이 여행이 시작되었다.

덮어놓고 시작하긴 했지만, 할 수밖에 없다.

"일단 목적지 말입니다만, 최종목적지는 아슬라 왕국이 됩니다. 중앙대륙 서부입니다. 이건 괜찮겠죠?"

두 사람은 고개를 끄덕였다. 하지만 마대륙에서 중앙대륙으로 바로 갈 수는 없었다.

항로가 없기 때문이다. 이 세계에서 바다는 해족이 지배하고 있다. 정해진 항로 이외로는 갈 수 없다.

"루이젤드 씨, 미리스 대륙에는 어디를 통해 갈 수 있지요?"

"마대륙 최남단의 항구도시, 웬포트에서 배가 다닌다."

고로 중앙대륙으로 가고 싶으면 마대륙의 남단 → 미리스 대룩. 미리스 대륙을 종단. 미리스 대륙의 서단 → 중앙대륙의 남동쪽 끝이라는 루트를 지날 필요가 있다.

물론 비기 같은 루트도 있다.

마대륙의 북서쪽에서 천대륙으로 넘어가는 길이다. 이 루트를 가면 미리스 대륙을 경유하지 않고 중앙대륙으로 갈 수 있다. 중앙대륙에 기고 싶을 뿐이라면 이론상 몇 개월은 단축할 수 있다.

하지만 이 루트는 말처럼 간단하지 않다.

천대륙은 깎아지른 절벽 위에 있는 대륙이다. 날개라도 없으면 위로 올라갈 수 없으니까 절벽을 타고 올라가야 한다. 발판은 없고 길은 없고 마물도 많다. 생존률 5퍼센트라고 일컬어지는 가혹한 루트다.

더군다나 거기를 빠져나가도 기다리는 것은 중앙대륙에서 가장 가혹한 북방대륙이기 때문에 현상금 사냥꾼에게 쫓기는 범죄자 정도밖에 지나지 않는다.

어디까지나 이론상의 이야기다. 실제로는 시간이 더 걸리겠지.

결과적으로 여행 날짜는 그리 차이가 나지도 않을 텐데 일부러 위험을 감수할 필요는 없다.

그런고로 우리는 남쪽으로 향한다.

"뱃삯은 얼마나 들까요?"

"모르겠다."

"거기까지의 노정은 어느 정도 걸릴까요?"

"꽤 걸린다. 쉼 없이 이동해서… 반년 정도 아닐까?"

쉼 없이 이동해서 반년, 멀군.

"뭔가 이동수단은 없을까요? 전이마법진이라든가."

"전이마법진은 제2차 인마대전 때 금기로 지정되었다고 들었다. 찾으면 어딘가에 남아 있을지도 모르지만, 사용하긴 어렵겠지."

적당히 말해 보았는데 있었나, 여행의 문*.

"결국 길을 따라 걸어가는 수밖에 없나요?"

"그렇지."

고속으로 이동하는 수단은 없는 모양이다. 반년이나 계속 이동한다…. 으음, 아니, 반년 동안 계속 이동한다고 생각하면 안 된다. 조금씩 이동한다. 도시에서 도시로. 그렇게 생각하면 된다.

천리 길도 한 걸음부터, 라는 말이 있다.

"일단 최남단의 항구도시 웬포트를 목표로 하고, 다음 도시까지 얼마나 걸릴까요?"

"2주 정도면 커다란 도시가 나올 거다."

2주. 도시와 도시의 거리는 그 정도인가.

"모험가 길드는 있을까요?"

"있겠지."

루이젤드의 말로는 예전에는 종족별로 마을을 만들고 그들의

※여행의 문 : 게임 〈드래곤 퀘스트〉 시리즈에 등장하는 장치로 주로 대륙과 대륙을 연결하는 순간이동에 쓰인다.

정보 교환, 물물교환의 자리로 도시가 생겼다.

고로 작은 도시라는 건 존재하지 않고, 종족의 전사들이 들르는 모험가 길드도 당연하게 존재한다.

또 예전에는 도시를 지키는 건 모험가 길드가 아니라 각 종족에서 대표로 뽑힌 전사들이었다고 했다. 싸우는 일이 적은 종족을 위해서 씨울 수 있는 이가 많은 종족이 전사를 내보내기도 했다나.

스펠드족과 미굴드족의 관계가 그런 느낌이었던 모양이다.

그런 종족간의 관계를 견고하게 다지기 위해 다른 종족들끼리 결혼하는 경우도 있었다고 했다.

어쩐지 마족은 잡다한 종족이 많다 했다. 하프나 쿼터가 많은 거겠지.

어차, 이야기가 탈선했군.

"그럼 우리는 모험가 길드가 있는 도시를 전전하며 이동하는 걸로 했으면 합니다."

거기서 1주일에서 2주일 정도 체재. 모험가 자격이 박탈되지 않았으면 모험가로서 의뢰를 받으면서 '데드엔드'의 이름을 판다.

그리고 다음 도시까지의 여비가 모이는 대로 도시를 떠난다.

"그런 게 일련의 흐름입니다만, 뭔가 질문, 혹은 의견 있습니까?"

루이젤드가 거수.

"딱히 내 이름을 팔지 않아도 된다. 그러기 위해 머리도 밀었

다. 지금 나는 스펠드족이 아니다."

"뭐, 이름을 파는 건 의뢰 수행의 부차적인 효과지요. 부차적인."

재릴과 베스켈을 보고 깨달았다. 특별한 걸 할 필요는 없다.

성심성의껏 일을 하고 잘 끝마치거든 '데드엔드의 루이젤드'라고 이름을 댄다.

실패하면 루데우스의 이름을 댄다. 그것뿐이다. 다음부터 '데드엔드'의 오명은 내가 덮어쓴다.

하지만 그건 루이젤드에게는 비밀이야.

어? 상담이 중요하다고 해 놓고서 왜 멋대로 정하냐고?

사소한 건 됐잖아.

"또 체재 중의 활동에 대해 뭔가 질문 있습니까?"

"질문!"

"예, 에리스, 말씀하세요."

이 분위기, 그립군. 수업 중 같다.

"예전에 그랬던 것처럼 가게 가격 조사 같은 건 안 해?"

"시장 조사 말입니까?"

흠, 그러고 보면 리카리스 시에서는 안 했군.

그 도시에서는 정말로 계획 없이 움직였다. 운반용 도마뱀도 시세를 알았으면 더 싸게 손에 넣었을지도 모르지.

"해 볼까요. 가격을 아는 것은 돈을 잘 쓰는 첫 걸음이니까요. 그 외에 뭔가 있습니까?"

루이젤드와 에리스는 말없이 서로의 얼굴을 보았다.

없는 모양이다. 뭐, 일단은 이 정도겠지. 앞으로 길을 가다 보면 문제도 나오겠지. 그때는 싸우지 않고 차분하게 이야기를 나누면 된다.

"그럼 내일부터 잘 부탁합니다."

그렇게 말하고 나는 두 사람에게 고개를 숙였다.

이렇게 우리의 여행은 시작되었다.

다음 도시에서 루이젤드가 스펠드족으로 인식되는 일은 없었다.

눈썹까지 싹 민 탓일까. 마대륙에서는 헤어스타일을 확 바꿔 버리는 문화도 없는 모양이었다. 종족 특유의 외견을 중시하는 거겠지.

문지기는 쾌히 통과시켜 주었다.

루이젤드의 외견은 대머리라고 할까, 아무리 봐도 마피아나 우익으로밖에 보이지 않는데, 시내에서는 더 무시무시한 모습인 녀석도 있기 때문이겠지.

그리고 역시 모험가의 차림을 하면 다른 건지, 정말로 잘 왔다고 환영받았다.

루이젤드도 이렇게 쉽사리 통과된 것은 처음이라며 기쁜 듯이 말했다.

외견은 괜찮더라도 길드에서 파티명이 '데드엔드'라고 말하자, 주위에서는 '괜찮아?' 라는 의문이 날아들었다. 진짜니까 괜찮다고 하자 태반이 웃음을 터뜨렸다.

이 방법은 여전히 유효한가 보다.

모르는 장소에서도 간단히 받아들여졌다. 이제 와서는 데드엔드라는 존재의 네임밸류가 고마웠다.

도시에 와서 숙소를 잡고 작전회의.

이번 의제는 에리스가 꺼냈다. '세탁 중에 루데우스가 내 팬티의 냄새를 맡던데, 그만둬 달라' 라는 말을 진지하게 꺼냈기에, 나는 에리스의 팬티를 건드릴 수도 없게 되었다.

하지만 그렇게 되면 세탁을 할 수 있는 건 루이젤드밖에 남지 않는다.

어린애를 보면 머리를 쓰다듬어 주지 않고 못 배기는 로리콤 녀석에게 귀여운 에리스의 팬티를 넘겨줄 수도 없어서, 에리스에게 빨래를 가르쳤다.

오늘부터 빨래는 에리스 담당이다.

그렇게 생각했더니 그녀는 몰래 내 팬티의 냄새를 맡았다.

하지만 나는 결코 그만둬 달라고 말하지 않았다. 그게 남자의 도량이란 거잖아?

정보 수집은 그리 어렵지 않았다.

모험가 길드를 이용하면 대부분은 알 수 있었다. 어린애인 척하며 다른 모험가에게 물어보면 끝이다. 정말이지 간단했다. 이

대로 어린애로 있고 싶다고 생각할 만큼 뭐든지 가르쳐 주었다.

신이 나서 글래머 여모험가에게 스리 사이즈를 물어보았다가 에리스에게 마운트를 빼앗겼다.

이 세계에는 탭이라는 개념이 없다.

그런 느낌으로 도시에서 도시로 옮겨 다니면서 우리는 점점 남쪽으로 이동했다.

한 달, 두 달.

어느 날을 경계로 에리스는 마신어를 배웠다.

록시의 교과서가 없어서 자세하게는 가르쳐 줄 수 없었지만, 나와 루이젤드, 강사가 둘이나 있기 때문에 그녀도 금방 배울 수 있었다. 아슬라 왕국에 있던 때에는 읽고 쓰기도 좀처럼 기억 못 했으면서… 역시 환경은 인간을 바꾸는 모양이다.

자기만 말이 안 통한다면 스트레스도 장난 아니겠지.

"나, 나, 는, 에리스 보레아스 그레이랫…입니다."

"예, 잘했습니다, 아가씨."

"정말?!"

뭐, 아직 대화가 되려면 멀었지만….

야마모토 이소로쿠[*]도 말했다.

해 보고 말해 보고 시켜 보고 칭찬해 주지 않으면 인간은 움직

※야마모토 이소로쿠 : 제2차 세계대전 당시 일본 해군 연합함대 사령장관.

이지 않는다. 대화를 나누고 귀를 기울이고 승인하고 맡겨 보지 않으면 인간은 성장하지 않는다. 하는 모습을 감사하게 지켜보고 신뢰하지 않으면 인간은 결실을 맺지 않는다.

그런고로 나는 팍팍 칭찬해 주었다.

"역시나 아가씨입니다! 대단합니다! 쩝니다!"

"…왠지 날 놀리는 거 아냐?"

"아뇨, 아뇨, 아뇨, 설마."

좀 지나쳤나…. 칭찬한다고 꼭 좋은 건 아니군, 음.

"저기, 이제 곧 마대륙에서 나가는 거지?"

"그럴 예정입니다. 다음은 미리스 대륙이네요."

이제 곧이라고 해도 아직 멀었지만.

"그럼 혹시 마신어를 배워도 의미 없는 거 아냐…?"

"또 올지도 모르잖아요."

필요에 쫓겨서 배울 마음을 먹었다고 해도 에리스는 여전히 공부가 싫은 모양이었다.

그런 그녀는 내게 마신어를 배우면서 루이젤드에게 전투법을 배웠다.

처음에는 나도 거기에 참가했지만, 솔직히 말해서 따라갈 수가 없었다.

루이젤드의 지도는 오로지 말없이 대련을 할 뿐이었다. 최종적으로는 지도를 받는 쪽이 지면에 쓰러지거나 혹은 목젖에 창이 닿았다.

그리고 루이젤드가 '알았나?' 라고 물었다.

나로선 알 수 없었다. 몇 번을 해도 알 수 없었다.

하지만 에리스는 이해했는지 가끔씩 깨달은 듯이 '알았어' 라고 말했다.

대체 뭘 안 건가 싶지만 나도 대충은 눈치챘다.

아마도 루이젤드는 이쪽의 문제점을 전투 중에 찔렀다.

싸움이란 유동적이라서 움직이는 부분이 많다. 그렇기에 말이 아니라 행동으로 보여준 것이다.

하지만 그렇다고 이해되는 것도 아니었다. 그걸 알았으면 나는 더 강해졌겠지.

아마도 에리스는 천재일 것이다. 분명 전투면에서는 내 손이 미치지 않는 영역에 있다.

솔직히 말해서 나는 루이젤드의 전투 이론을 도대체 이해할 수가 없었다.

하지만 에리스는 이해했다.

'알았어' 라는 말은 단순한 말만이 아니라 진짜로 이해한 것이다.

그리고 실제로 에리스는 강해졌다. 그녀의 전투력은 비약적으로 향상되었다.

아직 길레느에게 미칠 정도는 아니겠지만, 어쩌면 파울로를 슬슬 뛰어넘었을지도 모르겠고… 어쩌면 마술을 배운 나보다 강하지 않을까.

나도 여러모로 고민을 해 봐야겠다.

에리스가 성장했는데 나만 지금 이대로면 체면이 안 선다.

어떻게든 강해지고 싶은 마음에 에리스의 눈을 피해서 루이젤드와 진짜로 싸워본 적이 있었다.

진짜라고 해도 파울로를 상정했을 때처럼 접근전이었는데….

결론부터 말하자면 졌다.

완패였다.

루이젤드에게는 내가 생각해 온 접근용전 마술이 하나도 먹히지 않았다.

"나쁘진 않군. 너는 마술사로서 완성된 영역에 있다."

패했는데도 그런 말을 들었다. 예전에 길레느에게도 비슷한 말을 들었던 것 같은데.

"하지만 생각이 틀렸다. 나한테 접근전에서 이길 필요는 없다."

너무 가깝다는 말이었다. 상대가 유리한 무대로 가니까 고전하는 거라고.

그건 알고 있지만, 그렇다고 해서 언제나 원거리에서 싸움이 시작되리라고만 볼 순 없는데.

"그럼 어떻게 해야 할까요?"

"글쎄. 나도 마술은 문외한이니까…. 마술을 섞은 접근전이라고 하면 용족의 특기인 모양이지만, 나는 페르기우스의 싸움을 조금 본 적이 있을 뿐이다. 참고가 안 된다."

"페르기우스라면 공중성채의 그 사람 말이죠? 어떤 식으로 싸웠나요?"

"음, 그자는 전용문과 후용문을 소환하고 자기는 마력발톱을 사용하여 싸웠다."

소환이라. 소환 마술은 모르는데….

"전용문과 후용문인가 하는 그건 무슨 소환 마술인가요?"

"자세하게는 모르지만, 전용문은 상대의 마력을 항상 흡수하고 후용문은 흡수한 마력을 자기 것으로 만든다는 느낌이었다."

그러니까 페르기우스를 상대로 싸움이 길어지면 길어질수록 불리해진다.

라플라스는 압도적인 마력총량을 자랑했기에 그다지 효과가 없었던 모양이지만….

어지간한 전사라면 5분도 못 버티고 온몸의 마력을 흡수당해서 기절했겠지.

"비겁한 방식이네요."

"…그런가?"

루이젤드라면 그걸 비겁하다고 말할 줄 알았는데, 그렇지도 않은 듯했다.

역시 숙적 라플라스에게 도전했다는 동료의식이 있는 걸까.

"그렇게 안달하지 마라. 네 나이를 생각하면 본격적으로 강해지는 건 지금부터다."

루이젤드는 최종적으로 그렇게 말하고 내 머리를 쓰다듬었다.

전사로서 인정해 주긴 했지만, 루이젤드는 내 머리를 쓰다듬었다.

이 남자는 그냥 단순히 어린애 머리를 쓰다듬길 좋아하나.

하지만 어떻게 해야 강해질 수 있을까….

그렇게 고민하면서 남쪽으로, 남쪽으로.

도시에 도착해서 의뢰를 받고 이름을 팔고 돈을 모아서 다음 도시로.

같은 짓을 반복하면서 계속해서 남쪽으로.

다섯 달, 여섯 달.

여행 도중에 루이젤드에게 승부를 청한 자가 있었다.

"나를 말하자면 북신 카르만의 직속 제자 '공작검 오베르'! 의 셋째 제자 로드리게스!"

처음에는 현상금 사냥꾼인 줄 알았다.

모르는 사이에 루이젤드에게 상금이 걸린 건가 싶었다.

"그 행동거지, 이름 있는 자인가 보군! 승부를 청하고 싶다!"

하지만 아무래도 아닌 모양이었다.

그는 무사수행을 위해 마대륙을 여행하는 자라고 밝혔다.

"루이젤드 씨, 어떻게 할까요?"

"이런 대련은 오래간만이로군."

루이젤드의 말로는 마대륙에는 무사수행을 하는 사람도 많다는 모양이었다. 마대륙은 마물도 강하고, 그 마물을 퇴치하는 모험가들도 강하다. 수행을 하려는 이에게는 안성맞춤인 곳이라나.

의미도 없이 강해져서 어쩌려는 걸까.

"나는 받아들여도 좋지만, 어쩌면 좋지?"

"저는 거절해도 괜찮을 듯한데, 어쩌고 싶은가요?"

"나는 전사다. 대련 신청이 있다면 상대해 주고 싶다."

처음부터 그렇게 말해 주면 좋잖아. 그런고로 룰을 정하기로 했다.

1. 목숨을 빼앗지 않도록 결정타는 찌르지 않는다.

2. 이쪽은 승부가 끝난 뒤에 이름을 밝힌다.

3. 이기든 지든 원한을 갖지 않는다.

상대는 쾌히 승낙하여 결투 개시.

루이젤드는 이겼다. 상대의 전력을 받아내는 움직임으로 이겼다. 봐준다는 느낌이 아니라, 안전하게 움직이면서 상대의 움직임을 완전히 제압하였다.

"완패다. 이렇게 강한 자가 있다니… 세계는 아직 넓군! 그래서 귀하의 이름은?"

"루이젤드 스펠디아다. '데드엔드'라고 불린다."

"뭐라고, 바로 그 '데드엔드'인가?! 마대륙에서 몇 번이나 소문을 들었다. 무시무시하게 강한 스펠드족 남자가 있다고!"

싸움이 끝나자 그는 놀랐다.

의외로 인간족은 스펠드족의 특징을 몰랐다. 스펠드족이 창을 다룬다든가, 이마에 붉은 보석이 있다든가 하는 특징을 모르는 자가 많았다.

인간족이 아는 스펠드족의 특징은 에메랄드그린색 머리칼이라는 것뿐이었다.

에메랄드그린색 머리칼. 전쟁이 끝나고 400년이나 지난 지금은 그저 그것만이 박해의 이유였다.

녹색 머리라는 이유로 괴롭히다니, 나로서는 도저히 이해가 되지 않았다.

"하지만 머리카락이 없는데?"

"연유가 있어서 밀었다."

"이, 이유는 묻지 않는 게 좋을 듯하군…."

명백히 강한 상대, 공포의 상징 스펠드족, 그중에서도 가장 흉악하다는 인물.

당연히 두려워할 상대인데, 역시나 무인들끼리 뭔가 통하는 게 있었던 모양이다.

강함을 기준으로 사는 사람들에게 루이젤드는 존경할 만한 인물이었다.

"설마 역사상의 인물과 겨뤄 보다니…! 이거 고향에서 자랑할 수 있겠군!"

대부분의 상대는 기뻐하였다.

길을 가다가 할리우드 스타와도 만난 듯한, 게다가 성격 까다로울 줄 알았던 스타가 의외로 친근하게 굴더라는, 그런 느낌으로 기뻐하였다.

"내가 바로―."

그 녀석을 시작으로 루이젤드는 종종 도전을 받았다.

남쪽으로 가면 갈수록 그런 상대가 늘어났다. 무사수행자 중에는 학식 있는 녀석도 있어서 루이젤드가 400년 전 전쟁 당시 스펠드족 전사단의 리더와 같은 이름이라는 걸 지적하는 사람도 있었다.

동일인물이라고 하자 크게 놀랐다.

그 사람에게는 루이젤드의 전쟁담을 꼬박 하루 밤낮 동안 들려주었다.

루이젤드 할아버지의 옛날이야기는 길었지만, 과장 없이 말하는 그 실화는 무인을 흥분케 하는 뭔가가 있었나 보다. 특히나 천 명의 포위망을 뚫고 오랫동안 잠복하여 라플라스를 친 부분에서는 무인도 감동하여 눈물을 흘렸다.

이 이야기를 책으로 만들어서 유통시키면 의외로 스펠드족을 보는 눈도 변할지 모르겠다.

'실록! 정의 없는 싸움 마대륙 사투편!' 이라든가 '아무도 모르는 역사의 진실 스펠드족편' 같은 타이틀로.

흙 마술을 쓰면 인쇄는 가능하니까.

그리고 나는 네 개 대륙의 언어를 할 수 있다. 뭐, 나라의 법률에 저촉되어 붙잡힐 가능성도 있지만….

일단 머릿속 한구석에 담아두기로 하자.

"고맙군! 많이 배웠다."

무사수행자들은 다들 기뻐하면서 헤어졌다. 원한을 품는 일은 일절 없었다. 이것도 저것도 모두 머리를 민 덕분이겠지.

아예 스펠드족은 죄다 스킨헤드를 하는 편이 좋지 않을까?

그리고 남쪽으로, 남쪽으로.
우리는 여행하였다.
여덟 달, 아홉 달.

물론 순조롭기만 하진 않았다.
문제는 몇 번이나 일어났다.
말을 알아듣기 시작하면서 에리스가 비웃음에 화를 내어 싸움을 건 적도 있었다. 루이젤드가 스펠드족이라고 들켜서 쫓겨난 적도 있었다. 또 내가 목욕하는 에리스를 엿보려다가 루이젤드에게 목덜미를 붙잡혀서 끌려온 적도 여러 차례 있었다.
비슷한 문제는 몇 번이나 일어났다.
처음에는 문제가 일어날 때마다 안달복달했다.
고쳐야 한다, 어떻게든 해야 한다, 그렇게 생각했다.
하지만 생각해 보니까.
에리스는 싸울 때에 절대로 검을 뽑지 않았다. 루이젤드도 쫓겨날 때에 처음처럼 소동을 부리지 않았다.
도시에서 친해진 위병이 미안한 눈치로 "미안해. 스펠드족이라면 역시 무서워하는 사람들이 있으니까."라고 말해 준 적도 있었다.
그리고 나는 결국 한 번도 에리스의 목욕을 엿볼 수 없었다.
하나 같이 자잘한 문제였다.

큰 문제로는 발전하지 않았다.

그러니까 신경 쓰지 않게 되었다. 에리스는 성격이 난폭하고 루이젤드는 스펠드족이고 나는 여자를 밝힌다. 태어나면서부터 그랬으니 이제 와서 고치려고 해도 고칠 수가 없다.

뭐, 할 수 있는 일을 할 뿐이다.

실패해도 나중에 손을 쓰면 된다.

마음 편하게 가자, 편하게.

도중부터 그렇게 생각하게 되었다.

결코 실패를 경시하는 게 아니다.

그저 어깨에서 힘을 뺀다는, 그런 당연한 것을 실천할 수 있게 되었을 뿐이다.

간단하고 당연한 일.

그걸 나는 이 여행에서 두 사람과 함께 행동하면서 배울 수 있었다.

그렇게 여행을 계속한 지 약 1년이 경과.

우리는 어느 틈에 A랭크의 모험가가 되고.

마대륙 최남단의 항구도시 웬포트에 도달하였다.

번외편

아슬라 왕녀와
기적의 천사

아슬라 왕국 왕도 아르스는 전 세계에서 가장 인구가 많고 가장 거대한 도시다.

그 거대한 도시 중심에 있는 것은 역시 세계에서 가장 크고 아름답다는 새하얀 성.

왕성 실버 팰리스.

하지만 그 성 내부에 있는 것은 외견과 전혀 다르게 끈적하고 더러운 정쟁이다.

귀족들이 서로를 속고 속이고 뒤를 친다.

아무런 예고도 없이 들이닥친다.

이 성 안은 아무도 신용할 수 없다고 할 만한 마경이었다.

피트아령 소멸 사건은 그런 정쟁에도 커다란 영향을 끼쳤다.

이번에는 그 발단이 된 사건을 말해 보자.

실버 팰리스 내부에는 왕족, 귀족의 저택 외에 수많은 정원이 있었다.

붉은 꽃이 피는 식물을 모은 장미 정원.

검은 꽃이 피는 식물을 모은 목단 정원.

파란 꽃이 피는 식물을 모은 자양화 정원.

그리고 하얀 꽃이 피는 식물을 모은 정원.

통칭 백합 정원.

그 백합 정원은 특히나 어떤 사람이 마음에 들어했다.

그 사람이란 아리엘 아네모이 아슬라.

아슬라 왕국 제2왕녀.

절세의 미녀라고 일컬어지는 제1왕비의 미모와 빛나는 금발, 역대 최고라고 하는 국왕의 아름다운 목소리를 물려받은 그녀는 아직 성인이 되기도 전부터 넘쳐나는 카리스마를 가지고 왕도에 사는 수많은 민중에게 역대 최고의 아름다운 공주로 인기를 모았다.

그런 그녀에게는 사흘에 한 번씩 백합 정원에서 홍차를 마시는 습관이 있었다.

백합 정원에 딸린 하얀 테이블 앞에 앉아서 호위기사, 수호술사를 거느리고 혼자 조용히 차를 마신다.

그 모습은 동성이라도 감탄을 내뱉을 만큼 아름답고, 이성이라면 넋을 놓을 정도로 아련하였다.

옛날이야기에 나오는 요정 같은 모습은 함부로 다가가면 안 된다는 생각을 품기에 충분했다.

고로 그녀가 백합 정원에 있을 때에 말을 걸어오는 사람은 없었다.

함께 차를 마시려는 사람조차 일절 존재하지 않았다.

그녀는 홀로 의자에 앉아 호위기사나 수호술사와 간단한 대화를 나누면서 짧은 티타임을 즐겼다.

그 호위기사 또한 공주에게 어울리는 미남이었다.

호위기사는 밝은 밤색 머리칼에 오똑한 코와 뾰족한 턱, 뚜렷한 얼굴을 가진 미남.

루크 노토스 그레이랫.

4대 지방 영주인 그레이랫 가문의 차남으로, 검신류 중급의 실력을 가진 젊은 기사였다.

성 안에서 그를 모르는 여성은 없었다.

나이를 보자면 십대 초반. 나이에 어울리지 않게 교묘한 화술은 여성을 질리게 하는 법이 없었고, 그와 이야기한 여성은 반드시 그의 포로가 된다고 할 정도로 멋쟁이였다.

동년배 여성에게 가장 인기 많은 남자였다.

수호술사는 두 사람에 비해 다소 연상이었다.

연상이라고 해도 성인이 된 지 얼마 되지도 않아서, 열여섯이나 열일곱 정도의 나이일까.

루크와 비교하면 절세의 미남이라고 할 정도는 아니지만, 평균적으로 볼 때 충분할 미남으로 다소 갸름하고 인상 좋은 얼굴이었다.

교태 어린 느낌인 그의 모습은 미남미녀인 두 사람을 돋보이게 했고, 세 사람의 모습을 한층 다가가기 어려운 것으로 만들었다. 그의 이름은 데릭 레드뱃.

이름 높은 레드뱃 가문의 삼남으로 유서 깊은 아슬라 마법학교를 졸업한 상급 마술사였다.

대체 그들이 어떤 대화를 나누는 걸까.

그건 성 안에 사는 젊은이들이 가장 흥미를 갖는 내용이었지만, 아무도 알 수 없었다.

세 사람은 오늘도 백합 정원에서 조용히 이야기를 나누었다.

"…그래서 색깔은 무슨 색이었습니까?"

아리엘의 목소리가 조용한 정원에 울렸다.

그녀의 목소리는 대단히 아름다워서 그야말로 방울을 울리는 듯하다는 형용사가 딱 들어맞았다.

"아름다운 핑크… . 아뇨, 약간 오렌지색이 섞여 있었습니다."

아리엘의 앞, 테이블 맞은편에 선 루크가 낭랑한 목소리로 대답했다.

아직 목울대가 튀어나오지 않은 그의 목소리는 약간 높지만, 미남의 목소리는 그러리라는 예상을 배신하지 않는 멋진 목소리였다.

"……."

그런 두 사람의 대화를 수호술사 데릭이 조용히 들었다.

그 표정은 음울하여서, 두 사람의 대화를 들으면서 그 내용을 음미하는 것처럼 여겨졌다.

"저는 역시 백자 같은 흰색에 아름다운 핑크가 꼿꼿이 위를 향한 것이 좋군요."

"아리엘 님, 하오나 내면에 쌓인 것도 나름 좋지 않겠습니까?"

"어머, 루크는 함몰된 것도 좋다는 말인가요?"

아리엘의 놀란 듯한 목소리에 루크는 태연하게 대답했다.

"저는 크기만 하면 좋다고 생각하는 사람이기에, 그 이외의 부분을 중요시하지 않습니다."

"하아…. 루크는 멋을 모르는군요."

아리엘은 한숨을 내쉬고 루크는 어깨를 으쓱였다.

과연 이 두 사람이 무슨 대화를 나누는 거냐 하면.

"그래서 새로 들어온 메이드 사리샤는 어떤 느낌이었나요?"

"풋풋하고 감도도 좋아서 제법 좋은 느낌이었습니다."

별 것도 아니다.

루크가 지난번에 침대로 끌어들인 여자의 가슴 이야기를 하고 있을 뿐이다.

"그런가요…. 그럼 어떻게든 내 침소에도 끌어들이고 싶군요."

"그런 거라면 도와드리지요."

"어머, 한 번 안은 아이를 그렇게 쉽게 버리는 건가요?"

"사리샤의 가슴은 제게 다소 작은 편이기에."

아리엘과 루크.

이 두 사람은 그 외견과는 상상도 할 수 없을 정도로 호색이며 저질이었다.

두 사람은 궁중의 메이드나 중급 귀족의 딸을 신나게 먹어치웠다.

"역시 귀여운 소녀를 괴롭히는 것은 아주 흥분되니까요. 사리샤는 좋은 소리로 울어줄 것 같아요."

궁중에서 아는 사람만 아는 사실이지만, 아리엘은 동성이라도 흥분하는 쪽이며 극도의 새디스트였다.

아슬라 귀족, 왕족은 도를 넘은 성벽을 가진 이가 많지만, 아리엘도 거기서 벗어나지 않는 존재였다.

루크는 그렇게까지 극단적이 아니지만, 가슴 큰 여자를 좋아하는 호색한이었다.

그들은 그 외견과 소문 뒤에 숨어서 음모가 소용돌이치는 아슬라 왕궁에서 제멋대로 살고 있었다.

물론 아슬라 왕족, 귀족 중에서 그들이 특별히 이상한 것도 아니었다.

태반의 귀족은 그들과 마찬가지로, 아니, 그 이상으로 변태적인 취미를 가진 경우가 많았다.

400년 이상의 역사를 가지고 전쟁이나 기아와 거리가 먼 아슬라 왕국에서는 일탈된 행위를 즐기는 것을 자랑으로 삼는 인간도 많았다.

아리엘이나 루크는 아직 젊지만, 그런 귀족의 기호에 푹 빠진 것이다.

하지만.

"아리엘 님. 루크. 너무 심한 행동은… 바람직하지 않다고 봅니다."

데릭을 보자면 그는 상식인이었다.

레드햇 가문은 본디 지방의 중급귀족으로, 아슬라 왕국의 퇴폐적인 세계와는 관계없는 귀족이었기 때문이다.

그런 그가 왜 제2왕녀의 수호술사 같은 중요한 임무를 맡게 되었는가 하면, 단순히 마법학교에서 성적이 좋았기 때문이다. 상급 마술사인 귀족은 귀중하다.

"데릭…. 당신은 조금 더 아슬라 귀족에 대해 배우는 편이 좋겠군요."

"그래, 데릭. 너는 항상 그렇지. 자리의 분위기를 읽는 법을 배우는 게 좋다. 그러지 않으면 여자한테 인기가 없어."

두 사람이 어깨를 으쓱이는 바람에 데릭은 한숨을 내쉬었다.

"그건 아닙니다, 아리엘 님. 아리엘 님께서는 앞으로 아슬라 왕국의 국왕이 되실지도 모르시는 분. 하찮은 풍문이나 시답잖은 색정으로 적을 만드시는 건 바람직하지 않다고 아뢰겠습니다."

데릭의 말에 아리엘이 한숨을 내뱉었다.

"잘 들어요, 데릭. 당신은 항상 그렇게 말하지만, 나는 제2왕녀거든요?"

"그렇습니다. 아리엘 님은 높은 왕위계승권을 가지신, 차기 국왕 후보 중 한 분이십니다."

"위로는 오라버니가 두 분, 언니가 한 분 있어요. 언니는 이미 어디로 시집갈지도 정해진 모양이지만, 오라버니들은 지금도 국왕을 목표로 싸우고 계시지요. 그분들이 있는 한 내가 여왕이 될 일은 없어요."

"아뇨, 아리엘 님은 정비님의 따님입니다. 유일하게 정통 아슬라 왕가의 피를 이은 분입니다."

"그만둬요, 데릭."

아리엘은 데릭의 말을 가로막았다.

"그런 말이 오라버니들의 귀에 들어가서 나한테 암살자를 보내시기라도 하면 어쩌려고 그래요? 나한테 달라붙어서 단즙을 빨아먹으려는 귀족도 늘어나는 판에…."

"아리엘 님이 자각을 가지고 싸우시겠다면 암살자와 싸우고 목숨을 잃는 한이 있더라도 소인은 상관없습니다."

"데릭. 무서운 소리 하지 말아요. 게다가 나는 알고 있어요. 당신이 우리를 어떻게 생각하는지…. 그렇게 바람만 불어넣었다가 막상 싸움이 나면 나를 버리고 도망칠 거죠?"

"무슨…!"

데릭은 눈을 치떴다.

그는 부들부들 몸을 떨고 험악한 표정을 하면서 주먹을 불끈 움켜쥐었다.

"있잖아요, 데릭. 나는 여왕 같은 게 되지 않아도 충분해요. 이렇게 정원에서 차를 마시고 마음껏 사는 것만으로 충분해요. 어차피 오라버니들과 싸워 봤자 승산도 없는데, 적극적으로 정쟁에 참가하는 건 바보 같잖아요?"

아리엘의 달관한 어조는 정곡을 찌르고 있었다.

아무리 아리엘의 왕위계승권 순위가 높더라도 나이로 봐도,

아군 숫자를 봐도 뒤지기 때문에 승산이 적다. 그렇다면 주제에 어울리지도 않는 왕 같은 건 일찌감치 포기하고 향락을 누리며 사는 게 현명한 방식이다. 설령 왕이 되지 않는다고 해도 아리엘은 세계에서 가장 큰 나라인 아슬라 왕국의 왕녀니까 충분히 그럴 수 있다.

"이제 됐습니나…."

데릭은 답답한 마음에 할 말을 잃고 그렇게만 말하고 그 자리에서 물러났다.

그 뒷모습을 아리엘과 루크가 어깨를 으쓱이며 지켜보았고, 다시금 궁중 여자의 가슴에 대한 논의로 돌아갔다.

데릭은 수호술사 임무를 방치한 게 아니었다.

그는 화장실로 향했다.

데릭과 루크의 임무는 아리엘의 경호지만, 인간인 이상 생리 현상은 따르기 마련이다. 한쪽이 자리를 비울 때는 다른 쪽에게 말하고 재빨리 일을 보는 게 그들의 상식이다. 배설중일 때가 인간이 가장 무방비해지는 순간이고 노려지기 쉽다는 것은 이 세계라도 변함없었다.

데릭은 백합 정원의 달달한 공기에 적응되지 않아서 처음에는 그때마다 루크에게 말하고 화장실에 갔다. 하지만 적응이란 것은 무서운 법, 몇 번이고 화장실에 갈 때마다 '데릭은 백합 정원에선 도중에 화장실에 간다'는 상식이 아리엘과 루크에게 생겨났고, 어느 틈에 일일이 화장실이라고 말하지 않아도 되었다.

아리엘은 성적인 의미로 변태지만, 우아하게 차를 즐길 때에 화장실이라는 멋대가리 없는 단어를 듣기 싫어했다.

데릭은 화장실 안에 틀어박혀 혼자 생각에 잠겼다.

"하아…."

그의 머릿속에 떠오르는 것은 방금 전의 대화였다.

아리엘은 국왕이 될 생각이라곤 전혀 없다고 말했다.

하지만 데릭은 아리엘이 왕이 되길 바랐다.

결코 아리엘의 오빠들, 제1왕자와 제2왕자가 왕에 어울리지 않다고 생각하는 게 아니다. 그들이 왕위를 이으면 역대 아슬라 국왕에게 앞설지언정 뒤지지 않는 훌륭한 왕이 되겠지.

하지만 그래선 안 된다는 게 데릭의 생각이었다.

그들이 왕이 되면 아슬라 왕국은 여태까지처럼 부패한 채로 커지겠지. 귀족과 귀족의 추한 싸움은 이어지고, 그만큼 나라의 진보는 뒤쳐져서 언젠가 타국의 개입을 허용할지도 모른다.

아슬라 왕국은 굶주림과 거리가 먼 곳이다.

귀족이 아무리 부패하고 백성들에게 세금을 쥐어짜내더라도 민중은 굶주리지 않는다는 말이 있다. 고로 불만은 쌓이기 어렵고 현황을 어떻게 바꾸려는 사람도 나오지 않으며, 커다란 반란이나 내전은 일어나지 않았다.

그렇기에 정체되었다.

물론 마술이나 기술 연구에는 진전이 있었지만, 그래도 기술에서는 남쪽의 왕룡 왕국에게, 마술에서는 북쪽의 마법삼대국에게 추월당했다. 아직 다른 분야로는 아슬라 왕국이 압도하고 있다지만 이대로 백 년, 아니, 오십 년이나 정체가 계속되면 어떻게 될까?

남쪽의 왕룡 왕국은 비옥한 토지를 가진 아슬라 왕국을 호시탐탐 노렸다.

산지의 비호를 받아서 타국의 침략이 없다고 장담하는 현재의 아슬라 왕국이 50년 뒤에 진보된 기술을 가진 왕룡 왕국의 침공을 받으면 어떻게 될까. 그때에 진보된 마술을 가진 마법삼대국이 연동하여 북에서 공격해 오면….

"아리엘 님이라면 하실 수 있을 텐데…."

데릭은 그런 정체를 아리엘이라면 타파할 수 있으리라고 생각하였다.

데릭은 아리엘과 처음 만났을 때의 일을 떠올렸다.

고작 몇 년 전. 왕국에서 주최한 성인식 파티 때의 일이었다.

당시 데릭은 마법학교를 갓 졸업한 몸이었다. 데릭은 수석을 차지하지 못했지만, 우수한 성적으로 졸업하여서 몇 달 뒤면 아슬라 왕국의 마술사단에 들어가기로 결정되었다.

데릭은 자기 자신을 우수하지만 드물지는 않은 레벨의 마술사로 인식하고 있었다.

그런 데릭의 앞에 나타난 사랑스러운 소녀.

아리엘은 당시에 아직 미성년이었지만 내빈으로 파티에 참석하였다.

어린 나이에도 또렷한 어조로 축사를 읊는 아리엘. 데릭의 눈에는 마법학교 수석 졸업자보다도 총명하게 보였다.

그 뒤 마술사단에서 일하던 데릭에게 아버지가 '왕녀의 수호술사 자리가 비었는데 한 번 추천해 볼까?' 라는 제안을 하였을 때에는 뒤도 안 보고 덤벼들었다.

아리엘은 행동력 있는 여성이다. 지금은 낮에 차를 마시고 밤에는 메이드를 끌어들일 뿐인 매일을 보내고 있지만, 사실 근면하고 사교적이며 자기 발전을 위한 노력을 아끼지 않는 성격이다.

아리엘이 왕이 되고 국력 향상을 위하여 매진하면 아슬라 왕국은 한층 발전을 이루고, 어쩌면 중앙대륙 전체를 정복하는 것도 불가능은 아니겠지.

무엇보다 아리엘은 격이 다른 카리스마를 가졌으니까.

마법학교와 마술사단은 반사회적인 사고방식을 가진 이들의 소굴로, 현재 정권을 좌지우지하는 대신이나 왕족, 귀족을 뒤에서 비판하는 이가 많았다.

하지만 그런 장소에서도 아리엘을 비판하는 이는 아무도 없었다.

그런 그녀라면 라플라스 전쟁 후기에 인간족의 리더가 되었고 종전 후에 국왕이 된 가우니스 프리앤 아슬라처럼 민중에게 사랑받는 왕이 될 게 틀림없다.

아리엘을 위해서라면 목숨을 버려도 아깝지 않다고 생각하는 이가 많았다.

데릭도 그중 하나였다.

하지만 그 각오가 그런 평을 받았으니 데릭으로서는 분노마저 일었다.

"분명히 이런 생활을 보내면 생명의 위험은 없을지도 모르지만… 이래선 마치 썩어 버린 귀족들과 다를 바 없지 않은가…"

아니면 아리엘은 많은 이의 기대를 짊어지는 게 싫은 걸까.

중책을 짊어지우지 않으리라고 생각했기에 그를 수호술사로 뽑았던 걸까.

평소에는 아무 말도 하지 않았지만, 사실은 아리엘의 눈 밖에 난 걸까….

"하아…."

그런 생각을 하며 우울해졌던 데릭의 귀에 작은 목소리가 닿았다.

"음?"

화장실 뒤쪽에서 누군가가 이야기를 나누는 듯했다.

"아리엘 왕녀——."

"——살해——."

작은 목소리 가운데 불온한 단어를 들은 데릭은 즉각 숨을 죽이고 벽에 귀를 댔다.

"역시 그라벨 전하는 아리엘 전하를 위험시하고 계십니까?"

"그렇습니다. 민중들의 인기가 보통이 아니니까. 공공의 자리에 모습을 보이는 것도 아닌데 자기보다 지명도가 높다고 한탄하셨지요."

"그렇게 생각하면 분명히 이상하군요…. 지금은 저런 태도를 취하고 있지만, 뒤로는 왕이 되기 위한 준비를 하는 걸지도 모릅니다."

"정면에서 싸워선 못 이긴다는 걸 아니까 뒤에서…라는 겁니까?"

데릭은 그걸 듣고 눈썹을 찌푸렸다.

아리엘이 민중에게 인기 높은 것은 카리스마 덕도 있지만, 제1왕자 그라벨보다 민중 앞에 모습을 보이는 일이 많기 때문이다. 왕궁 안의 행사를 중시하고 왕궁 밖의 행사를 결석하는 그라벨과는 달리, 아리엘은 왕궁 밖의 행사에 참가하는 일이 많았다.

예를 들어 왕도 옆을 흐르는 알테일 강에 놓인 다리 낙성식에 참가하여 처음으로 다리를 건너는 역할을 맡거나, 마법학교가 개최하는 대마술 무투회에 귀빈으로 참가하여 우승자에게 화환과 상품을 건네고 손등에 입맞춤하게 하는 영예를 내린다든가.

정쟁과는 아무 관계도 없는 행사에 참가하기에 지명도도 높고 인기도 높다.

"하지만 그렇게 되면…."

"예, 거슬리지요."

"…후환을 미리 끊어두어야 할까요."

"그게 그라벨 전하를, 나아가서 아슬라 왕국을 위한 일이겠지요. 그렇게 생각하여 미리 손을 써두었습니다."

"하하하. 그 성격은 여전하시군요."

데릭은 당장 뛰어나가서 이 둘을 죽이려고 생각하다가 즉각 그 생각을 지웠다.

아마도 밖에서 이야기하는 것은 제1왕자파의 귀족이겠지. 일을 자기들 마음대로 움직이기 위해 돈을 아끼지 않고 어떤 더러운 수라도 태연하게 저지르며, 막상 자기들이 궁지에 몰린다 싶으면 같잖은 변명을 하며 꽁무니를 뺄 인간들이다. 그런 놈들은 이 왕궁 안에 얼마든지 있다.

여기서 데릭이 마술을 써서 두 사람을 죽여 봤자 의미가 없었다.

아리엘이 수호술사에게 명하여 제1왕자파의 귀족을 살해했다간 그라벨에게 적대할 의사가 있다고 여겨져서 제1왕자파에게 집요한 공격을 받을 뿐이었다.

어떤 흐름이든지 아리엘이 왕을 목표하기를 바라는 데릭이지만, 아리엘 본인에게 그럴 마음이 없다면 결국 계속 선수를 빼앗기고 몰리다가 생쥐처럼 짓밟혀 죽을 뿐이다.

데릭은 그들을 죽이기를 포기하고 화장실을 나섰다.

아무튼 재난이 닥친다면 손을 써야만 하겠지.

저 귀족들은 이미 누군가를 고용했다고 말했다. 그렇다면 조만간 아리엘을, 혹은 그 수호를 맡은 루크나 데릭을 노리고 무슨 일이 일어나겠지.

암살자일까, 아니면 독일까.

이 일을 아리엘에게 전하여 경계하는 동시에 다시금 싸우러 나갈 의지를 독촉하자.

그렇게 생각하며 데릭은 서둘러 백합 정원으로 돌아가기 시작했다. 언제 어느 순간에 습격이 있어도 좋도록 로브 안에서 지팡이를 꺼내면서.

"…싸움이라니 얼마만인가."

마법학교에 있을 무렵에는 정기적으로 모의전을 가졌다. 같은 마법학교 학생들과 붙거나, 기사학교에 다니는 학생과 싸우거나, 셋이나 다섯이서 팀을 만들어서 팀끼리 싸운 적도 있었다.

매년 몇 번씩은 교직원이나 모험가의 인솔로 숲에 들어가서 마물과의 실전경험을 쌓았다.

사람을 죽인 적이 없는 건 아니다. 모의전에서는 안 좋은 곳에 마술을 맞는 바람에 상대가 즉사한 적도 있었고, 왕녀의 호위 선발 시험 때는 실전 시험으로 사형수와 싸워서 상대를 죽인 적도 있었다.

하지만 그런 데릭이나 루크에게 암살자를 보낸다면 숙련된 이를 보내겠지.

본격적인 싸움이 되리라. 그렇게 생각하니 데릭의 팔이 다소 떨리기 시작했다.

"지켜낼 수 있을까. 아니…."

그런 불안을 말하다가 곧바로 털어냈다.

그들이 전혀 알 리 없는 일이지만….

피트아령에서 전이사건이 발생한 것은 바로 그 순간이었다.

"아리엘 님… 어?!"

백합 정원으로 돌아온 데릭의 눈에 말도 안 되는 것이 비쳤다.

백합 정원 안쪽, 하이비스커스 숲이라는 구역에서 슬며시 모습을 내비친 거대한 이족보행 멧돼지의 모습.

터미네이트 보어.

그것 하나라면 D랭크지만, 많은 어설트 도그를 데리고 다녀서 C랭크도 B랭크도 되는 흉악한 마물. 본디 숲속이 아니면 마주칠 일 없지만, 그 숫자가 많아 종종 숲밖으로 나와서 마을을 공격하여 가축이나 인간의 아이를 잡아먹는다.

과거에 스무 마리 이상의 어설트 도그를 거느린 터미네이트 보어의 습격을 받아 작은 마을 하나가 완전히 사라져 버린 일로 아슬라 왕국 안에서 가장 지명도가 높은 마물이라고 한다.

숲 근처의 마을에서는 아이가 못된 짓을 하면 '밤늦게까지 깨어 있으면 커다란 멧돼지가 와서 잡아먹는다'는 식으로 스펠드 족처럼 겁을 준다.

데릭도 터미네이트 보어의 이름과 모습은 두려운 마물로서 잘 알고 있었다.

"말도 안 돼…"

하지만 왜 마물이 여기에?

여기는 왕궁. 세계 최대의 국가인 아슬라 왕국의 왕족이 사는 장소.

결코 안전하지는 않지만, 세계에서 가장 마물과 거리가 먼 장소.

그런데 왜 이런 곳에 마물이 있지?

그래, 방금 전의 그 대화. 귀족들이 손썼다는 건… 아니, 아무리 그래도 말이 안 돼. 귀족 따위가 마물을 왕궁에 들여보낼 수 있을 리가 없지. 그런 건 상급대신이라도 불가능하다.

데릭은 모르는 일이지만, 이 터미네이트 보어는 피트아령 소멸 사건에 휘말려서 바로 지금 이 장소로 전이한 것이다.

"헛."

생각 속에 빠졌던 데릭의 눈에 비친 것은 아리엘이었다. 아리엘과 루크는 여전히 즐겁게 저속한 화제로 꽃을 피우는지 터미네이트 보어의 존재를 알아차리지 못했다. 터미네이트 보어는 아리엘을 그 시야에 넣고 사냥꾼처럼 번쩍거리는 눈으로 노려보았다.

데릭은 달렸다.

달리면서 주문을 외우려고 했다.

하지만 그와 동시에 터미네이트 보어가 움직였다. 데릭을 알아차렸는지, 아니면 뭔가를 느꼈는지, 초목을 헤치며 아리엘을 향해 일직선으로 돌진했다.

'이러면 늦어!'

데릭은 주문을 포기했다.

"아리엘 님, 도망치십시오!"

"어?"

데릭의 외침에 아리엘은 의문스럽게 외치면서도 곧바로 일어나더니 옆에서 빠르게 달려오는 거대한 덩치를 발견, 반대로 몸을 던져서 굴렀다.

터미네이트 보어는 정원 안에 있는 나무를 들이받아 부러뜨리면서 이쪽을 돌아보았다.

데릭은 그 동안에 아리엘과 터미네이트 보어의 사이에 끼어들었다.

그의 눈앞을 거대한 멧돼지가 가로막았다.

입가에서 줄줄 침을 흘리고 번쩍번쩍 빛나는 눈으로 데릭을 바라보았다.

이런 거리에서 이렇게 거대한 마물을 상대로 마술사가 뭘 할 수 있을까. 코앞까지 접근했으면 도저히 주문을 외울 시간 따윈 없다.

데릭은 아예 주문을 외우지도 않았다.

그저 두 팔을 크게 펼치고 소리 높게 외쳤다.

"루크! 뒷일은 맡기겠다!"

다음 순간 데릭은 터미네이트 보어의 주먹을 맞고 날아갔다.

늑골이 죄다 부러지고, 내장은 넝마가 되고, 피를 토하면서 하늘로 날아갔다.

가볍게 5미터는 떨어진 내벽에 부딪쳐서 등뼈가 부러졌다.

"쿠헉….."

의식을 잃지 않았던 것은 불행 중 다행일까.

아니면 단순한 불행일까.

'아… 죽는 건가.'

데릭은 또렷한 의식 속에서 자기 죽음을 깨달았다.

동시에 죽음의 냄새를 맡았다.

이건 치명상이라고 확신하였다.

'이런 부상을 입고 죽은 녀석이 예전에 있었지….'

공포는 없었다. 너무 갑작스러워서 뇌가 상황을 쫓아가지 못하는 걸지도 모르겠다.

그런 데릭의 시야에 루크가 검을 뽑고 터미네이트 보어에게 덤비는 모습이 비쳤다.

'멍청하긴, 루크…. 너 혼자서 이길 리가 없잖아…. 아, 그런가, 문이 저쪽에 있으니까 도망칠 수도 없나….'

데릭은 시선만 움직여서 주위를 보았다.

'아리엘 님은, 아리엘 님은 무사하신가?'

그렇게 살펴보자 아리엘은 다소 혼란스러운 기색이긴 해도 역시나 겁먹은 기색도 없이 데릭 쪽으로 달려오고 있었다.

"데릭…! 아아, 이럴 수가… 지금 당장 치유술사를 불러야…."

걱정스럽게 외치는 아리엘에게 데릭은 마지막 힘을 쥐어짜내어 말했다.

"우욱… 그, 보다, 서둘러, 도망, 쿨럭…."

"데릭! 말하지 마! 누구! 누구 없나요!"

"쿨럭… 틀렸습니다…. 아리엘 님… 전 이미… 살 수 없습니다…."

"아니… 마음 단단히 먹어요!"

울 것 같은 아리엘을 데릭은 의외라는 마음으로 바라보았다.

분명히 아리엘과 루크에게서 경원당한다고만 생각했는데.

그러자 이런 상황인데도 왜인지 살짝 장난기가 떠올랐다.

"저, 저버리고, 도망치지… 않았…지요?"

그 말에 아리엘은 놀랐다.

그리고 눈앞에 쓰러진, 충의 두터운 수호술사를 여태까지와 다른 눈으로 보았다.

"…데릭."

"아리엘 님… 마지막 부탁입니다…. 부디, 부디, 왕이, 왕이 되어주십시오. 그리고, 아슬라를, 좋은 나라로… 커헉."

폐에 부러진 늑골이 꽂혀서 데릭의 입에서 대량의 피가 터져 나왔다.

아리엘은 그 모습을 보고 조용히.

조용히 고개를 끄덕이다가 돌아보았다.

아리엘의 앞에는 거대한 멧돼지가 서 있었다.

루크는 날아간 채로 절망적인 표정으로 아리엘을 바라보았다.

"……."

아리엘은 멧돼지를 노려보았다.

"당신이 어디서 왔는지는 모르지만, 나는 아슬라 왕국의 왕이 될 여자입니다. 이런 장소에서 쉽사리 죽을 수는 없지요. 물러가세요!"

그렇게 소리쳤지만, 당연하게도 터미네이트 보어에게 말이
통할 리가 없었다.

마물은 그 자리에서 가장 맛있는 먹잇감을 앞두고 흥분한 듯
이 씩씩 콧김을 내뿜으면서 한 걸음, 또 한 걸음 아리엘에게 다
가왔다.

데릭은 그걸 보고 기도했다.

미리스 교도인 데릭은 하늘에 빌었다.

'신이시여, 부디, 부디 이 자리를 구해 주소서. 제 목숨과 맞
바꾸어 아리엘 님을, 이 세상에 없어선 안 되는 존재를 구해 주
소서.'

기도는 닿지 않는다.

데릭도 그건 알고 있었다. 성 미리스는 위대한 분이며 사람들
을 구제한 구세주다… 하지만 이 자리에서 그런 기도는 아무런
도움도 되지 않는다는 걸 데릭도 이해할 수 있었다.

하지만 기도할 수밖에 없었다.

그리고 터미네이트 보어의 사정거리에 아리엘이 들어갔다.

마물이 주먹을 쳐들고.

기도가 닿았다.

"아아아아아앗!"

비명소리와 함께 하늘에서 천사가 내려왔다.

초라한 차림의 나이 어린, 백발의 천사가.

"우, 우와아아아!"

그녀는 반광란이라고 할 만한 외침을 내지르면서 터미네이트 보어에게 두 손을 쳐들고 그 상반신을 날려버렸다.

'아아, 신이시여, 감사드립니다.'

데릭은 그 광경을 보면서 마지막으로 눈물을 흘렸다.

'앞으로도 아리엘 님을 지켜 주소서.'

데릭은 평온한 마음으로 그 생애를 마쳤다.

전이사건은 한 마술사를 죽이고 아리엘 아네모이 아슬라의 의식에 개혁을 가져왔다.

이 뒤로 아리엘이 어떤 길을 걸었는지, 루크가 어떻게 변했는지.

또 하늘에서 내려온 천사가 어떻게 되었는지—.

그 이야기들은 다음 기회에 하도록 하자.

3권 끝

무직전생 ~ 이세계에 갔으면 최선을 다한다 ~ **3**

2015년 7월 7일 초판 발행
2023년 12월 20일 11쇄 발행

저자	리후진 나 마고노테
일러스트	시로타카
옮긴이	한신남

발행인	정동훈
편집인	여영아
편집 팀장	황정아
편집	노혜림

발행처	(주)학산문화사
등록	1995년 7월 1일
등록번호	제3-632호
주소	서울특별시 동작구 상도로 282 학산빌딩
편집부	02-828-8838
영업부	02-828-8986

ISBN 979-11-256-4277-0 04830
ISBN 979-11-256-0603-1 (세트)

값 8,800원